दि कर्स ऑफ़ हर्षवर्धन

वैम्पायर सागा

भाग १

अंकित मलिक

BlueRose ONE
Stories Matter

BLUEROSE PUBLISHERS
India | U.K.

Copyright © Ankit Malik 2023

All rights reserved by author. No part of this publication may be reproduced, stored in a retrieval system or transmitted in any form or by any means, electronic, mechanical, photocopying, recording or otherwise, without the prior permission of the author. Although every precaution has been taken to verify the accuracy of the information contained herein, the publisher assume no responsibility for any errors or omissions. No liability is assumed for damages that may result from the use of information contained within.

BlueRose Publishers takes no responsibility for any damages, losses, or liabilities that may arise from the use or misuse of the information, products, or services provided in this publication.

For permissions requests or inquiries regarding this publication, please contact:

BLUEROSE PUBLISHERS
www.BlueRoseONE.com
info@bluerosepublishers.com
+91 8882 898 898
+4407342408967

ISBN: 978-93-93385-09-3

Printed in INDIA

Cover design: [Muskan Sachdeva]
Typesetting: [Rohit]

First Edition: July 2023

प्रस्तावः

इदं ग्रन्थं पठन् हे पाठक! तव जीवनं सफलं भवतु
एवं
एषा ग्रन्थ-लेखकस्य हार्दिकी कामना

॥ॐ श्री परम् ब्रह्मणे नमः॥

अभिस्वीकृति

किसी भी कहानी को लिखकर उसे पुस्तक का रूप देना तथा प्रकाशित करवाना, किसी एक इन्सान के कठिन परिश्रम पर निर्भर नहीं करता है, बल्कि यह उन लोगों के भी कठिन परिश्रम का फल होता है, जो न दिखने वाले स्तंभ की भांति एक लेखक को सहायता और अपना मार्गदर्शन प्रदान करते हैं। आज मैं यहाँ पर उन्हीं, न दिखने वालें स्तंभों का धन्यवाद अर्पण करता हूँ, जिनके समर्थन से मेरे अंदर उस ऊर्जा का प्रवाह हुआ, जिसने मुझे इस कहानी को और बेहतर तरीके से लिखने में सहायता प्रदान की।

सर्वप्रथम मेरी प्यारी पत्नी रीतु मलिक के प्यार और समर्थन के लिए।

मेरे माता-पिता को, जिनके आशीर्वाद ने मुझे शक्ति प्रदान की।

मेरे सभी दोस्तों और सहयोगियों को, आपकी अमूल्य मदद और समर्थन के लिए धन्यवाद, विशेष रूप से जयदीप मलिक को, जिन्होंने सर्वप्रथम मेरी कहानी को सुना- आपके सुझाव और सहायता के लिए धन्यवाद।

ब्लूरोज़ की सम्पूर्ण टीम को कड़ी मेहनत करने और किताब को बेहतर बनाने के लिए धन्यवाद।

अंत में, मेरे सभी प्यारे पाठकों को, जिन्होंने इस पुस्तक को अपने मनोरंजन के लिए चुना और इस कहानी से स्वयं को जोड़ा।

अनुक्रमणिका

1. नई दुनिया 1
2. पूर्वजन्म और मृत्यु 5
3. रहस्यमय और रोमांचक 15
4. कसौटी 25
5. आत्मदेव 35
6. मैं हूँ पर मिटा 45
7. अंतर्यात्रा 51
8. कंपन 57
9. इंद्रियातीत की कुंजी 65
10. महर्षि रमणाचार्य 73
11. आनंद की उत्कंठा 81
12. अरूपातीत द्वंद्व 85
13. नेति 90
14. फिराक 97
15. आत्मरूप 107
16. पर वाणी 116
17. कर्मों की गांठें 126
18. परिवार 133
19. सुकवंता 140
20. संकल्पना 149
21. अनिर्वचनीय 154
22. देखना 160
23. पूर्णकाम 166
24. बचपन का दोस्त 172
25. वर्तमान के बाहर 177

26 ई-साक्षात्कार	
27 नालंदा का पुनर्जन्म	18,
28 मुहिम	195
29 कुंभाली का सफर	199
30 कुम्भकर्ण सैन्य	206
31 अंतर्मन हूंकार	210
32 रहस्यमयी गलाकार	214
33 रोज का कोहरा	221
34 माँ से मिलने का अभाव	228
35 अंत या शुरुआत	234

वर्ल्ड ट्रिब्यूनल

23 दिसम्बर, 2008
यूरोलॉजी सेंटर, नई दिल्ली

"सर, आपकी क्या राय है, यह सर्जरी कितनी सफल है जबकि मैं इतना पानी पी रहा हूँ?" यूरोलॉजी विशेषज्ञ से मेरे कम्प्यूटर के आने से पहले मैंने पूछा। उनकी सहायक मेरी मेडिकल हिस्ट्री रिकॉर्ड कर रही थी, मानो सर्जन की निगाहों से कोई बड़ी-सी गौरैया उड़ गयी हो।

"कुछ भी नहीं, आपने ऑपरेशन के लिए आने का फैसला किया है।"
उन्होंने कलम रखी और मेरी तरफ देखा।

"कहिए, आपको क्या दिक्कत है, और वे कौन सी परेशानियाँ हैं जो अभी भी नहीं गयी हैं?"

कुछ मुस्कुराए। "मैं अभी भी रात में उठता हूँ, यह बात नहीं कि मुझे पीने की ज़रूरत है, लेकिन मुझे आदत लग गयी है।"

यूरोलॉजिस्ट ने मेरी बात सुनकर गंभीरता से कहा, "कोई बात नहीं तो, कुछ समय लगेगा।" मैंने महसूस किया कि उनका नज़रिया कुछ अलग-सा था। मेरी सर्जरी के बाद कई हफ्तों तक मूत्राशय की थैली को खाली करने के लिए मुझे कैथेटर डाला गया था।

"अभी-अभी, यानी," मैंने कहा, "कुछ दिनों पहले तक।" यूरोलॉजिस्ट ने कंप्यूटर पर कुछ देखा और मेरी रिपोर्ट्स पढ़ने लगे। मेरे कागज़ों पर उन्होंने कुछ नोट्स भी लिखे। उसके बाद उन्होंने मुझे देखा।

"देखिए, मि. कैमरुन, कुछ समस्याएँ अभी भी हैं जिनकी वजह से आप यहाँ आए हैं, पर जब आपका ऑपरेशन हुआ तो उसमें बहुत सारी सफलताएँ भी थीं।"

"कैंसर का क्या, वह तो निकल गया है न कि, इसे मैं पूरी सफलता मानता हूँ," मैंने कहा।
उन्होंने अपनी बात जारी रखी।

"हाँ, आपका कैंसर, कहाँ से कहाँ तक बढ़ चुका था और इसे निकाले गए 'कम से कम', नए बायोप्सी के अनुसार यह एक अच्छी बात है। पर हमें बाकी परेशानियों से भी निपटना होगा।"

उन्होंने फिर काग़ज़ पढ़ने शुरू किए।

"मि. कैमरुन, कुछ और बात है, जो मैं आपसे कहना चाहता हूँ।" उन्होंने कहा।

***

उसी रात वसंत कुंज, नई दिल्ली।

एक बड़े से मकान में करीब 60 वर्ष का एक वृद्ध व्यक्ति व्हीलचेयर पर बैठा, अपने कमरे में किताब पढ़ रहा था। उसका नाम डॉक्टर प्रभाकर मिश्र था। कुछ दिन पहले ही वह पुरातत्व विभाग के डायरेक्टर पद से सेवानिवृत्त हुआ था।

एकाएक तेज हवाओं से उसकी बॉलकनी के पर्दे उड़ने लगे। यह देख वह थोड़ा हैरान हो गया। उसने किताब को बंद किया और पास की टेबल पर रखा। वह व्हीलचेयर की मदद से बॉलकनी की ओर जाने लगा। जैसे ही वह पर्दे के पास पहुंचा, एक शख्स अचानक से उसके सामने आकर खड़ा हो गया। उस शख्स को अपने सामने देखकर डॉक्टर प्रभाकर के होश उड़ गये।

"अमात्य, आप?"

"कहाँ है, वो शरीर?" अमात्य ने भारी आवाज़ में पूछा।

"वो, पुरातत्व भवन में है।" प्रभाकर ने घबराते हुए कहा। उसके माथे पर पसीना आ गया था।

"मुझे उसका शरीर चाहिए।" अमात्य के चेहरे पर बेचैनी थी, जिसे प्रभाकर भी महसूस कर रहा था।

"मैं अभी फोन करता हूँ।" प्रभाकर ने बिना कुछ पूछे अपनी व्हीलचेयर घुमायी और टेबल पर रखे अपने फोन की ओर बढ़ा। जैसे ही वह फोन के पास पहुंचा, फोन रिंग करने लगा।

"हेलो।" प्रभाकर ने फोन रिसिव किया। परन्तु फोन के दूसरी तरफ से ख़बर सुनकर अचानक ही उसके हाथ से फोन छूटकर फर्श पर गिर गया। उसने हैरानी से अमात्य की ओर देखा। यह देखकर अमात्य की बेचैनी बढ़ रही थी। उसने कड़क आवाज़ में प्रभाकर से पूछा, "क्या हुआ?"

"वो... वो...।"

"क्या, वो-वो लगा रखा है। आखिर बात क्या है?" बेचैनी के साथ-साथ अमात्य का क्रोध भी बढ़ रहा था।

"वह शरीर खुद-ब-खुद वहाँ से गायब हो गया।" प्रभाकर ने घबराते हुए कहा।

"नहीं...!" अमात्य चिल्लाया। "यह नहीं हो सकता। वह दोबारा फिर खुद-ब-खुद अनन्त नींद से कैसे जाग सकता है?" अमात्य बौखला गया था। उसकी आंखों की पुतलियां लाल हो चुकी थी। गुस्से में उसके दोनों दांत मुंह से बाहर आ गये थे। वह लम्बे और नुकीले थे। अमात्य का भयानक रूप देखकर डॉक्टर प्रभाकर को घबराहट होने लगी थी।

"आखिर वह कौन है?" प्रभाकर ने दबी-सी आवाज़ में पूछा।

अमात्य उसकी ओर मुड़ा और अपने दांतों को भींचते हुए बोला, "हमारा जन्मदाता, 'हर्षवर्धन'।"

***

'हर्षवर्धन SPEAKS'

अगली सुबह

"ऐ लड़के... अरे जिन्दा भी है या मर गया?" एक राहगीर ने मुझे जगाया। मैं एकदम से हड़बड़ाकर उठा। मैं फुटपाथ पर लेटा था। मेरे अर्धनग्न शरीर पर सिर्फ एक फटा पजामा था।

"इन शराबियों को सोने के लिए फुटपाथ ही मिलता है।" वह राहगीर बड़बड़ाता हुआ चला गया। मैं कुछ भी समझ नहीं पाया। मैंने अपने चारों तरफ नज़र घुमायी। सड़क पर बसें, कारें, ऑटो एक के बाद एक दौड़े जा रहे थे। ऊपर नज़र उठाकर देखा, तो एक सुन्दर-सी रेलगाड़ी बिना धुंआ किये, गुज़र गई। मन में एक ही सवाल उठा, क्या रेलगाड़ी भी हवा में उड़ने लगी है? मेरे लिए यह दुनिया बिल्कुल नई थी।

मैंने फुटपाथ से गुज़रते हुए एक व्यक्ति से पूछा, "भाई, यह कौन-सा वर्ष है?" मेरे सवाल पर उसने ऐसा मुंह बनाया, जैसे मैंने उसकी सम्पत्ति मांग ली हो? "रात को ज्यादा पी ली थी, क्या?" उसने आंखे दिखाते हुए कहा और

बिना कुछ बताए ही चला गया। मेरी नज़र सामने के बोर्ड पर पड़ी, जिसपर लिखा था, 'कश्मिरी गेट टर्मिनल, दिल्ली'।

'क्या यह दिल्ली है?' एक पल को मुझे यकीन नहीं हुआ कि मैं दिल्ली में था। वहीं मेरे दिमाग में यही बात घूम रही थी, कि आखिर मैं दोबारा अपनी अनन्त नींद से कैसे जागा? यह दूसरी बार था, जब मैं खुद-ब-खुद अनन्त नींद से जाग गया था। मेरे लिए फिर से यह सवाल एक रहस्य बनकर रह गया।

मैंने आसपास नज़रे घुमाई, तो पास में अख़बार का पहला पेज पड़ा मिला। उसे उठाकर देखा, तो यकीन नहीं हुआ कि मैं इतनी जल्दी अपनी नींद से जाग गया। वह अख़बार 23 दिसम्बर 2008 का था। मुझे इस बात की हैरानी थी कि अब तक सिर्फ 125 वर्ष व्यतीत हुए थे। उसी वक्त मेरे मन में एक इन्सान का ख्याल आया, 'हृदयकर्णिका'। हृदयकर्णिका का ख्याल आते ही मेरी आंखों के सामने वह दृश्य घूमने लगा, जब मैंने उसे हमेशा के लिए खो दिया था, वह भी पांचवी बार।

***

मेरा नाम हर्षवर्धन है। मुझे इस धरती पर आये, तीन हजार वर्ष हो चुके हैं। मैंने एक मनुष्य की कोख से जन्म लिया था। मेरे जन्म के 21 वर्ष पश्चात मुझे ज्ञात हुआ कि मेरी माँ को मेरे जन्म से पूर्व एक भयानक श्राप मिला था, जिस कारण इस धरती पर मुझ जैसे रक्त-पिशाच का अस्तित्व आया। मेरे श्राप के कारण मेरी मृत्यु असंभव थी। मुझे अनन्त जीवन तक अपने श्राप को भोगना था। मैंने इसे अपनी तकदीर मान लिया, किन्तु भाग्य को तो कुछ और ही मंजूर था। मेरे भाग्य में एक और श्राप लिखा था, जिसका सम्बन्ध मेरे प्रेम से था, 'हृदयकर्णिका'। हृदयकर्णिका, जो मेरे जीवन में आशा की किरण बनकर आई, जिसने मुझे जीने का मकसद दिया, मेरे श्रापित जीवन में प्यार का रंग भरा। किन्तु श्राप के कारण उसकी मृत्यु हो गई। उसका पांचवा पुनर्जन्म 127 वर्ष पहले हुआ था। आज भी मेरे दिल में उसके लिए वही प्यार है, जो दो हजार वर्ष पूर्व था। किन्तु मैं अपने अनन्त जीवन से थक चुका हूँ। मुझे अपने श्रापों से मुक्ति चाहिए।

2
पुनर्जन्म और मृत्यु

127 वर्ष पूर्व
सन् 1881, कैंब्रिज, इंग्लैंड

कंधों तक बिखरे मेरे घने बालों को तेज हवाएं उड़ा रही थी। चंद्रमा किसी नवविवाहित स्त्री के मुख की भांति खिल रहा था। मेरा शरीर आग की तरह तप रहा था। मैं पूरा पसीने से तर था।

“हर्षवर्धन, कब तक तुम अपने श्राप से भागते रहोगे? यह श्राप कभी तुम्हें हमसे भागने या छिपने नहीं देगा। तुम्हारे और ह्रदयकर्णिका के पुनः मिलन से उसकी मृत्यु निश्चित है।” उन तीनों देवऋषियों की बात सुनकर मैं उनके खून का प्यासा हो गया। मेरे लम्बे नुकीले दांत मुंह से बाहर आ गए थे। मेरी आंखे ज्वालामुखी की तरह लाल हो चुकी थी।

मुझे देखकर तीनों देवऋषि जोर-जोर से हंसने लगे। दूसरी ओर ह्रदयकर्णिका असहाय खड़ी थी। वह बेबस नज़रो से मुझे देख रही थी। उसकी आंखों में आंसू थे। अगले ही पल उन्होने ह्रदयकर्णिका पर अपनी तलवार से वार किया और एक ही झटके में उसका सिर धड़ से अलग हो गया।

मैं चिल्लाया और मेरी आंख खुल गई। मैंने तुरन्त अपने बगल में देखा, क्रिस्टीन बिस्तर पर सो रही थी। मुझे एहसास हुआ कि मैं स्वप्न देख रहा था। इस पांचवे पुनर्जन्म में ह्रदयकर्णिका का नाम क्रिस्टीन था।

सदियों से यही होता आ रहा था। ह्रदयकर्णिका के पुनर्जन्म के पश्चात, जब भी हमारा मिलन होता, ब्रहमेश्वर का दिया श्राप सक्रिय हो जाता। मैं ह्रदयकर्णिका से मिलने की खुशी में यह भूल जाता था कि हमारा प्यार ब्रहमेश्वर के श्राप से भी जुड़ा है।

मैं ह्रदयकर्णिका की तलाश में दो साल पहले इंग्लैंड आया था। मैंने दो वर्षों तक ह्रदयकर्णिका को पूरे इंग्लैड में तलाश किया और जब मैंने उसे पहली बार कैंब्रिज में देखा, तो ऐसा लगा मानो मैंने सारी दुनिया जीत ली हो। ह्रदयकर्णिका को देखने के लिए मेरी आंखे सदियों से तरस रही थी।

उसे अपने पुर्नजन्मों के विषय में कुछ भी याद नहीं था। मैंने अपनी शक्तियों से उसे सबकुछ याद दिला दिया। किन्तु आज रात के स्वप्न ने मुझे झंझोड़कर रख दिया था। मुझे एहसास हुआ कि शायद मैंने ह्रदयकर्णिका को सब याद दिलाने में जल्दबाजी कर दी।

ह्रदयकर्णिका को सब याद आये, दो दिन बीत चुके थे। एक बार फिर हम दोनों को अपनी किस्मत से भागना था।

"ह्रदया उठो, हमें अभी यहाँ से जाना होगा।" मैंने उसे नींद से जगाया।

वह आंखों को मलते हुए उठी और मुझसे बोली, "क्या हुआ, इतनी सुबह-सुबह क्यों जगाया?"

"हमें यहाँ से जाना होगा।" मैंने बिस्तर से उठते हुए कहा।

"लेकिन कहाँ?" जाने का नाम सुनते ही उसका आलस गायब हो गया।

"ऐसी जगह जहाँ तुम महफ़ूज़ रहो।" मैंने कहा। मुझे उसकी फिक्र थी। मैं उसे फिर से खोना नहीं चाहता था।

"सदियों से हम भागते ही आ रहे हैं, किन्तु फिर भी वह तीनों देवऋषि हम तक पहुंच ही जाते हैं। मैं भाग-भागकर थक चुकी हूँ। आज नहीं तो कल, वह हम तक पहुंच ही जाएंगे।" उसने कहा। वह निराश हो गई थी।

"ह्रदया, मैं भी इस अनन्त जीवन से थक चुका हूँ। किन्तु हमारी किस्मत ब्रहमेश्वर के श्राप से जुड़ी है।" मैं उसके बगल में बैठ गया।

उसने अपना हाथ मेरे हाथ पर रखा और पूछा, "हमारे श्राप से मुक्ति का कोई तो उपाय होगा? लगभग दो हजार वर्ष गुज़रने वाले हैं, किन्तु आज तक तुमने हमारे श्राप से मुक्ति पाने का कोई मार्ग तलाश नहीं किया।"

ह्रदयकर्णिका सही थी। मैंने कभी हमारे श्राप से मुक्ति पाने का कोई मार्ग तलाशने का प्रयत्न ही नहीं किया। ह्रदयकर्णिका को तलाश करना ही, मेरे जीवन का एक मात्र लक्ष्य था।

"तुम सही कह रही हो, किन्तु अभी हमारे पास इन सब बातों के लिए समय नहीं है। हमें यहाँ से जाना होगा।" मैंने कहा।

उसके बाद हमने जल्दी-जल्दी अपना जरूरी सामान लिया और दक्षिण में साउथ लंदन के जंगलों की ओर निकल गये।

हम दोनों जंगल के रास्ते साउथहैम्प्टन के समुद्री तट की ओर बढ़ रहे थे। हमने कुछ ही दूरी का फासला तय किया था कि ह्रदयकर्णिका ने मुझसे कहा, "हर्षवर्धन, मैं थक गई हूँ। कुछ देर आराम कर लेते है?"

ह्रदयकर्णिका थक चुकी थी। वह एक मासूम बच्ची की तरह वहीं जमीन पर बैठ गई। अगले ही क्षण मैंने उसे अपनी गोद में उठाया और बिजली की गति से घने जंगलों को पार करते हुए साउथहैम्प्टन के समुद्री तट पर जा पहुँचा।

आसमान साफ था। मैंने सूर्य की ओर देखा, वह भी मुझे ही देख रहा था। मानो कह रहा हो, हमारा साथ अनन्त तक है।

साउथहैम्प्टन के समुद्री तट पर पुर्तगाल जाने के लिए एक यात्री जहाज तैयार खड़ा था। उस जहाज़ का कप्तान डोनाल्ड फ्राईट था, जिसे देखते ही मैं समझ गया कि वह बहुत ही वाहियात इन्सान है।

डोनाल्ड जहाज पर आने वाले सभी मुसाफ़िरों का स्वागत कर रहा था। जैसे ही उसने ह्रदयकर्णिका को देखा, वह चकित रह गया। उसके होंठो पर एक गंदी-सी मुस्कान आ गई थी। मैं उसके इरादों को समझ गया था। ज़ाहिर-सी बात थी, ह्रदयकर्णिका की खूबसूरती को देखकर वह मोहित हो गया था।

उसने मुझे ऊपर से नीचे तक घूरा और फिर पूछा, "तुम्हारी उम्र क्या है बच्चे?"

उसके सवाल पर मुझे हंसी आ गई। मैं दिखने में 21 साल का मासूम लग रहा था। किन्तु उसे ज़रा भी इल्म नहीं था, कि इस मासूम चेहरे के पीछे एक ख़ौफनाक पिशाच (वैम्पायर) छिपा है।

"21 साल।" मैंने मुस्कुराते हुए कहा।

"क्या तुम दोनों को भी पुर्तगाल जाना है?" डोनाल्ड ने पूछा।

उसके सवाल से हमें पता चल गया था कि यह जहाज पुर्तगाल जा रहा है।

"जी सर, हम दोनों को पुर्तगाल जाना है?" क्रिस्टीन ने विनम्रता से जवाब दिया।

ह्रदयकर्णिका के बोलने का लहज़ा बहुत ही आकर्षक था। भले ही उसने एक ब्रिटिश नागरिक के रूप में जन्म लिया था, किन्तु हमेशा से उसके अंदर भारतीय संस्कृति और संस्कार बसे थे।

डोनाल्ड ने हमारा जहाज़ पर स्वागत किया। वह ह्रदयकर्णिका के साथ-साथ जहाज़ के डैक पर चल रहा था।

"मेरी राजकुमारी, क्या नाम है तुम्हारा?"

"क्रिस्टीन।"

"आओ क्रिस्टीन, मैं तुम्हें सबसे खुबसूरत कमरा देता हूँ, जो मेरे कमरे के बिल्कुल बगल में है।" डोनाल्ड ने कहा।

उसकी आंखो में मुझे हवस नज़र आ रही थी। किन्तु ह्रदयकर्णिका ने मुझे पहले ही शांत रहने का संकेत कर दिया था। कप्तान डोनाल्ड हम दोनों को कमरा दिखाकर वहाँ से चला गया।

***

दोपहर के समय सूर्य सिर पर चढ़ा हुआ था। कुछ ही देर में जहाज समुद्र की लहरों के साथ ऊपर-नीचे उछलता हुआ, पुर्तगाल की ओर बढ़ने लगा। ह्रदयकर्णिका थकी हुई थी, इसलिए वह बिस्तर पर लेटते ही सो गई।

धीरे-धीरे पूरा दिन गुजर गया और शाम हो गई थी। अचानक किसी ने दरवाज़े पर दस्तक दी। मैं जान चुका था कि दरवाज़े पर डोनाल्ड है। फिर भी मैंने ह्रदयकर्णिका को दरवाज़ा खोलने दिया।

"कैसी हो, मेरी राजकुमारी?" दरवाज़े पर ह्रदयकर्णिका को देखकर डोनाल्ड ने पूछा। उसकी अश्लील निगाहें ह्रदयकर्णिका के जिस्म को निहार रही थी।

"मैं ठीक हूँ सर!" ह्रदयकर्णिका ने जवाब दिया। उसके चेहरे पर झूठी मुस्कान थी।

"कमरे में क्या कर रही हो, आओ मैं तुम्हें जहाज़ की सैर कराकर लाता हूँ।"

"ठीक है, हर्षवर्धन भी हमारे साथ चलेगा।"

"हर्षवर्धन! क्या यह लड़का भारतीय है?" मेरा नाम सुनते ही डोनाल्ड आश्चर्यचकित हो गया। "क्रिस्टीन, तुम एक ब्रिटिश होकर इस भारतीय के साथ हो। तुम्हें पता है, ये भारतीय हमारे गुलाम हैं।"

उसकी बात पर मुझे बहुत गुस्सा आया, फिर भी मैंने उसे कुछ नहीं कहा। वह कहावत है न, जब गीदड़ की मौत आती है, तो वह शहर की ओर भागता है। वही हाल डोनाल्ड का था, शायद उसकी मौत बार-बार उसे मेरे सामने लाकर खड़ा कर रही थी।

डोनाल्ड ने ह्रदयकर्णिका को भड़काते हुए कहा, "राजकुमारी, तुम्हें इस भारतीय गुलाम के साथ नहीं रहना चाहिए। तुम अपना सामान लेकर मेरे कमरे में चलो।" इतना कहते ही डोनाल्ड ने उसका हाथ पकड़ लिया।

मैं अपने अंदर के जानवर को रोक नहीं पाया। जैसे ही वह दरवाज़े की ओर मुड़ा, मैं उसके सामने था। अचानक से मुझे अपने सामने देखकर वह दंग रह गया। मेरी लाल आंखों को देखते ही उसने तुरंत ह्रदयकर्णिका का हाथ छोड़ दिया।

इससे पहले कि वह कुछ कहता, मैंने उसके गर्दन पकड़कर उसे हवा में उठा दिया। मन तो किया कि अभी इसकी गर्दन उखाड़ दूँ। परन्तु मैं कोई

भी ऐसी गलती नहीं करना चाहता था, जिससे मैं और ह्रदयकर्णिका किसी मुसीबत में फंस जाए।

"मुझे माफ कर दो। मुझे ऐसा नहीं बोलना चाहिए था।" डोनाल्ड माफी मांग रहा था। वहीं ह्रदयकर्णिका भी उसे छोड़ने को कह रही थी। जैसे ही मैंने उसे छोड़ा, वह तुरन्त वहाँ से भाग गया। मैं हैरान था, मेरी लाल आँखें देखने के बाद भी उसकी आंखों में डर नहीं, बल्कि कई सवाल थे।

"ह्रदया, मुझे लगता है, डोनाल्ड कुछ छिपा रहा है?" मैंने कहा।

"और तुम्हें ऐसा क्यों लग रहा है?" उसने पूछा।

"पता नहीं क्यों, उसकी आंखे कुछ और ही कह रही थी।" हालांकि मैं डोनाल्ड के मन को पढ़ सकता था, परन्तु मैंने ह्रदयकर्णिका से वादा किया था कि मैं अपनी शक्तियों का प्रयोग इन्सानों पर नहीं करूंगा और ना ही कभी इन्सान का खून पीऊंगा। आमतौर पर मैं इन्सानी खाना खाता था। मैंने सदियों से इन्सानी खून का स्वाद नहीं चखा था।

"खैर छोड़ो ये बातें, मैं डैक पर जा रहा हूँ। तुम चलोगी?" मैंने उससे पूछा। उसने 'हाँ' में सिर हिलाया ।

डोनाल्ड जहाज के कोकपिट में था। वह मुझसे नज़रे चुरा रहा था। शायद वह जान गया था कि मैं कौन हूँ? किन्तु कैसे, यह बात मेरी समझ में नहीं आ रही थी। वह लगातार मुझे पैनी नज़रों से देख रहा था। मुझे ह्रदयकर्णिका के साथ समय बिताना था, इसलिए मैंने उसे नज़रअंदाज़ कर दिया।

सामने का दृश्य बहुत ही खूबसूरत था। ढलते सूर्य से नीला आसमान भी लाल हो गया था। हम दोनों हाथों में हाथ डाले ढलते सूर्य को देख रहे थे। उस पल ने हमारे दिल में दफ्न प्यार को उफान दे दिया था।

"शायद, हमारा श्राप खत्म हो गया हो! पहली बार तीसरा दिन गुजरा है।" ढलते हुए सूर्य को देखते हुए उसने कहा। कहीं न कहीं उसके मन में खुशी थी, किन्तु वह अपनी खुशी दिखाने से घबरा रही थी।

"ह्रदया, तुम चिंता मत करो। सब ठीक हो जाएगा।" मैंने कहा।

हम दोनों एक-दूसरे की आंखो में देखने लगे। समुद्र की लहरों के साथ बहती ठंडी हवाओं से ह्रदयकर्णिका के रेशमी बाल उसके चेहरे को चादर की तरह ढक रहे थे। वह बार-बार अपने बालों को चेहरे से हटाती। मैंने उसके रेशमी बालों को एक तरफ किया और उसके होंठो से अपने होंठ सटा दिया। सदियों बाद मैं उसे किस कर रहा था। हम एक-दूसरे को तब तक किस करते रहे, जब तक सूर्य पूरी तरह समुद्र की गोद में समा नहीं गया।

"हर्षवर्धन तुम्हें याद है, हमने आखिरी बार कब किस किया था?" ह्रदयकर्णिका ने पूछा। उसकी आंखो में चमक थी।

"हां, याद है, सन् 1624 में।" मैंने कहा। "उस दिन न्यूयॉर्क का स्थापना दिवस था। तुम्हारे पिताजी फाउंडर टीम संचालकों में से एक थे।" उसके साथ बिताया हर एक लम्हा मुझे बखूबी याद था।

"उसी दिन तुमने मुझे पुनर्जन्म की बातें याद दिलायी थी और मैं अपने पिता से झूठ बोलकर तुम्हारे साथ हडसन नदी के तट पर गई थी।" उसने कहा। उसे भी हर एक बात याद थी। "उस चांदनी रात में नदी किनारे का वह पल कितना खूबसूरत था।" बोलते-बोलते वह भावुक हो गई, "उसी दिन उन देवऋषियों ने मेरी हत्या भी कर दी थी।" उसके मुंह से यह वाक्य निकलते ही मैंने उसके होंठो पर उंगली रख दी।

उसकी आंखों में आंसू थे। कहीं न कहीं मुझे भी यह डर था कि कहीं हमारा श्राप सक्रिय न हो जाए। मैं सोच ही रहा था कि ह्रदयकर्णिका ने एकदम से पूछा, "तुम इतने शक्तिशाली हो, फिर भी उन्हें पराजित क्यों नहीं कर सकते?"

"ब्रम्हेश्वर का यही तो श्राप था कि हमारा प्यार कभी सफल नहीं होगा। श्राप के कारण मैं उन्हें रोकने में असमर्थ हूँ।" मैंने कहा।

हृदयकर्णिका ने मेरे कंधे पर सिर रखा और आंखे बंद करके बैठी रही। हम दोनों भावुक हो गये थे।

चंद्रमा की रोशनी में समुद्र की लहरों को चीरता हुआ जहाज आगे बढ़ रहा था। आसमान में पूरे चांद को देखते हुए हृदयकर्णिका ने पूछा, "हर्षवर्धन, तुम हर जन्म में मुझे कैसे तलाश लेते हो? तुम्हें पता कैसे चलता है, मैं किस देश में हूँ?"

उसके सवाल से मेरे चेहरे पर गम्भीर भाव आ गए थे। "तुम्हें तलाशना कभी भी आसान नहीं रहा। इसमें सदियां लग जाती हैं। मैं पूरी दुनिया घूमता हूँ। हर शहर, गांव और कस्बे में तुम्हें तलाश करता हूँ। जब तक तुम मिल नहीं जाती, तलाश करता रहता हूँ।" मैंने कहा। हृदयकर्णिका ने मेरी बांहो को पकड़ा और एक बार फिर अपना सिर मेरे कंधे पर रख दिया।

उसके बालों को सहलाते हुए मैंने कहा, "हृदया, मैं तुमसे बहुत प्यार करता हूँ।" और अगले ही पल मैंने उसे अपनी बाहों में भर लिया।

हम दोनों चाँद की खूबसूरती को निहारते रहे और कुछ ही देर में वह मेरी बाहों में सो गई। काफी रात हो गई थी। समुद्री जहाज अपनी रफ्तार से आगे बढ़ रहा था। मैंने कोकपिट की ओर देखा, डोनाल्ड वहाँ नहीं था। मेरे दिमाग में यह सवाल घूम रहा था, क्या डोनाल्ड मेरे अस्तित्व के बारे में जानता है?

"हर्षवर्धन, हम आ गए।" अचनाक मेरे पीछे से आवाज़ आयी।

आवाज़ सुनते ही मेरी सांसे रूक गई थी। पूरे शरीर में एक बिजली-सी दौड़ गई। मैं यही उम्मीद कर रहा था कि काश यह एक सपना हो! मैं पीछे नहीं मुड़ना चाहता था, क्योंकि मैं जानता था कि यह आवाज़ किसकी है।

मैंने हृदयकर्णिका को देखा, उसका मासूम चेहरा देखकर मेरी आंखों में आंसू आ गए। वह सो रही थी। मैंने उसे आराम से डैक पर लिटाया और गहरी सांस लेते हुए पीछे मुड़ा, वह तीनों देवऋषि सफेद लिवाज़ में खड़े थे। उनके मुंख पर मुस्कान थी।

मैंने जोड़कर उसने विनती करते हुए कहा, "देवगण, कृपया हमें माफ कर दीजिए। इस बार हृदयकर्णिका को मृत्युदंड मत दो। मैं आपको वचन देता हूँ, अभी के अभी इसकी जिंदगी से हमेशा के लिए बहुत दूर चला जाऊंगा। हृदयकर्णिका की सौगंध, मैं कभी इसके पास वापस नहीं आउंगा। कृपया इसे क्षमादान दे दो।" मेरी आंखों से आंसू बहने लगे।

मेरी विनती का उन तीनों देवऋषियों पर कोई प्रभाव नहीं पड़ा। उसी वक्त मुझे हृदयकर्णिका की आवाज़ सुनाई दी। वह नींद से जाग गई और मेरे पीछे खड़ी थी। तीनों देवऋषियों को देखकर उसके होश उड़ गए। वह भी हाथ जोड़कर उनके सामने खड़ी हो गई थी।

"देवगण, आप भगवान के दूत हैं। आप चाहें तो हर्षवर्धन का श्राप खत्म कर सकते हैं। मैं जानती हूँ, मेरे प्राण लिये बिना आप यहाँ से वापस नहीं जाएंगे किन्तु मृत्यु से पहले मेरी आपसे एक विनती है, आप हर्षवर्धन को हमारे श्राप से मुक्ति का उपाय बता दीजिए।" हृदयकर्णिका की आंखों में आंसू थे। मैंने तुरन्त उसे अपने पीछे छिपा लिया।

"हर्षवर्धन सामने से हट जाओ।" पहले देवऋषि ने कहा।

हृदयकर्णिका मेरे पीछे थी। मेरी आंखे लाल हो गई और दांत स्वयं मुंह को खोलते हुए बाहर निकलने लगे। मैं हृदयकर्णिका को फिर से खोना नहीं चाहता था। मैंने पहले देवऋषि पर हमला किया, परन्तु उनके शरीर को स्पर्श किये बिना आर-पार हो गया।

मैं भूल गया था कि मैं उन्हें छू भी नहीं सकता। तभी दो देवऋषियों ने मुझे कस के पकड़ लिया। ऐसा लग रहा था, मानो मेरे शरीर की सारी ऊर्जा समाप्त हो गई है। मैं रोता, बिलखता रहा, किन्तु उन पर कोई प्रभाव नहीं पड़ा।

तभी तीसरे देवऋषि ने एक मंत्र का उच्चारण किया और उसके हाथ में एक दिव्य तलवार आ गई। वह हृदयकर्णिका की ओर बढ़ने लगा। मैं बेबश और असहाय हो गया था। सिवाये रोने और छटपटाने के, मैं कुछ नहीं कर पा

रहा था। मैंने हृदयकर्णिका की आंखो में देखा। उसकी आंखो में आंसू थे। उसके बहते आंसू उसके दर्द को बयान कर रहे थे। हम दोनों एक-दूसरे की आंखों में देखते रहे, उसकी आंखे मानो मुझसे कह रही हो, 'मैं तुमसे बहुत प्यार करती हूँ। अगले जन्म में मिलेंगे।'

उसी क्षण तीसरे देवऋषि ने अपनी दिव्य तलवार से हृदयकर्णिका की गर्दन पर वार किया और उसका सिर धड़ से अलग होकर जहाज के डैक पर जा गिरा।

वह दृश्य देखकर मेरी चींख निकल गई। तीनों देवऋषि अगले ही क्षण वहाँ से गायब हो गये। मैं रोने और चिल्लाने के सिवाय कुछ नहीं कर सका। हृदयकर्णिका के धड़ को अपनी गोद में लिये, मैं रोता-बिलखता रहा। मुझे गुस्सा आने लगा था। गुस्से ने मेरे अंदर की इन्सानियत को खत्म कर दिया। मैं इस दुनिया का वज़ूद खत्म कर देना चाहता था। हर उस जीव का नामों-निशान मिटा देना चाहता था, जिसे परमात्मा ने बनाया था। मेरी आंखों से खून के आंसू निकल रहे थे। मेरे अंदर अचानक से खून की प्यास बढ़ने लगी।

मेरी नज़र कोकपिट में बैठे शख्स पर गई। वह यह सब दृश्य देख रहा था। अगले ही क्षण उसे किसी की गर्म सांसे अपनी गर्दन पर महसूस हुई। जैसे ही वह पीछे मुड़ा, उसे चिल्लाने का भी मौका नहीं मिला। मैंने एक झटके में अपने नुकीले दांत उसकी गर्दन में गड़ा दिये और उसके शरीर का सारा खून पीने लगा।

सदियों बाद मैंने इन्सानी खून चखा था। मेरे शरीर का खून बिजली की रफ्तार से दौड़ने लगा। ऐसा लग रहा था, मानो हजारों हाथियों की शक्ति मेरे शरीर में प्रवेश कर गई हो। अब मेरे लिए इन्सानी खून से दूर रहना मुश्किल था।

*****

3
रहमान और फातिमा

1881
पुर्तगाल जाने वाला जहाज

शायद वह रात उस सदी की सबसे काली रात थी। आसमान में अजीब-सी धुंध छा गई थी। जहाज की रफ्तार भी धीमी थी। समुद्र के साथ-साथ हवा भी खामोश थी, जैसे किसी बड़े तुफान के बाद सब शांत हो जाता है।

जहाज पर हर तरफ लाशों का ढेर था। मैं उस जहाज पर अकेला था। वहाँ 75 लोगों की लाशों के बीच, मुझे डोनाल्ड कहीं नहीं मिला। जहाज खून से लाल हो चुका था। मैंने सदियों से खुद को इन्सानी रक्त से दूर रखा, किन्तु अब मेरा सब्र खत्म हो चुका था।

मैं बदले की आग में झुलस रहा था। मैंने फ़ैसला किया कि अब मैं हृदयकर्णिका को कभी तलाश नहीं करूंगा। उसे हमेशा के लिए भूल जाऊंगा। अब इस सृष्टि का विनाश ही मेरा एक मात्र उद्देश्य था।

मैंने पूरे जहाज पर डोनाल्ड को तलाश किया, किन्तु वह कहीं नहीं था। एक लाइफ-बोट भी गायब थी। मैं समझ गया था कि डोनाल्ड भाग गया। वह मेरे अस्तित्व के बारे में जरूर कोई रहस्य जानता था?

कई दिनों तक जहाज, बिना किसी कैप्टन के समुद्र में भटकता रहा। फिर अचानक एक दिन जहाज एक तट पर जाकर रूका। मुझे कुछ लोगों के बोलने की आवाज़ सुनाई दी, जो जहाज़ के डेक पर थे। इन्सानी शरीर की गंध ने फिर मेरे अंदर की प्यास को जगा दिया।

"पीटर, मुझे लगता है इस जहाज पर मौत का साया है?" एक व्यक्ति ने कहा।

"चारों तरफ खून ही खून है।" दूसरे व्यक्ति ने कहा।

उनकी बात को नज़रअंदाज़ करते हुए पीटने ने कहा, "हमें इस जहाज पर बहुत माल मिल जाएगा?"

"पीटर, हमे यहाँ से चलना चाहिए। मुझे कुछ ठीक नहीं लग रहा।" दूसरे व्यक्ति ने कहा। वहीं पीटर जहाज के कमरों की तलाशी ले रहा था।

"हेलो, पीटर।" मैंने पीटर से कहा। मैं अपने दोनों हाथों को बांधे उनके पीछे खड़ा था।

तीनों ने पलटकर मुझे देखा और उनकी चीख निकल गई। मेरी लाल आंखे और खून से सने दांतों को देखकर उनके होश उड़ गए। उनके दिमाग ने सिर्फ उन्हें वहाँ से भागने का आदेश दिया।

वह तुरन्त अफरा-तफरी में वहाँ से भागे। किन्तु वह अपनी मौत से तेज नहीं भाग सकते थे। जिस प्रकार घने जंगल में शेर अपने शिकार को धर दबोचता है, उसी प्रकार मैंने भी एक-एक कर उन तीनों को धर दबोचा और मौत के घाट उतार दिया।

मैं जिस तट पर पहुंचा, उससे कुछ दूरी पर कई छोटे-छोटे गांव थे। मेरे बदले की आग ने बच्चे-बूढ़े, आदमी-औरत किसी को भी नहीं छोड़ा। एक ही रात में उस इलाके को मैंने श्मशान बना दिया था।

देखते ही देखते मुसलाधार बरसात शुरु हो गई। ऐसा प्रतीत हो रहा था, मानो मेरी हैवानियत देखकर ईश्वर के आंसू बह रहे हो! वह बारिश के पानी से धरती पर फैले खून के कतरों को साफ कर रहे हो! शायद मुझे दिये श्रापित जीवन पर ईश्वर को अफसोस हो रहा था।

हर रोज़ मैं एक गांव तबाह करता गया। पूरे यरोप में एक डर की लहर थी। स्थानीय लोगों ने घर से बाहर निकलना बंद कर दिया था। जिन-जिन स्थानों पर मेरे कदम पड़ते गए, वह श्मशान बनता चला गया।

***

दो साल बाद

दो साल बीत चुके थे। मैं इन्सानी खून का आदी हो गया था। किन्तु मुझे एहसास हुआ कि मैं अपने गुस्से और नफ़रत की आग में मासूमों की हत्याएं कर रहा हूँ। ईश्वर की बनाई, इस दुनिया को तबाह व बर्बाद करने का मुझे कोई हक नहीं था।

मैंने सदियों से खुद को ऐसा शैतान बनने से रोका था। फिर मैं भूल कैसे गया कि एक वैम्पायर होने के साथ-साथ, मैं एक इन्सान भी हूँ। मैंने अपने जीवन के शुरुआती 21 साल एक मनुष्य के रूप में गुज़ारे थे। मेरी अंदर की इंसानियत ने मुझे कोसना शुरु कर दिया।

अचानक से मेरे मन में एक सवाल उठा। 'क्या, इस दुनिया में मुझे ही ऐसा श्रापित जीवन मिला है, या फिर मेरे जैसा कोई और भी है?' इस सवाल के दिमाग में आते ही मुझे एक ही व्यक्ति का ख्याल आया 'डोनाल्ड।'

मैंने वापस साउथहैम्प्टन जाने का फैसला किया। वही एक जगह थी, जहाँ मुझे डोनाल्ड मिल सकता था। मैं पहले भी साउथहैम्प्टन जा चुका था। फर्क सिर्फ इतना था, उस समय मैं ह्रदयकर्णिका की तलाश में आया था और आज डोनाल्ड की तलाश में।

डोनाल्ड को ढूँढना बहुत आसान था। उसके शरीर की गंध और रूखी-सी आवाज़ मेरे ज़हन में थी।

शहर के बीच बने घंटाघर की ऊँची इमारत पर चढ़कर, मुझे हजारो लोगों की आवाज़ सुनाई दे रही थी। मैंने हवा में डोनाल्ड की गंध को पकड़ लिया था। मैं जान गया था, वह कहाँ है?

'द नाईट डाउन' शहर का एक पुराना मयखाना था। मैं दरवाज़े को खोलते हुए उसके अंदर गया। पूरा मयखाना शराबियों से भरा हुआ था। बहुत से शराबी वहाँ बैठे शराब पी रहे थे। वहीं कोने की एक टेबल पर डोनाल्ड भी बैठा शराब पी रहा था।

"अपने भारतीय गुलाम को भूल तो नहीं गये?" मेरी आवाज़ सुनते ही डोनाल्ड के चेहरे का रंग उड़ गया। एकाएक उसका गला सूख गया। वह जानता था भागने या शोर मचाने से कोई फायदा नहीं होने वाला।

"आपको... मुझसे क्या... चाहिए?" डोनाल्ड ने हकलाते हुए पूछा।

"तुम्हें पता है, मुझे क्या चाहिए?" मैंने उसकी आंखों में देखते हुए पूछा और उसके सामने की कुर्सी पर बैठ गया।

"मेरे पास आपको देने के लिए कुछ भी नहीं है।" डोनाल्ड ने घबराते हुए कहा। उसकी घबराहट मेरे शक को यकीन में बदल रही थी। मैंने अपनी आंखे लाल करते हुए पूछा, "तुम मेरे विषय में क्या जानते हो?"

डोनाल्ड जानता था कि वह मुझसे झूठ नहीं बोल सकता। घबराते हुए उसने मुझसे कहा, "अगर मैंने उसके बारे में आपको बता दिया, तो वह मुझे जान से मार देगा।"

"अगर तुमने मुझे नहीं बताया, तो मैं तुम्हें मार दूंगा।" मेरी आवाज़ भारी थी।

"मोहम्मद... मोहम्मद रहमान।" डोनाल्ड टेबल पर आगे की ओर झुका। "वह मुझसे एक साल पहले मिला था। जब मैं एक यात्री जहाज़ पुर्तगाल से लेकर वापस आ रहा था वह मेरे ही जहाज़ पर था। मैंने उसे एक यात्री का खून पीते हुए देख लिया था।" डोनाल्ड ने बहुत धीमी आवाज़ में कहा जो मेरे सुनने के लिए पर्याप्त थी।

"मैंने उससे वादा किया था, मैं उसके बारे में किसी को नहीं बताऊंगा। वह इन्सानों को नहीं मारता, सिर्फ अपनी जरूरत के मुताबिक उनका खून पीकर, उनकी यादाश्त मिटा देता है। जब भी उसको जरूरत होती है, मैं उसकी मदद कर देता हूँ।" डोनाल्ड ने कहा और वापस आपनी कुर्सी पर बैठ गया।

"वह कहाँ मिलेगा?" मैंने पूछा।

"मुझे नहीं पता। जब भी उसे जरूरत होती है, वह स्वयं आ जाता है। लेकिन....।" बोलते-बोलते डोनाल्ड रुक गया।

"लेकिन क्या?"

"लेकिन वह आप जैसा नहीं है।" डोनाल्ड उलझन में था।

"मेरे जैसा नहीं है, मतलब?"

"उसने कहा था, वह आपकी तरह सूर्य की रोशनी में नहीं निकल सकता।" डोनाल्ड ने कहा और अपनी नज़रे झुका ली। मैं समझ गया था कि वह कुछ छिपा रहा है।

"तुम कुछ छिपा रहे हो?" मैंने उसे घूरते हुए आंखे दिखाई।

डोनाल्ड ने लड़खड़ाते स्वर में कहा, "जिस दिन आप और क्रिस्टीन सूर्यास्त के बाद डैक पर बैठे थे, मेरे साथ कोकपिट में रहमान भी था। मैंने पहली बार उसकी आंखों में घबराहट देखी थी। वह आपको पहचान गया था। उसने कहा...।"

"क्या कहा?" मैंने टेबल पर हाथ मारते हुए पूछा। कुछ शराबी हमारी ओर देखने लगे।

"यही कि आप जन्मदाता हो।" डोनाल्ड की बात ने मुझे उलझन में डाल दिया।

"जन्मदाता? मैं कुछ समझा नहीं।" वहीं मुझसे ज्यादा डोनाल्ड उलझन में था।

"मुझे इस बारे में कुछ नहीं पता। उसने बस इतना ही कहा और वहाँ से चला गया, लेकिन जाते-जाते मुझसे कह गया कि मुझे भी जहाज़ छोड़कर भाग जाना चाहिए। इसलिए मैं जहाज़ से लाईफबोट लेकर निकल गया।" डोनाल्ड ने कहा।

मेरे आने के बाद वह कई गिलास शराब पी चुका था। उसने अपना आखिरी गिलास एक घूंट में खत्म किया। शराब पीकर मानो उसे मेरे सामने बैठने का साहस मिल गया था। "क्या जहाज़ पर कोई जिन्दा बचा?" उसने पूछा।

मैंने उसके सवाल का कोई जवाब नहीं दिया। किन्तु मेरी खामोशी से उसे जवाब मिल गया था।

"क्या आपने क्रिस्टीन को भी...?" डोनाल्ड अपनी पूरी बात भी नहीं कह पाया कि पलक झपकते ही मैं उसे घंटाघर की इमारत के ऊपर ले आया।

सबकुछ इतनी जल्दी हुआ कि उसे कुछ पता नहीं चला। उसकी गर्दन मेरे हाथों में थी और वह हवा में झूल रहा था।

"प्लीज़, मुझे माफ कर दीजिए।" डोनाल्ड हाथ जोड़ते हुए माफी मांगने लगा।

मेरे पीछे हुई आहट ने रहमान के आना का संकेत दे दिया था। उसने मुझसे कहा, "सर्वशक्तिमान, मेरी आपसे विनती है, डोनाल्ड को छोड़ दीजिए।"

इससे पहले कि रहमान कुछ और कहता, मैंने डोनाल्ड को छोड़ दिया और वह इमारत से नीचे जमीन पर जा गिरा। रहमान ने उसे बचाने की हिम्मत तक नहीं की। वह मुझसे नज़रे नहीं मिला रहा था।

मैंने उसे ऊपर से नीचे तक देखा, "तो तुम रहमान हो?"

"जी, सर्वशक्तिमान। मेरा नाम मोहम्मद रहमान है।" उसने दबे स्वर में कहा।

मैं धीरे-धीरे रहमान की तरफ बढ़ने लगा। जैसे-जैसे मेरे कदम उसकी ओर बढ़ रहे थे, वैसे-वैसे वह अपने कदम पीछे हटा रहा था।

"आखिर तुम मुझसे डर क्यों रहे हो?"

"आप सबसे शक्तिशाली वैम्पायर है।" रहमान के चेहरे पर घबराहट थी।

"तुम भी तो वैम्पायर हो!" मैंने कहा।

"आप हमसे अलग हो। आप सभी वैम्पायर्स के जन्मदाता हो।"

एक बार फिर मैंने जन्मदाता शब्द सुना। "तुम कहना चाहते हो, मैंने तुम्हें वैम्पायर बनाया?" मैंने पूछा।

"नहीं, किन्तु जिसने सबको वैम्पायर बनाया, वह आपके खून से वैम्पायर बना था।" यह सुनकर मैं चकित रह गया। मुझे कुछ समझ नहीं आ रहा था।

"मेरे खून से कैसे?" मैं उलझन में था।

"वह तो मुझे नहीं पता।" रहमान ने अफसोस जताते हुए कहा।

तभी उसने मुझे उसके साथ चलने को कहा। मैं जाना तो नहीं चाहता था, किन्तु उसकी बातों ने मेरे ज़हन में सवालों का अम्बार लगा दिया था जिनके जवाब जानने के लिए मैं उसके साथ चलने को तैयार हो गया।

वह मुझे शहर से बहुत दूर जंगल में लेकर गया। हम एक गुफा के पास पहुंचे, जिसका रास्ता जमीन के नीचे जा रहा था।

मेरे वहाँ पहुंचते ही एक सुन्दर महिला उस गुफा से बाहर आई। "फातिमा, देखो कौन आया है?" रहमान के स्वर में उत्सुकता थी।

वहीं मुझे देखकर फातिमा का चेहरा एकदम से खिल गया। वह ऐसे खुश हो रही थी, जैसे बरसों से मुझे जानती हो! उसने मेरा अभिवादन किया।

"क्या फातिमा भी मुझे जानती है?" मैंने पूछा। फातिमा ने 'हाँ' में सिर हिलाया।

"तुम दोनों यहाँ रहते हो?" मैंने उस गुफा की ओर देखते हुए पूछा।

"हम दिन की रोशनी में बाहर नहीं निकल सकते। इसलिए सूर्य निकलते ही हम इसके अंदर चले जाते है।" फातिमा ने कहा। यह सुनकर मैं दंग रह गया।

मुझे हैरत में देख रहमान ने कहा, "सूर्य की रोशनी में हम जल जाते हैं।"

"मुझे अपना इतिहास बताओ?" मैंने रहमान से पूछा।

रहमान ने बोलना शुरु किया, "सन् 1105 ई0 में मेरे अब्बू अफगानों की फौज में सैनिक थे। एक युद्ध में घायल होने के कारण वह मृत्यु के करीब थे। तभी एक वैम्पायर ने मेरे अब्बू को जीवनदान दिया। उसके बाद अब्बू ने हमारे पूरे परिवार को वैम्पायर बना दिया।"

"कौन था वह वैम्पायर?" मैंने पूछा।

"हमें नहीं पता वह कौन था? हमारे अब्बू उसे जानते थे। किन्तु उन्होंने कभी हमें उसका नाम नहीं बताया। अब्बू आपके विषय में सबकुछ जान गए थे। फिर उन्होंने हमें आपके बारे में बताया और कहा कि हम आपको तलाश करें।" रहमान ने कहा।

"लेकिन क्यों?" मैंने पूछा।

"अब्बू उस वैम्पायर की किसी योजना के विषय में बहुत कुछ जान चुके थे? उन्होंने हमें कुछ नहीं बताया। वह स्वयं आपको सबकुछ बताना चाहते थे।" रहमान ने कहा।

"तुम्हारे अब्बू कहाँ हैं?" मेरा सवाल सुनकर रहमान चुप हो गया था। उसके चेहरे पर उदासी छा गई थी। मुझे उसकी आंखों में दर्द दिख रहा था।

फातिमा ने उसे सहारा दिया और मुझसे कहा, "अब्बू अब इस दुनिया में नहीं हैं।" यह जानकर मुझे दुख हुआ।

"क्या हुआ था, उन्हें?" मैंने फातिमा से पूछा।

"हमारे अब्बू आपकी मदद करना चाहते थे, यह बात उस वैम्पायर को पता चल गई थी। उससे बचने के लिए अब्बू हमारे पूरे परिवार को लेकर भागते रहे। लेकिन एक रात उन्होंने हमें ढूंढ़ लिया। मैं और रहमान भागने में सफल रहे, लेकिन अब्बू, अम्मी और...।" फातिमा आगे बोल नहीं पाई। उसकी आंखों में आंसू आ गए थे।

"और अम्मी-अब्बू के साथ-साथ उन्होंने हमारे दोनों बच्चों की भी हत्या कर दी।" रहमान ने कहा।

वह और फातिमा रोने लगे थे। मुझे उनके दर्द का एहसास था। अपने किसी प्रिय को खोने का दर्द क्या होता है, मैं अच्छे से जानता था। "हमारे परिवार को तबाह करने वाला वैम्पायर वही था, जो आपके खून से वैम्पायर बना।"

रहमान की आंखों में गुस्सा था। मैं उस वैम्पायर के विषय में जानना चाहता था।

मैंने रहमान से पूछा, "क्या मैं तुम्हारा खून पी सकता हूँ।"

मेरी बात सुनकर वह दोनों घबरा गए।

"घबराओ मत। मैं बस उस वैम्पायर को देखना चाहता हूँ, जिसने तुम्हारे परिवार की हत्या की।" मैंने कहा।

रहमान को मुझ पर भरोसा था। उसने 'हाँ' में सिर हिलाया।

"जब मैं तुम्हारा खून पीऊंगा, तो तुम्हें सिर्फ उस वैम्पायर की शक्ल को याद करना है।" मैंने कहा।

मैंने अपने दांत रहमान की कलाई पर गड़ा दिये। मेरे मुंह में उसका खून जाते ही, मेरी आंखो के सामने जो दृश्य आया, उसे देखकर मैं दंग रह गया। मुझे अपनी आंखों पर यकीन नहीं हो रहा था।

"आपने क्या देखा?" फातिमा ने पूछा।

मैं सदमें में था। मुझे समझ नहीं आया कि क्या कहूँ? वहीं मुझे इतना हैरान देखकर वह दोनों भी परेशान हो गए थे।

"आप ठीक तो हैं न?" रहमान ने पूछा।

"मैं ठीक हूँ।" मैंने जवाब दिया।

"वह वैम्पायर कौन था?" फातिमा जानना चाहती थी।

मेरे मुंह से एकदम से उसका नाम निकला- "अमात्य।"

इससे पहले कि वह दोनों मुझसे कुछ और पूछते, मैं उनकी नज़रों के सामने से ओछल हो गया।

***

'थानेसर (कुरुक्षेत्र), भारत १८८३'

मैं लगभग एक हजार वर्ष बाद 'भारत' अपनी जन्मभूमि पर आया था। मेरी और हृदयकर्णिका की प्रेम कहानी, इसी पावन धरती पर शुरु हुई थी और उसका अंत भी यहीं हुआ था। मैं हृदयकर्णिका को पुनः खोने और अमात्य के छल और कपट से आहात था। मैंने अपने जीवन के लगभग 2000 वर्ष, सिर्फ हृदयकर्णिका को तलाश करने में व्यतीत किये। किन्तु अब मैं इस श्रापित जीवन से थक चुका था। मैं मर तो नहीं सकता, किन्तु हमेशा के लिए अनन्त नींद सो सकता था। नींद भी ऐसी जिससे जाग पाना मेरे लिए सम्भव नहीं था। इसलिए मैंने फ़ैसला किया कि मैं अपनी जन्मभूमि पर ही समाधि लूंगा और अनन्त काल तक के लिए सो जाऊंगा।

मैं उस जमीन पर खडा था, जहाँ कभी मेरा बचपन खेलते हुए बीता था। दो हजार वर्षों में यहाँ सब कुछ बदल चका था, परन्तु आज भी मिट्टी में वही सुगंध मौजूद थी। मैंने वहीं पर एक गहरी कब्र बनाई और अपने दाहिने हाथ की कलाई काटकर उसमें लेट गया। अनन्त काल तक निंद्रा में सोने का यही एक मात्र उपाय था। मुझे अपने शरीर का सारा खून निकालना था। उसके बाद मेरा शरीर एक वृद्ध की भांति मुरझाकर बेजान हो जाएगा। मेरे शरीर से खून निकलता रहा और दिमाग में सिर्फ हृदयकर्णिका और अमात्य का चेहरा घूमता रहा। मन में कई सवाल लिये, मैं अनन्त अंधेरे में खो गया।

*****

4
कनिका

24 दिसम्बर, 2008
नई दिल्ली

एक कार के हॉर्न ने मुझे मेरी यादों से बाहर निकाला। मैं अभी भी फुटपाथ पर बैठा था। लोगों और गाड़ियों की भीड़ देखकर, एक पल के लिए मेरा सिर चकराने लगा था।

"लगता है, पिछले 125 वर्षों में मनुष्य की आबादी काफ़ी बढ़ गई है।" मैंने खुद से कहा।

लम्बी नींद से जागना मेरी जिंदगी के लिए कोई नया सवेरा नहीं था। मैं सदियों पहले भी अकेला था और आज भी अकेला हूँ। कब मेरे श्रापित जीवन का अंत होगा, मुझे नहीं पता था। मेरी ईश्वर से यही प्रार्थना थी कि मुझे इस श्रापित जीवन से मुक्ति मिल जाए।

अगले ही पल मेरे ज़हन में अमात्य का ख्याल आया। मैं जानता था कि वह इस दुनिया में कहीं न कहीं मौजूद है। बीते दो हजार वर्षो में अमात्य काफी बदल गया होगा? उसने मेरी दोस्ती व प्यार का गलत फायदा उठाकर मेरा इस्तेमाल किया। मैं इस बात को कभी समझ ही नहीं पाया कि मेरी दोस्ती की आड़ में वह अपना स्वार्थ पूरा कर रहा था।

मैं अपनी जगह पर खड़ा हुआ। अब जब मैं फिर से इस दुनिया का हिस्सा बन गया था, तो मुझे खुद को इसके मुताबिक ढालना था।

समय के साथ-साथ सबकुछ बदल चुका था। मनुष्य, उनका पहनावा, समाज का माहौल, टैक्नोलॉजी और भी बहुत कुछ। अगर कुछ नहीं बदला था, तो वह मैं था। जैसा मैं तीन हजार वर्ष पहले था, वैसा ही मैं आज भी हूँ।

मैं कुछ दूर पैदल चला ही था कि पीछे से किसे ने मुझे आवाज़ लगाई। "अबे चिकने।"

मैंने पीछे मुड़कर देखा, एक लम्बा, सांवला-सा लड़का, जो करीब 21-22 वर्ष का था, कंधे पर एक थैला लिये, मेरी तरफ आ रहा था।

"हाँ, हाँ... तेरे से ही कह रहा हूँ।" मेरी ओर ईशारा करते हुए उसने कहा।

वह मेरे नज़दीक आया और ऊपर से नीचे तक मुझे देखने लगा। फिर मुस्कुराते हुए बोला, "क्या बे, दिखने में तो तू किसी हॉलीवुड स्टार से कम नहीं लग रहा है, पर तेरी हालत देखकर लगता है, तू किस्मत का मारा है।"

उसकी बात पर मुझे हंसी आ गई। मुझे हैरानी थी कि एक आम इन्सान को भी यह दिख रहा है कि मैं किस्मत का मारा हूँ।

"सही पहचाना।" मैंने कहा।

"नौकरी चाहिए?" उसका यह सवाल सुनकर मुझे फिर से हंसी आ गई।

"तुम्हारा नाम क्या है?" मैंने पूछा।

"अबे, तू तो ऐसे पूछ रहा है, जैसे तू मुझे नौकरी पर रखेगा।" उसने अकड़ते हुए कहा।

"मैं तो बस, ऐसे ही पूछ रहा था।" मैंने जवाब दिया।

"तेरा क्या नाम है?"

कुछ देर सोचने के बाद मैंने कहा, "हर्ष।"

"क्या यार, नाम तो बड़ा सॉलिड है, हर्ष। किसी अमीर बाप की औलाद है क्या?" वह हंसने लगा। मैंने उसे घूरकर देखा।

"सॉरी, मज़ाक कर रहा था। मेरा नाम 'सत्या' है।" उसने अपना गंदा हाथ मेरी ओर बढ़ाया।

"अच्छा नाम है, सत्या।" मैंने उससे हाथ मिलाया।

"मेरे नाम के पीछे भी बहुत बड़ी कहानी है...।" वह बोलना शुरु हो गया और लगातार बोलता ही रहा। मैं भी उसकी बातें सुनता हुआ, उसके पीछे चलता रहा। लम्बे समय के बाद किसी इन्सान से बात करना अच्छा लग रहा था।

"तुम काम क्या करते हो?" मैंने पूछा।

वह चलते-चलते एकदम से रुक गया और कंधे पर लटके थैले को नीचे रखते हुए बोला, "मैं इस शहर की गंदगी साफ करता हूँ।"

उसने अपने थैले का मुंह खोला, उसमें कचरा और कबाड़ भरा हुआ था।

"हैरान क्यों होता है, हम झुग्गी-झोपड़ी वालों को अपना पेट पालने के लिये, यह सब काम करना पड़ता है। तेरे को यह काम जमेगा, तो बोल, तुझे अपने साथ रख लूंगा। नहीं तो तू अपने रास्ते, मैं अपने रास्ते।" सत्या ने कहा।

उसकी बात सुनकर मैं कुछ देर के लिए सोच में पड़ गया। हालांकि मुझे उसके काम से कोई परेशानी नहीं थी। लेकिन डर इस बात का था, कहीं सत्या को मेरी हकीकत का पता न चल जाए।

"क्या सोचा तूने?"

गहरी सांस लेते हुए मैंने कहा, "ठीक है।"

मैंने उसके साथ काम करने का फ़ैसला कर लिया था। इस सदी को बेहतर तरीके से जानने और खुद को इस सदी के अनुरुप ढालने के लिए मुझे सत्या की जरूरत थी।

***

सत्या के साथ झुग्गी में रहते हुए, मुझे एक हफ्ता हो चुका था। मुझे एहसास हुआ कि झुग्गीवासियों का जीवन कठिनाओं से भरा हुआ है। यह पूरा समाज दो वर्गों में बंट गया है, अमीर और गरीब। यह बंटवारा पहले भी था, लेकिन उस समय लोगों के अंदर इंसानियत थी, एक-दूसरे के प्रति हमदर्दी थी। आज का मनुष्य स्वार्थी हो गया है।

मेरी और सत्या की दोस्ती हो गई थी। सत्या के साथ रहकर मुझे अमात्य की याद आती थी। कभी मेरी और अमात्य की दोस्ती भी ऐसे ही हुई थी।

सत्या ने काम से छुट्टी ली थी। उसका मूवी देखने का प्लान था। हम दोनों वहाँ से कनॉट प्लेस, नई दिल्ली आ गए।

"हर्ष भाई, मुझे तो हॉलीवुड मूवीज़ बहुत पसंद है।" सत्या ने कहा।

अब यह हॉलीवुड क्या होता है, मैंने मन ही मन सोचा और उसे कोई जवाब नहीं दिया। सत्या ने दो टिकट लिये और हम मूवी देखने अंदर चले गए। एन्ट्री गेट पर मूवी का पोस्टर लगा था, जिस पर मूवी का नाम लिखा था, 'Twilight.'

मूवी देखकर मुझे एहसास हुआ कि लोगों के अंदर वैम्पायर्स को लेकर कितना क्रेज़ है, खासकर युवा पीढ़ी में। लेकिन वह इसके पीछे की सच्चाई से अनजान थे।

"हर्ष कैसी लगी मूवी?" सत्या ने पूछा।

"अच्छी थी।" मैंने जवाब दिया।

"काश, मैं भी एडवर्ड की तरह वैम्पायर होता, तो जो चाहे वह कर पाता।" सत्या ने कहा।

वह वैम्पायर्स को लेकर काफी उत्साहित था। वह बिल्कुल अमात्य की तरह बातें कर रहा था। मैंने सत्या से कुछ नहीं कहा और वहाँ से बाहर आ गया।

मैं अमात्य के बारे में सोच ही रहा था कि अचानक सामने से एक रोशनी मेरी आंखो में आकर चुभी। सड़क के उस पार लोगों की भीड़ को चीरते हुए रोशनी सीधा मेरी आंखो में लग रही थी।

मैंने थोड़ा-सा हटकर देखा, तो सामने भीड़ से एक लड़की के कानों में झूलते झुमको से सूर्य की रोशनी टकराकर सीधा मेरी आंखों पर आ रही थी। मैंने उसका चेहरा देखना चाहा, किन्तु उसका मुंह दूसरी तरफ था।

परन्तु जैसे ही उसने मेरी ओर मुंह किया। उसी वक्त न जाने कहाँ से हवा का तेज झोंका आया और उसके रेशमी बाल उसके चेहरे पर बिखर गए। ऐसा लगा मानो उसके रेशमी बाल हमारे बीच पर्दे का काम कर रहा हो।

मेरे मन में उस लडकी को देखने की जिज्ञासा उत्पन्न हुई। मैं तुरन्त सड़क पार करता हुआ उस ओर पहुंचा। उस पार लोगों की काफी भीड़ थी। जैसे ही मैं उस लड़की के पास पहुंचा, उसने पलटकर मेरी ओर देखा। इस बार उसका चेहरा मेरी आंखों के सामने था, जिसे देखकर एकाएक मेरे मुंह से निकला, "ह्दया...।"

उसकी खूबसूरती का कोई वर्णन नहीं था। ऐसा लग रहा था, मानो स्वर्ग से कोई अप्सरा स्वयं धरती पर उतर आई हो। उसकी मोती जैसी गोल आंखे, गुलाबी होठ, नुकीली नाक, उसकी खूबसूरती पर चार-चांद लगा रहे थे। उसकी काली लटाएं बार-बार उसके चेहरे पर गिर रही थी, जिन्हें वह बार-बार अपनी कोमल उंगलियों से एक तरफ कर रही थी। उसे देख मेरी आंखें नम हो गई।

मुझे समझ नहीं आया, यह हो क्या रहा है? मैं हजारों वर्षों से ह्दयकर्णिका को तलाशता रहा। किन्तु जब मैंने उसे भूलने का फ़ैसला किया, तो किस्मत ने स्वयं ही उसे मेरे सामने लाकर खड़ा कर दिया। क्या यह भी मेरे अभिशाप का हिस्सा था, जो न चाहते हुए भी हम एक-दूसरे के सामने थे।

मैं यह सब सोच ही रहा था कि सामने से आवाज़ आयी।

"क्या बॉस, ऐसे आंखे फाड़-फाड़कर क्या देख रहे हो? आज से पहले कभी सुन्दर लड़की नहीं देखी क्या?" ह्दयकर्णिका के बगल में खड़ी उसकी सहेली ने कहा।

उसकी आवाज़ सुन मैं अपने ख्यालों से बाहर आया।

"ऐसे आवारा लड़को की यही प्रोब्लम है, देखो कैसे लगातार घूरते ही जा रहा है?" बगल में खड़ी दूसरी लड़की ने कहा।

हृदयकर्णिका की आंखों में जादू और एक अजीब-सा नशा था। उसे फिर से देखने की खुशी मेरे चेहरे पर थी। वहीं वह भी मुझे इस तरह देख रही थी, जैसे कुछ याद करने की कोशिश कर रही हो। मुझे मेरा श्राप याद था। इस बार मैं वही गलती नहीं दोहराना चाहता था, जो कई सदियों से दोहराता आ रहा था। हृदयकर्णिका से दूर रहने का, मैंने जो फ़ैसला लिया था, उस पर मैं अटल था।

"कनिका, तू कहाँ खो गई?" उसकी एक सहेली ने उसे हाथ लगाकर हिलाया। मेरी आंखे उसे मेरी ओर खींच रही थी। वहीं मुझे यह पता चल गया था कि इस जन्म में उसका नाम कनिका है।

"कहीं नहीं!" कनिका ने अपनी नज़रें मुझ से हटाई और बोली, "रितिका, तुम्हें पालिका बाज़ार से कुछ लेना था न?"

"हाँ, मुझे और सोनम दोनों को लेना है। चलो चलते हैं।" रितिका ने कहा और वह तीनों वहाँ से पालिका बाज़ार की ओर जाने लगी।

जाते-जाते उसने मेरी ओर पलटकर देखा, किन्तु इस बार मैं वहाँ नहीं था। उसकी आंखे भीड़ में मुझे तलाश कर रही थी।

तभी किसी ने पीछे से मेरे कंधे पर हाथ रखा। मैंने पलटकर देखा, तो वह सत्या था।

"अरे भाई इन खूबसूरत लड़कियों के सपने देखना छोड़ दे। इन्हें तो बस अमीर लड़के ही पसंद आते हैं।" सत्या ने अफसोस जताते हुए कहा।

"सत्या तुम घर जाओ, मैं शाम को तुमसे मिलता हूँ।" यह कहते ही मैं भीड़ में गायब हो गया।

***

मैं यह जानना चाहता था कि इस जन्म में हृदयकर्णिका कैसा जीवन व्यतीत कर रही है। वह खुश तो है न? इसलिए न चाहते हुए भी, मैं उसका पीछा

करने लगा। उनसे काफी दूर होने के बावजूद भी मुझे उनकी बातें साफ सुनाई दे रही थी।

"कनिका, मूवी अच्छी थी न?" रितिका ने पूछा। वह तीनों भी Twilight देखकर आ रही थी।

"हम्म...।" कनिका ने हामी भरी।

"क्या हुआ?"

कुछ सोचते हुए कनिका ने कहा, "पता नहीं, जब भी मैं इस तरह की मूवीज़ देखती हूँ, मेरी आंखों के सामने कुछ दृश्य चलने लगते है। ऐसा लगता है, जैसे...।"

सोनम ने उसे बीच में टोकते हुए कहा, "जैसे यह सब तुम अपने सपने में देख चुकी हो!" कनिका ने नज़रें झुकाते हुए 'हाँ' में सिर हिलाया।

पालिका बाजार से शॉपिंग करने में उन्हें शाम हो गई थी। वह तीनों राजीव चौक से नोएडा सिटी सैन्टर की ओर जाने वाली मैट्रो में बैठ गई। मैं भी उसी मैट्रो में चढ़ गया।

मैट्रो में लोगों की काफी भीड़ थी। भीड़ में लोगों के परफ्यूम की महक मुझे परेशान कर रही थी। किन्तु मैंने अपना ध्यान कनिका की बातों पर लगाया।

"रितिका, कल तुम न्यू ईयर पार्टी में किसके साथ जाओगी?" सोनम ने पूछा।

"ऑफ कोर्स समीर के साथ।" रितिका ने इतराते हुए कहा।

"और कनिका तुम?" सोनम के सवाल पर रितिका फट से बोली, "इसके सपनों में दिखने वाले हीरो के साथ।" यह कहते ही वह दोनों हंसने लगी। वहीं कनिका उन्हें घूर रही थी।

"कनिका, तुम्हें शौर्य को मौका देना चाहिए। वह तुम्हें स्कूल टाइम से लाईक करता है।" रितिका ने कहा।

"आखिर तुम्हें शौर्य में क्या कमी नज़र आती है। वह कितना हेन्डसम, इन्टेलिजेन्ट और कूल है। कॉलेज की हर लड़की उसकी दीवानी है, लेकिन वह तुम्हें लाईक करता है। मुझे भी लगता है, तुम्हें शौर्य को एक मौका देना चाहिए। अपने रिश्ते को दोस्ती से आगे बढ़ाना चाहिए।" सोनम ने नसीहत देते हुए कहा। कनिका ने उसकी बात का कोई जवाब नहीं दिया।

उसके बाद वह तीनों अपने कॉलेज और पढ़ाई की बातें करती रही। कुछ देर बाद रितिका सैक्टर 18 मैंट्रो स्टेशन पर और सोनम उससे अगले स्टेशन पर उतर गई। मैं दूर से कनिका के मासूम चेहरे को निहारता रहा। उसके चेहरे पर एक अजीब-सी उदासी थी, जो मुझसे छिपी नहीं थी।

मैट्रो लगभग खाली हो चुकी थी। मन किया, उसके पास जाकर उससे बातें करूँ। परन्तु किसी तरह खुद को रोका हुआ था। थोड़ी देर बाद मैट्रो का आखिरी स्टॉप आ गया।

कनिका मैट्रो से उतर कर सीढ़ियों की तरफ जा रही थी। अचानक से वह रुकी और पीछे मुड़कर देखने लगी। प्लेटफार्म पर कोई नहीं था। उसकी आंखे मानो किसी को तलाश रही थी। निराश होकर वह सीढ़ियों से नीचे चली गई।

कनिका ऑटो के इंतजार में सड़क किनारे खड़ी थी। तभी अचानक से दो लड़के एक मोटर साइकिल पर तेजी से आये और उसके हाथ से मोबाइल छीनकर भाग गये। कनिका ज़ोर से चिल्लाई "चोर-चोर, कोई पकड़ो।" इससे पहले की कोई मदद करता, वह लड़के वहाँ से निकल गये।

***

कनिका बी-ब्लाक सैक्टर 50, नोएडा में अपने परिवार के साथ रहती थी। काफी बड़ा घर था। मुझे नहीं पता था, उसके परिवार में कौन-कौन हैं, किन्तु मैं जानना चाहता था। मैं रात भर उसके कमरे की खिड़की पर खड़ा, उसे देखता रहा। उस पल मुझे एहसास हुआ कि मुझसे बड़ा बदकिस्मत इस दुनिया में और कोई नहीं है।

अगली सुबह आसमान साफ था, सूर्य की किरण खिड़की से होते हुए उसके गोरे चेहरे पर गिर रही थी जिससे उसका चेहरा चन्द्रमुखी के फूल की तरह खिल गया था। गुलाबी रंग का टॉप व सफेद शार्ट्स में वह बहुत ही खूबसूरत लग रही थी। सूर्य की गर्माहट ने कुछ ही देर में उसे नींद से जगा दिया।

हमेशा की तरह उसने पास रखे टेबल पर हाथ रखा और अपना फोन उठाया। उसने फोन में समय देखा '07:10' बजे थे। अगले ही पल वह चौंकते हुए बिस्तर पर उठकर बैठ गई।

उसके हाथ में उसका मोबाइल था। वह उसे बार-बार उलट-पलट कर देखने लगी। उसे याद आया कि कल रात तो उसका फोन दो लड़के छीनकर भाग गए थे। फिर उसका फोन कमरे में कैसे आया? वह यही सोच रही थी।

वैसे मेरे लिए कनिका का मोबाइल उन दोनों स्नैचरों से लेकर आना, कोई मुश्किल काम नहीं था।

अगले ही पल उसने रितिका को फोन लगाया।

"हेलो।"

"गुड मार्निंग!" रितिका ने कहा।

"पता है, क्या हुआ?" उसने रितिका को मोबाइल छीनने वाली बात बताई।

"तू भी यार, सुबह-सुबह अपने रात के सपने लेकर बैठ गई।" रितिका इरिटेट हो रही थी।

"नहीं यार, यह सपना नहीं था। अभी जब मैं सो कर उठी, तो फोन मेरी टेबल पर रखा था जहाँ मैं हमेशा रखकर सोती हूँ।" वह आश्चर्यचकित थी।

"ऐसा भी कभी होता है क्या?"

"हाँ यार, ऐसा ही हुआ है।" वह ज़ोर दे रही थी कि रितिका उसकी बात पर विश्वास करे लेकिन रितिका को उसकी बात पर विश्वास नहीं था।

"अच्छा रितिका, तुम्हें एक बात बताऊं!" उसने धीमी अवाज़ में कहा।

"हाँ, बोलो!"

"मैंने तुम्हें अपने सपनों के बारे में बताया था न।" उसके चेहरे पर घबराहट थी।

"हाँ वही न, जिसमें कोई तुम्हें जान से मार देता है।" रितिका ने कहा।

"हम्म...।"

"कल रात फिर वह सपना देखा क्या?" रितिका ने पूछा।

"नही यार, लेकिन कल से ही मुझे अजीब-सा डर लग रहा है। ऐसा लग रहा है, जैसे कुछ बुरा होने वाला है।" कनिका ने सांस छोड़ते हुए कहा।

"तुम घबराओ मत। शाम को न्यू ईयर पार्टी में मिलते हैं।"

"हम्म... ।" कनिका ने कॉल कट किया और हैरानी से अपने फोन को देखने लगी।

*****

५
अमात्य

सत्या की झुग्गी

उसकी झुग्गी का दरवाज़ा बहुत ही ढीला था। उसके खुलने की आवाज़ पड़ोसियों तक पहुंच जाती थी। अंदर आते ही सत्या के सवालों के बाण मुझ पर टूट पड़े।

"कल रात तू कहाँ था यार? मैं रात भर तेरा खाने पर इंतजार करता रहा।" सत्या ने नाराजगी जाहिर करते हुए कहा।

मैंने रसोई घर की तरफ नज़र घुमाई, कल रात का खाना थाली में रखा हुआ था।

"तुमने खाना क्यों नहीं खाया?" मुझे अच्छा नहीं लगा कि मेरी वज़ह से सत्या रातभर भूखा रहा।

"मैं तेरा इंतज़ार कर रहा था।" सत्या ने मुंह बनाते हुए कहा।

अमात्य और सत्या दोनों एक जैसे थे, सत्या का भी अमात्य की तरह मेरे सिवा दुनिया में कोई नहीं था।

मैंने सत्या को फर्श पर बिछी चटाई पर बैठाया और उसका हाथ अपने हाथ में लेते हुए कहा, "सत्या, मैं तुम्हें दोस्ती की एक दास्तान सुनाना चाहता हूँ। क्या तुम सुनना चाहोगे?"

"दोस्ती की दास्तान? लेकिन क्यों?" सत्या थोड़ा कन्फ्यूज़ था।

"क्योंकि मैं चाहता हूँ, इस कहानी को सुनने के बाद तुम मझे सही-गलत का फर्क समझाओ।" मैंने कहा। सत्या ने भी 'हाँ' में सिर हिला दिया।

***

लगभग दो हजार वर्ष पूर्व

"सभी सैनिक एक कतार में खड़े हो जाओ। सेनापति आ रहे हैं।" अमात्य ऊंचे स्वर में बोला।

"अमात्य, सभी सैनिक तैयार हैं?" सेनापति बक्तावर सिंह ने पूछा। वह टुकड़ी का मुआयना कर रहा था।

"जी हाँ, सेनापति।" अमात्य बिना हिले सीना ताने बोला।

सम्राट की सेना में भर्ती होने के लिए गांव-गांव से नौजवान लड़कों को लाया जा रहा था। मैं उन नौजवानों के साथ सेना में भर्ती हो गया। मेरी टुकड़ी में सौ सैनिक थे। युद्धाभ्यास में मेरा कौशल व शक्ति प्रदर्शन देखकर सभी चकित थे। इसी कारण ज्यादातर सैनिक मुझसे ईर्ष्या करने लगे। वह मुझे परेशान करने व नीचा दिखाने का हर सम्भव प्रयास करते थे।

"कौन हंसा?" सेनापति ने कठोर आवाज़ में पूछा। लेकिन किसी ने कोई जवाब नहीं दिया।

"यदि हंसने वाला स्वयं बाहर नहीं आया, तो पूरी टुकड़ी को दंड मिलेगा।" सेनापति गुस्से में था।

टुकड़ी के लगभग सभी सैनिक मेरी तरफ देखने लगे, जैसे वह सेनापति से कह रहे हों कि यही हंसने वाला सैनिक है। यह देख, सेनापति ने मुझे कतार से बाहर निकलने का आदेश दिया। जो गलती मैंने की ही नहीं थी, उसके लिए सेनापति ने मुझे पूरा दिन अकेले जंगल में लकड़ी काटने का दंड दिया और अमात्य से कहा कि वह मुझ पर नज़र रखे।

अमात्य हमारी ही टुकड़ी का सैनिक था। वह एक लम्बी कद-काठी का मजबूत जिस्म वाला नौजवान था। उसकी उम्र लगभग 22-23 वर्ष थी।

उसका सपना था, एक दिन वह सेना का सेनापति बने। आज अमात्य को हमारा सेनानायक बनकर युद्धाभ्यास कराना था। किन्तु मुझे दंड दिलाने की इच्छा रखने वालों की वजह से उसका एक दिन का सेनानायक बनने का

सपना टूट गया। जहाँ वह मुझ पर बहुत गुस्सा था, वहीं मेरी कठोर सजा से खुश भी था।

"तुम्हारे कारण मेरा आज सेनानायक बनने का अवसर चला गया। ईश्वर ने तुम्हारे साथ सही किया।" अमात्य ने मुझे कोसा। "तुम ऐसे क्यों हो? मैं तुमसे बात कर रहा हूँ, किन्तु तुम हो कि कुछ बोलते ही नहीं। बेजुबान हो क्या?" अमात्य बोलता रहा और मैं खामोशी से लकड़ी काटने का दंड पूरा करता रहा। उसकी बातों का मुझ पर कोई प्रभाव नहीं पड़ रहा था।

"इसलिए कोई तुम्हारा मित्र बनने को तैयार नहीं है। पता नहीं तुम्हें किस बात का घमंड है?" अमात्य शाम तक बोलता रहा। मुझे बुरा-भला कहता रहा। किन्तु मैंने उसकी बातों पर ध्यान नहीं दिया।

शाम तक मैंने सारी लकड़ियां काट दी और उन्हें उठाकर सैनिक शिविर की ओर चल दिया। मैं न तो परेशान था और न ही थका हुआ। मुझे इस तरह सामान्य देख, उसका क्रोध और अधिक बढ़ गया।

अमात्य इतने क्रोध में था कि उसने शिविर में वापस आते ही अपने साथियों के साथ मिलकर मुझे मारने की योजना बनाई। उनकी सारी योजनाएं मुझे साफ सुनाई दे रही थी।

रात के समय सभी सैनिक शिविर के भोजनालय में भोजन के लिए गए हुए थे। अमात्य का एक साथी सभी को भोजन वितरित कर रहा था। उसने पहले ही मेरे भोजन में विष मिला दिया था। भोजन करने के उपरान्त मैं अपने शिविर में सोने के लिए चला गया।

सुबह के समय जब सभी सैनिक निरीक्षण के लिए तैयार खड़े थे, तो उस समय अमात्य व उसके साथी मुझे जीवित देखकर हैरान थे।

इसी बीच सेनापति बक्तावर सिंह ने सूचना दी कि सम्राट की सेना की दस टुकड़ी दक्षिणी राज्य दक्खन की सेना पर आक्रमण करेंगी। हमारी टुकड़ी को भी युद्ध में जाना था।

"आज देखता हूँ, यह हर्षवर्धन कैसे जीवित बचता है।" अमात्य ने दांत भींचते हुए अपने एक साथी से कहा।

"आज हर्षवर्धन की मृत्यु निश्चित है या तो वह तुम्हारे हाथों मरेगा या फिर दक्खन के सैनिकों के हाथों।" उसके एक साथी ने दबे स्वर में कहा।

***

'दक्खन राज्य की सीमा'

मेरे सामने एक विशाल सेना, जिसमें दस हजार पैदल सैनिक, एक हजार घुड़सवार, सौ हाथी, एक हजार तीरंदाज खड़े थे। सामने खड़ी विशाल सेना को देखकर हमारी सेना के एक हजार सैनिकों के पसीने छुटने लगे। युद्ध का परिणाम पहले से ही तय हो चुका था। सैनिकों में भय का माहौल फैलता जा रहा था।

दक्खन का सेनापति यही सोच रहा था, सम्राट के पास दक्खन राज्य से दस गुना बड़ी सेना होने के बावजूद, उन्होंने युद्ध में बस एक हजार सैनिकों की छोटी-सी टुकड़ी क्यों भेजी? यह तो मौत के मुंह में जाने जैसा था।

मैंने सभी टुकड़ियों की तरफ देखा। सभी सैनिक भय से कांप रहे थे। किन्तु मुझे आश्चर्य तब हुआ, जब मेरी नज़र अमात्य पर पड़ी। वह अकेला था, जिसकी आंखों में भय नहीं था। उसके चेहरे पर मुस्कान थी।

"आक्रमण!" सेनापति बक्तावर सिंह ने चिल्लाते हुए आगे खड़ी पांच टुकड़ियों को आदेश दिया।

सभी सैनिक हाथों में तलवार लिए दक्खन की सेना की ओर दौड़ते हुए कूच करने लगे।

दूसरी तरफ दक्खन के सेनापति ने भी अपनी सेना को आक्रमण करने का आदेश दिया। आदेश मिलते ही एक हजार तीरंदाजों ने अपने धनुष से बाणों की वर्षा कर दी।

देखते ही देखते पल भर में मेरी आंखों के सामने पांच सौ सैनिक बाणों की वर्षा में डूब गए। उस प्रहार से एक भी सैनिक बच न सका। कुछ ही क्षण में बाणों की वर्षा ने हमारी गिनती आधी कर दी थी। यह दृश्य देख बाकी बचे सैनिक युद्ध के मैदान से भाग खड़े हुए।

यह देख दक्खन के सेनापति की हंसी छूट गई। उसे अपनी जीत पर गर्व महसूस हो रहा था। तभी उसकी नज़र मैदान में खड़े दो सैनिकों पर पड़ी। वह सैनिक कोई और नहीं, बल्कि मैं और अमात्य थे। सेनापति बक्तावर सिंह बचे सैनिको को लेकर वापस जा चुका था।

"तुम नहीं गए, अमात्य?" मेरे सवाल पर अमात्य मुस्कुरा दिया।

"मैं मौत से भागने वालों में से नही हूँ। मैं सेना में मरने या मारने को शामिल हुआ था। मैं कायर नहीं हूँ, जो दुश्मन को पीठ दिखाकर मैदान छोड़ दूँ।"

"तुम क्यों नहीं गए?" अमात्य ने पूछा।

मैंने उसे कोई जवाब नहीं दिया। मैं अमात्य की बहादुरी से बहुत खुश था। मैंने पहली बार किसी इन्सान को मौत का डट कर सामना करते देखा था।

दक्खन के पैदल सैनिक तेजी से हमारी तरफ आ रहे थे। अमात्य अपनी तलवार तानें उनके नजदीक आने की प्रतीक्षा कर रहा था। शायद यह बात वह भी जानता था कि सामने से सैनिकों का दस्ता नहीं, बल्कि उसकी मौत आ रही थी।

मैं अमात्य को मरने नहीं दे सकता था। मैंने म्यान में शांत पड़ी अपनी तलवार निकाली और जैसे ही सामने सैनिकों का झुंड हम पर आक्रमण करने को झपटा, वर्षों से रूका मौत का सिलसिला शुरु हो गया।

एक तरफ अमात्य बहादूरों की तरह लड़ रहा था। वहीं दूसरी तरफ मेरी तलवार दक्खन के सैनिकों का सिर कलम करती जा रही थी। कुछ ही देर में दक्खन सेना के हजारों सैनिकों के शव जमीन पर थे। चारों तरफ रक्त बह रहा था। मेरी तलवार भी रक्त से पूरी तरह लाल हो चुकी थी।

यह देख अमात्य के साथ-साथ दक्खन सेना भी एक पल को ख़ौफ खा गई। तभी दक्खन सेनापति ने बौख़लाहट में अपने तीरंदाजो को पुनः बाणों की वर्षा करने का आदेश दिया।

इस बार बाणों की वर्षा ने सूर्य को पूरी तरह ढक दिया और एक ऐसा अंधकारमय वातावरण युद्ध के मैदान स्थापित कर दिया, जैसे सूर्यास्त समय से पूर्व हो गया हो।

हजारों बाणों को आता देखकर अमात्य कुछ सोच नहीं पाया। वह अपनी मौत को आता देख, भुजाएं फैलाए बाणों का स्वागत करने लगा।

किन्तु एक भी बाण उसके शरीर को छू ना सका। मैंने तुरन्त अपने शरीर को ढाल बनाकर उसे अपनी आड़ में ले लिया। सैकड़ों बाण, मेरे शरीर से लगकर जमीन पर गिर गए। यह देखकर अमात्य हैरान हो गया।

वहीं मेरे अंदर का ज्वालामुखी फूट चुका था। मैंने अपनी तलवार रखी और भूखे शेर की तरह सामने खड़ी सेना पर टूट पड़ा। एक के बाद एक सैनिक का सिर अपने हाथों से उखाड़ता हुआ, मैं सेनापति के सामने जा पहुँचा। क्षण भर में शवों का अम्बार देख, अमात्य व दक्खन सेनापति दोनों के होश उड़ गए थे।

मेरी खून जैसी लाल आंखे, लम्बे-लम्बे नाखून व दांत देख दक्खन सेनापति अपनी सुध-बुध खो बैठा था। मैंने उसका सिर इस प्रकार उसके धड़ से अलग कर दिया, जैसे वह मेरे लिए कोई खिलौना हो।

मैं अपनी प्यास बुझाने में इतना व्यस्त हो गया कि मुझे यह एहसास ही नहीं रहा कि अमात्य मेरे इस भयानक रूप को देख रहा है।

मैं उसके पास गया। मेरी ज्वालामुखी जैसी लाल आंखे, लम्बे नुकीले दांत, यह सब देख उसकी आंखों में डर नहीं, अपितु एक जिज्ञासा थी।

"अब तो तुम समझ गये होगे कि मुझे विष देकर मारा नहीं जा सकता।" मैंने अमात्य से कहा। उसे अपने किये पर पछतावा था।

मेरी आंखों में देखते हुए उसने पूछा, "तुम कौन हो?"

"अमात्य, मैं तुम्हारी बहादुरी और साहस देखकर बहुत खुश हूँ किन्तु तुम मुझे वचन दो, किसी को मेरी सच्चाई के विषय में नहीं बताओगे।" मैंने उससे कहा।

"मैं वचन देता हूँ किन्तु मैं जानना चाहता हूँ, आखिर तुम हो, कौन?"

"मैं एक पिशाच हूँ। मैं इन्सानों व जानवरों के खून से अपनी भूख मिटाता हूँ। मेरी अपार शक्तियां ही मेरा अभिशाप हैं, जिस कारण मैं अमर हूँ।" मैंने निराशा भरे स्वर में कहा।

"तुम पिशाच कैसे बने? क्या है, तुम्हारा श्राप?" उसने पूछा।

मैं स्वयं अपने बारे में सबकुछ नहीं जानता था, किन्तु मैंने उसे अपने जन्म से माँ की मृत्यु तक सब बताया। वह पहला इन्सान था, जो मेरे विषय में जानता था।

अमात्य ने मेरा हाथ पकड़ा और कहा, "मैं तुम्हारे साथ हूँ, मेरे भाई। जब तक मेरे शरीर में प्राण है, हमेशा एक भाई और मित्र की भांति तुम्हारे साथ रहूंगा।" अमात्य जानता था, मेरे कारण उसे नया जीवन मिला है, इसलिए उसने अपना जीवन मुझे समर्पित कर दिया।

सूर्यास्त हो चुका था। मैंने और अमात्य ने वापस शिविर में जाने का फ़ैसला किया और हम दोनों पाटलिपुत्र की ओर प्रस्थान कर गए।

***

'पाटलिपुत्र, सेना का शिविर'

सूर्योदय की पहली किरण के साथ शिविर में हलचल मच गई। सभी सैनिक हम दोनों को जीवित देख हैरान थे। सेनापति बक्तावर सिंह ने जब अमात्य के हाथों में दक्खन सेनापति का सिर देखा, तो वह आश्चर्यचकित रह गया। यह समाचार तत्काल सम्राट को सुनाया गया। तत्पश्चात हम दोनों सम्राट के दरबार में थे।

"सैनिक, हमें युद्ध के मैदान की सारी घटना सुनाओ।" सम्राट युद्ध के मैदान में हुए नरसंहार के विषय में जानने को आतुर थे।

आदेश का पालन करते हुए अमात्य ने सम्राट को हम दोनों की सुझबूझ व बहादुरी के काल्पनिक किस्से सुनाना शुरु कर दिया। सम्राट व पूरी सभा ध्यान लगाकर उसकी कहानी सुनती रही। खुश होकर सम्राट ने अमात्य को उत्तर की सेना का और मुझे पश्चिम की सेना का सेनापति घोषित तो कर दिया, किन्तु अमात्य खुश नहीं था।

"सम्राट, मुझे सेनापति का पद स्वीकार नहीं है।" अमात्य ने सिर झुकाकर कहा।

सम्राट को लगा, शायद उन्होंने अमात्य की वीरता का मूल्य कम आंका है। उन्होंने अमात्य से पूछा, "अगर तुम्हें सेनापति का पद स्वीकार नहीं है, तो बताओ तुम्हें क्या चाहिए?" सम्राट अमात्य को मुंह मांगा ईनाम देने को तैयार थे।

"मैं हर्षवर्धन के साथ ही रहना चाहता हूँ। हमारी मित्रता, भाई के रिश्ते से भी बढ़कर है। कृपया हमें अलग न करें।" अमात्य ने हाथ जोड़कर विनती की।

मेरे प्रति उसका प्रेम देखकर सम्राट के साथ-साथ मैं भी बहुत खुश हुआ। सम्राट ने हम दोनों को पश्चिमी सेना का नेतृत्व सौंप दिया।

समय बीतने के साथ-साथ हम दोनों की दोस्ती और गहरी होती चली गई। दो वर्ष कैसे बीत गए, मुझे पता ही नहीं चला। इन दो वर्षों में हमने बहुत लड़ाईयां लड़ी। आलम यह था कि हम दोनों को युद्ध के मैदान में देख विपक्षी सेना स्वयं ही आत्मसमर्पण कर देती थी। हम दोनों का विजय रथ आगे बढ़ता जा रहा था और दोस्ती, भाई के रिश्ते में बदल गई थी। अमात्य के साथ रहना मुझे अच्छा लगने लगा था। वह एक बड़े भाई की तरह मेरा ख्याल रखता था।

किन्तु धीरे-धीरे अमात्य बदलता गया। अब उसके भीतर एक योद्धा की नहीं, अपितु एक राजा बनने की ईच्छा उत्पन्न होने लगी थी। वह चाहता था कि मेरी सहायता से वह सम्राट की गद्दी पर विराजमान हो जाए। किन्तु मैं

उसके इस षडयंत्र के समर्थन में नहीं था। मैं अमात्य को समझाने की कोशिश करता रहा, किन्तु उसके ऊपर सम्राट बनने का जूनून सवार हो गया था। उसकी महत्वकांक्षाएं बढ़ती जा रही थी।

अमात्य यह बात जानता था कि अगर वह सम्राट के विरुद्ध विद्रोह करेगा और उसे युद्ध करना पड़ा, तो मैं उसी का साथ दूंगा। इसी बात का वह फायदा उठा रहा था। किन्तु जब मैं ही उसके जीवन में नहीं रहूँगा, तो वह विद्रोह करने के विषय में सोचेगा भी नहीं, यही सोचकर मैंने अपने भाई जैसे मित्र को छोड़कर जाने का फैसला किया।

सूर्योदय होने वाला था। मैंने सोते हुए अमात्य को आखिरी बार देखा और आंखों में आंसू लिये, वहाँ से चला गया।

***

'अमात्य SPEAKS'

"सेनापति अमात्य उठिये, सूर्योदय हो चुका है।" एक सैनिक ने मुझे दूर से आवाज़ देकर नींद से जगाया।

आधी आंख खोलते हुए मैंने द्वार पर खड़े सैनिक से पूछा, "कौन-सा पहर चल रहा है?"

"सेनापति पहला पहर खत्म होने वाला है।" सैनिक के शब्द सुनकर मैं तुरन्त अपने बिस्तर से उठ खड़ा हुआ।

"हर्षवर्धन कहाँ है? आज वह मुझे जगाने नहीं आया?" मैंने पूछा।

"सेनापति, योद्धा हर्षवर्धन अपने आरामगाह में नहीं है। सुबह से वह किसी को नज़र नहीं आये। शायद कहीं घुमने निकल गये है।" सैनिक ने जवाब दिया।

सैनिक के शब्दों को सुनकर मेरे पैरे तले, मानो जमीन खिसक गई हो।

मैं तुरन्त अपने आरामगाह से निकलकर बिना स्नान किये ही हर्षवर्धन के कक्ष की तरफ भागा।

जैसे ही मैं वहाँ पहुंचा, हर्षवर्धन अपने कक्ष में नहीं था। मैं बेचैनी से उसके कक्ष में इधर-उधर घूम रहा था कि तभी मेरी नज़र हर्षवर्धन के बिस्तर के पास रखे एक पत्र पर पड़ी। मैंने तुरन्त उस पत्र को खोलकर देखा, वह पत्र हर्षवर्धन ने मेरे लिए लिखा था।

'मेरे प्यारे भाई समान मित्र अमात्य,

मैंने सोचा नहीं था, मैं कभी तुम्हें छोड़कर भी जाऊंगा। मैं जानता हूँ, मेरा जीवन अनन्त है और तुम एक इन्सान हो। एक दिन तुम्हें बूढ़ा भी होना है और मृत्यु को भी पाना है। किन्तु मेरे जीवन में मृत्यु नहीं है। मैं आज भी 21 वर्ष का नौजवान हूँ और हजारों वर्षों बाद भी 21 वर्ष का ही रहूंगा। मेरे लिए रिश्ते बनाना भी किसी श्राप से कम नहीं हैं। मुझे तुम जैसे मित्र से जुदा होते हुए बहुत तकलीफ हो रही है। जो दुख मुझे अपनी माता की मृत्यु पर हुआ था, वही दुख आज पुनः हो रहा है। मनुष्य के जीवन में सुख-दुख लगा रहता है। वह अपनी महत्वकांक्षाओं और इच्छाओं की पूर्ति के लिए जीवन में हर कार्य करता है। तुम्हारा स्वप्न सम्राट बनने का है, किन्तु यह स्वप्न तुम्हें स्वयं ही पूर्ण करना होगा। तुम्हारे साथ रहते हुए मैं भूल गया था कि मैं एक पिशाच हूँ। मैं मनुष्य की तरह जीवन व्यतीत करने का सिर्फ दिखावा कर सकता हूँ किन्तु मनुष्य नहीं बन सकता। मेरी कोई महत्वकांक्षा व ईच्छाएं नहीं हैं, किन्तु मेरी मौजूदगी से तुम्हारे जीवन में नई महत्वकांक्षाओं व ईच्छाओं का जन्म हुआ है जिन्हें मैं पूर्ण नहीं कर सकता हूँ। इसलिए मैं हमेंशा के लिए जा रहा हूँ।

तुम्हारा मित्र हर्षवर्धन।'

मैंने गुस्से से अपनी मुट्ठी बंद कर ली। हर्षवर्धन का पत्र पढ़कर मुझे यकीन नहीं हो रहा था कि वह मुझे छोड़कर चला गया। मैं जानता था, उसे तलाश करना, रेगिस्तान में सुई तलाशने से भी कठिन कार्य है किन्तु मैंने भी फ़ैसला कर लिया था कि उसे तलाश करके रहूंगा, चाहे मुझे कुछ भी करना पड़े।

*****

भी तुम्हारी तरह ह्रदयकर्णिका के पुनर्जन्म को तलाश कर रहे थे किन्तु उन्हें कभी सफलता नहीं मिली।" अरुणोदय बोलते-बोलते चुप हो गया।

"अरुण, तुमने हमें कभी इस बारे में क्यों नहीं बताया?" रहमान ने उससे पूछा।

वह और फातिमा उसे आश्चर्य से देख रहे थे। उसने कभी उन्हें यह सब बातें नहीं बताई थी। अरुणोदय चुप था। उसकी खामोशी ने उन्हें जवाब दे दिया।

"क्या किसी को पता है कि ह्रदयकर्णिका इस वक्त कहाँ है?" मैं जानना चाहता था कि अरुणोदय को ह्रदयकर्णिका के विषय में कोई जानकारी है भी या नहीं।

"नहीं। किसी को भी इस विषय में कोई जानकारी नहीं है परन्तु वह दोनों तुम्हारी और ह्रदयकर्णिका की तलाश में हैं। ऋषि ब्रहमेश्वर तुम्हें काबू में करने की कोई शक्ति उत्पन्न करने की कोशिश में लगा है।" अरुणोदय ने कहा।

"तुम ये सब बातें मुझे क्यों बता रहे हो? तुम उनके साथ रहे हो। अब उनसे बगावत क्यों कर रहे हो?" मेरे मन में अरुणोदय के प्रति शंका पैदा हो रही थी।

"सर्वशक्तिमान, ऋषि ब्रहमेश्वर और अमात्य दोनों ही वैम्पायर बनकर अपनी इन्सानियत खो चुके हैं। उन्होंने इतनी निर्दयता की है कि भगवान भी उन्हें कभी माफ नहीं करेगा। मैं उनके पापों का हिस्सा बनते-बनते थक चुका था। इसलिए मैंने उनका साथ छोड़ दिया। इसी बीच मेरी मुलाकात रहमान और फातिमा से हुई। इन्होंने मुझे तुम्हारे विषय में बताया और फिर हम इंडिया आ गए।" अरुणोदय ने कहा।

"क्या ब्रहमेश्वर के पास मुझे और ह्रदयकर्णिका को दिये श्राप से मुक्ति का कोई उपाय है?" मैंने अरुणोदय से पूछा।

मैं चाहता था कि कम से कम मुझे ब्रहमेश्वर के श्राप से तो मुक्ति मिले।

6
न्यू ईयर पार्टी

सत्या की झुग्गी

सत्या बिना पलकें झपकाये, मेरी ओर देख रहा था। उसने अपनी भौंहे चढ़ा ली थी। मानो उसे कुछ समझ ही न आया हो!

"क्या यह किसी वैम्पायर नोवेल की स्टोरी है?" सत्या ने पूछा।

"नहीं।" मैंने सिर हिलाया।

"मैं इसमें क्या राय दे सकता हूँ?" सत्या कन्फ्यूज़ था।

"हर्षवर्धन का अमात्य को छोड़ना सही था या गलत?" मैंने पूछा।

सत्या सोच में डूबा था। फिर कुछ सोचने के बाद उसने कहा, "मेरे हिसाब से गलत था।"

"कैसे?"

"देखो हर्ष। हर्षवर्धन को अमात्य का साथ छोड़कर नहीं जाना चाहिए था। अगर वह अमात्य की मदद कर देता, तो उसका क्या चला जाता? सभी अपने फ्रेन्ड्स की मदद करते हैं, उसे भी करनी चाहिए थी।" सत्या दोनों हाथों को फोल्ड करके बैठ गया।

"अगर तुम्हें अमात्य की तरह हर्षवर्धन की दोस्ती मिल जाए, तो क्या करोगे?" मेरा सवाल सुनते ही सत्या ज़ोर-ज़ोर से हंसने लगा। वह मुझे देखकर हंस रहा था। लेकिन मेरा गम्भीर चेहरा देख, वह हंसते-हंसते चुप हो गया।

"अरे यार, मैं तो हर्षवर्धन से कहता कि मुझे भी वैम्पायर बना दे। कम से कम इस गरीबी से तो पीछा छूटेगा।" सत्या ने हाथ पर हाथ मारते हुए कहा।

मुझे मेरा जवाब मिल गया था। मैं सत्या की ओर देख मुस्कुराया और अगले ही पल वहाँ से ओछल हो गया। यह देख सत्या की आंखे खुली की खुली रह गई।

***

31 दिसम्बर 2008
न्यू ईयर पार्टी, नोएडा

एक और साल समाप्ति की ओर था। सभी बीते साल को अलविदा कर, नये साल के स्वागत का जश्न मना रहे थे। कम उम्र के नौजवान लड़के व लड़कियां नशे में दूत थे। चारों तरफ पार्टी, शोर-शराबा व गाने बज रहे थे।

कनिका भी अपने दोस्तों के साथ पार्टी में शामिल थी। शौर्य भी उसके साथ था। मैंने शौर्य की ओर देखा, वह कनिका के साथ डांस फ्लोर पर डांस कर रहा था। मैं वहीं एक कोने में बैठा ड्रिंक पीता हुआ, तिरछी नज़रों से कनिका को देख रहा था।

सत्या को छोड़कर आने का मुझे कोई दुख नहीं था। मैं उसे पिछले एक हफ्ते से ही जानता था।

तभी अचानक से एक शख्स मेरे पास आकर बैठ गया और बार टेन्डर से एक ड्रिन्क मांगने लगा। मैंने उसकी ओर देखा, तो वह बड़ी विनम्रता से बोला, "सर्वशक्तिमान, मुझे आपसे बहुत जरूरी बात करनी है?" यह सुनकर मैं एकदम से चौंक गया। मैं सर्वशक्तिमान बोलने वाले सिर्फ एक ही शख्स को जानता था।

"कौन हो तुम?" मैंने उसकी ओर देखते हुए पूछा।

"मेरा नाम अरुण है। मैं लम्बे समय से आपको तलाश कर रहा हूँ।" उसने धीमी आवाज़ में कहा। मानो उसे किसी का डर हो।

"तुम मुझे कैसे जानते हो और मुझे क्यों तलाश कर रहे हो?" मैंने अपनी ड्रिंक पीते हुए पूछा।

"मुझे रहमान ने भेजा है। अमात्य के डर के कारण रहमान व फातिमा छिपे हुए हैं। वह दोनों भी इंडिया में हैं।" उसने इधर-उधर देखते हुए कहा।

रहमान का नाम सुनते ही मेरे कान खड़े हो गए थे। मैंने उसे क्लब से बाहर आने को कहा। मैं नहीं चाहता था कि किसी भी वैम्पायर को हृदयकर्णिका के पुनर्जन्म का पता चले।

"मुझसे क्या चाहते हो?" क्लब से बाहर आते ही मैंने पूछा।

"रहमान और फातिमा आपसे मिलने चाहते हैं।" अरुण ने कहा।

"लेकिन क्यों?"

"यह तो आपको उनसे मिलकर ही पता चलेगा। अब मुझे जाना होगा।" यह कहकर उसने मुझे कागज का एक टुकड़ा दिया, जिस पर रहमान का पता लिखा था और अगले ही पल वहाँ से चला गया।

मैं रहमान और फातिमा से 125 साल पहले मिला था। शायद वह अमात्य के बारे में कुछ जानता होगा, इसलिए मुझसे मिलना चाहता है। मैंने मन ही मन सोचा और उस कागज़ के टुकड़े को अपने जेब में रखते हुए वापस क्लब के अंदर आ गया।

रात के 12 बजते ही सभी लोग ज़ोर-ज़ोर से 'हैप्पी न्यू ईयर' चिल्लाने लगे। आसमान में पटाखों की आतिशबाजी शुरु हो गई थी। सभी लोग एक-दूसरे को गले मिलकर बधाई दे रहे थे। शौर्य ने भी कनिका को गले लगाया और 'हैप्पी न्यू ईयर' कहा। यह देखकर पता नहीं क्यों, मुझे बहुत बुरा लगा।

"क्या बद्तमीजी है?" कनिका ने ज़ोर से चिल्लाते हुए कहा।

"क्या हुआ कनिका?" शौर्य ने पूछा।

"उस लड़के ने मुझे पीछे से छुआ।" फ्लोर पर डांस कर रहे, एक-दूसरे लड़के की ओर इशारा करते हुए कनिका गुस्से से भड़क रही थी।

"क्या हुआ ब्यूटीफूल? चिल्ला क्यों रही हो? हमारे साथ भी पार्टी इन्जॉय करो।" उसी लड़के ने कनिका का हाथ पकड़ते हुए कहा।

यह देख शौर्य को बहुत तेज गुस्सा आया और उसने उस लड़के को मारने के लिए हाथ उठाया ही था कि उसने शौर्य का हाथ पकड़ लिया।

“अबे, तू हमारे बीच में क्यों आ रहा है? यह तेरी गर्लफ्रेन्ड है क्या?” उस लडके ने शौर्य को धक्का देते हुए कहा।

मैं एक तरफ बैठा, उसकी बद्तमीजी देख रहा था। वहाँ काफी भीड़ इकठ्ठा हो गई थी। शौर्य के दोस्तो के आते ही, उस लड़के के भी सात-आठ दोस्त आ गये थे। लेकिन वह सब उनसे उम्र में बड़े थे।

कनिका काफी ज्यादा घबरा गई थी। उसके चेहरे पर घबराहट देख, मैं खुद को रोक नहीं पाया। मैं हवा की तरह क्लब में घूमने लगा। किसी को कानों-कान ख़बर नहीं थी कि इस क्लब में एक वैम्पायर है।

उस लड़के का हाथ मेरी आंखों में खटक रहा था। उसने मेरी ह्रदयकर्णिका को छुआ था। अगले ही पल मैंने उसका हाथ तोड़ दिया। वह दर्द से चिल्लाने लगा। यह देख वहाँ मौजूद सभी दंग रह गए।

कनिका ने रितिका की ओर देखा। मानो वह उसे कुछ कहना चाह रही थी। किसी को समझ नहीं आया, आखिर उस लड़के के साथ हुआ क्या? उसी समय कनिका और उसके सभी फ्रेन्ड्स क्लब से निकल गये।

***

“कनिका क्या सोच रही हो?” रितिका ने पूछा।

“कुछ नहीं।” कनिका अपने बेड पर बैठी सोच में डूबी थी।

“यार, उस न्यू ईयर वाली घटना को एक हफ्ता हो गया है। कब तक उस बात को लेकर बैठी रहेगी।” रितिका ने कहा। रितिका उस घटना को कोई करिश्मा या जादू-टोना नहीं मानती थी। यही बात वह कनिका को भी समझा-समझा कर थक चुकी थी।

“रितिका, तुम्हें अजीब नहीं लगा। छीना हुआ मेरा मोबाइल फोन मुझे वापस मिल गया। अगली ही रात न्यू ईयर पार्टी में मेरा हाथ पकड़ने वाले लड़के

का हाथ अपने आप ही टूट गया। आखिर यह सब इत्तेफाक नहीं हो सकता है!" कनिका का मन बेचैन था।

"अभी तुम यह सब मत सोचो, हमें कॉलेज के लिए लेट हो रहा है।"

"हम्म...।" कनिका के चेहरे पर निराशा थी। सिर हिलाते हुए उसने अपना कॉलेज बैग उठाया और वह दोनों कॉलेज के लिए निकल गई।

***

जैसे ही कनिका कॉलेज गेट से अंदर आई शौर्य उसके सामने घुटनों के बल बैठ गया। पूरा कॉलेज कनिका और शौर्य को ही देख रहा था।

"कनिका, मैं तुमसे बहुत प्यार करता हूँ। I love you..." हाथ में रिंग लिये, उसने कनिका से अपने प्यार का इज़हार किया।

कनिका शॉक्ड हो गई थी। उसे कुछ समझ नहीं आया, वह शौर्य को क्या जवाब दे। वहीं सभी उन दोनों को देख रहे थे। वह शौर्य को हर्ट भी नहीं करना चाहती थी। उसने शौर्य का हाथ पकडा और उसे अपने साथ कॉलेज गेट से बाहर ले आई।

"शौर्य तुम बहुत अच्छे लड़के हो। मैं तुम्हारी बहुत इज्ज़त करती हूँ लेकिन समझने की कोशिश करो, मुझसे यह प्यार-वगैरा नहीं हो पाएगा। तुम मेरे बारे में कुछ नहीं जानते। मेरी लाईफ में पहले से ही बहुत परेशानियां हैं।"

कनिका का जवाब सुनकर शौर्य मायूस हो गया। उसने कनिका से कहा, "आखिर कब तक तुम परेशानियों का बहाना बनाती रहोगी? मैं स्कूल टाइम से तुम्हें पसंद करता हूँ। आखिर मुझमें क्या कमी है?"

"शौर्य प्लीज, तुम्हारे अंदर कोई कमी नहीं है। मैं तुम्हें कैसे समझाऊं? मैं तुम्हें अपना एक बहुत अच्छा दोस्त समझती हूँ। उससे ज्यादा और कुछ नहीं। अगर तुम चाहते हो कि हमारी दोस्ती कभी न टूटे, तो प्लीज आज के बाद यह सब दोबारा मत करना।" कनिका ने कहा।

कनिका अपनी बात कहकर कॉलेज के अंदर चली गई। हाथ में रिंग और अपना टूटा हुआ दिल लिये, शौर्य उसे जाते हुए देखता रहा।

मैंने कनिका और शौर्य की बातें सुन ली थी। मैं कनिका की परेशानियों को अच्छे से समझ रहा था। पिछले एक हफ्ते से मैं कनिका के आसपास ही भटक रहा था। मैं उसके जीवन के बारे में सब कुछ जान चुका था।

कनिका के माता-पिता एनसीआर के बहुत बड़े डाक्टर्स थे। कनिका की पहली माँ उसे जन्म देते ही गुजर गई थी जिसके बाद उसके पिता ने दूसरी शादी कर ली थी। कनिका का एक छोटा भाई राघव और एक छोटी बहन रिद्धी थी। दोनों ही कनिका से बात नहीं करते थे और न ही उसकी सौतेली माँ डॉ0 राधिका ने उसे कभी माँ का प्यार दिया। कनिका के पिता डॉ0 श्याम सिंह राठौर ने भी पहली पत्नी की मौत का जिम्मेदार कनिका को मान लिया था। परिवार में कोई भी उसे प्यार नहीं करता था।

कनिका माता-पिता के प्यार के बिना पली-बड़ी थी। उसके अंदर बहुत सहनशक्ति थी। अगर किसी ने उसे माता-पिता का प्यार दिया था, तो वह थे उसके दादाजी, रिटायर्ड जनरल बिजेन्द्र सिंह राठौर।

बचपन से कनिका उनकी ही छत्र-छाया में पली-बड़ी थी। कनिका के दादा जी ही उसका जीवन थे। मैं चाह कर भी उसके दुखों को कम नहीं कर सकता था लेकिन दूर रहकर उसे मृत्यु से जरूर बचा सकता था। मैं ह्रदयकर्णिका को दोबारा देखकर ही बहुत खुश था।

मैं मायूस खड़े शौर्य को देख ही रहा था कि तभी मुझे ध्यान आया, रहमान को मुझसे बहुत जरूरी बात करनी थी। मैं भी अब अमात्य से मिलना चाहता था। यह जानना था कि आखिर उसने मुझे धोखा क्यों दिया? मैंने रहमान से मिलने का फ़ैसला किया और देहरादून के लिए निकल गया।

*****

7
अरुणोदय

देहरादून, उत्तराखंड

"हेलो फातिमा।" उसके दरवाज़ा खोलते ही मैंने मुस्कुराते हुए कहा। वहीं मुझे सामने देखकर फातिमा के चेहरे पर खुशी साफ नज़र आ रही थी।

"सर्वशक्तिमान, प्लीज अंदर आईये।" फातिमा ने आदरपूर्वक मुझे अंदर आने को कहा।

उन दोनों का घर बहुत ही छोटा और गुफानुमा था। जैसे ही मैं अंदर कमरे में पहुंचा, वहाँ रहमान और अरुण दोनों मौजूद थे। मुझे देखते ही वह दोनों अपनी जगह पर खड़े हो गए।

"कैसे हो रहमान? एक सदी के बाद मिल रहे हो?" बैठते ही मैंने उन्हें भी बैठने का इशारा किया।

"हम सब बिल्कुल ठीक हैं।" रहमान ने कहा।

वह बहुत ही ज्यादा खुश नज़र आ रहा था। ज़ाहिर-सी बात थी, 125 साल बाद वह मुझे देख रहा था।

"तुम्हें क्या जरूरी बात करनी थी?" मैंने उनके कमरे को देखते हुए पूछा।

उन दोनों ने अपने घर को बहुत अच्छे से सजाया था। इससे पहले कि रहमान कुछ बोलता, फातिमा सभी के लिए ताजा इन्सानी खून लेकर आयी। उसने सभी को एक-एक गिलास दिया और रहमान के बगल में बैठ गयी।

मैंने पहली सिप ली, "इन्सानी खून!!!" मैंने फातिमा की ओर देखते हुए कहा।

"यह हमने ब्लड बैंक से निकाला है। हम इन्सानों को नहीं मारते। बस अपनी जरूरत के हिसाब से इन्सानी खून ब्लड बैंक से ले लेते हैं। यहाँ पैसा

देकर सब काम हो जाते हैं।" फातिमा ने भी सिप लेते हुए बड़ी ही सरलता से उत्तर दिया।

"तुम कुछ कहने वाले थे रहमान?" मैंने रहमान की तरफ देखते हुए पूछा।

उसने अपना गिलास सामने टेबल पर रखा और गम्भीर स्वर में बोला, "सर्वशक्तिमान, अमात्य आपके शरीर को तलाश कर रहा है और शायद उसे पता भी चल चुका है कि आप अनन्त नींद से जाग चुके हो।"

"मिलना तो मुझे भी अमात्य से है, लेकिन वह मुझे क्यों तलाश कर रहा है?" खून की चुस्की लेते हुए मैंने पूछा।

"जैसे मैंने आपको पहले भी बताया था, वह आपके जैसा वैम्पायर बनना चाहता है।" रहमान ने कहा।

"लेकिन क्यों?" मैंने पूछा।

"आपके अंदर शक्तियों का भंडार है। वह आपके खून से वैम्पायर तो बन गया, लेकिन उसके अंदर आप जैसी शक्तियाँ नहीं हैं। साथ ही साथ वह आपकी तरह सूर्य की रोशनी में भी नहीं निकल सकता। आपके अलावा दुनिया के सारे वैम्पायर्स सूर्य की रोशनी में जल जाते हैं। यही कारण है कि अमात्य आपके शरीर को तलाश रहा था। वह रात के अंधेरे से मुक्ति पाना चाहता है।" रहमान ने कहा।

"उसने स्वयं अपने लिए यह जीवन चुना था। अब इसके दुष्परिणाम भी उसे ही भुगतने होंगे।" मैंने कुर्सी पर कमर टिकाते हुए कहा।

"सर्वशक्तिमान, एक और वज़ह है।" दूसरी तरफ से फातिमा ने कहा।

"वह क्या है?" मैंने उसकी ओर देखा।

"उम्र!" फातिमा ने कहा।

"मैं समझा नहीं?" फातिमा की बात ने मुझे थोड़ा उलझन में डाल दिया था। मैं सीधा होकर बैठ गया।

"सभी वैम्पायर्स को पता है कि सिर्फ आप को ही अनन्त जीवन मिला है। आपके अतिरिक्त सभी की उम्र धीरे-धीरे बढ़ रही है। हम वैम्पायर्स भी बीमार होते हैं और मरते भी हैं। आपने आखिरी बार अमात्य को कब देखा था?" फातिमा ने पूछा।

"लगभग 2000 वर्ष पहले।" मैंने कहा।

"उस वक्त अमात्य की उम्र क्या थी?" रहमान ने पूछा।

"यही कोई 22-23 वर्ष के करीब।"

"आज के समय, अमात्य एक 31-32 वर्ष के व्यक्ति की आयु के समान दिखता होगा। हर दो सदी गुज़रते ही हम वैम्पायर्स की उम्र एक साल बढ़ जाती है। इसे रोकने के लिए अमात्य हजारो सालों से आपके जैसा बनने का उपाय तलाश कर रहा है।" रहमान और फातिमा अब चिंतित लग रहे थे।

"लेकिन वह यह भूल गया है कि मैं बना नहीं, पैदा हुआ था।" मैंने कहा।

"अमात्य के साथ एक ऋषि भी है, जो हर कार्य में उसका बराबर साथ दे रहे हैं।" काफी देर बाद अरुण कुछ बोला। जब से मैं आया था, तभी से वह चुपचाप सबकी बातें सुन रहा था।

"अमात्य को जो करना है, वह कर सकता है। अगर उसे मेरे जैसा श्रापित जीवन चाहिए, तो उसे प्रयास करने दो। मुझे किसी भी वैम्पायर्स से कोई मतलब नहीं है। अगर तुम्हें लगता है कि मेरे जैसा बनकर वह मुझे मार सकता है, तो यह मेरे लिए ही अच्छा है। वैसे भी मैं इस अनन्त जीवन से मुक्ति पाना चाहता हूँ।" मैंने अपनी बात खत्म की और वहाँ से जाने के लिए कुर्सी से उठ गया।

"तुम दोनों से दोबारा मिलकर अच्छा लगा। थैंक्यू फॉर दि ब्लड।" मैंने फातिमा और रहमान की तरफ देखकर मुस्कुराते हुए कहा और वहाँ से जाने लगा।

"हर्षवर्धन, तुम्हें ह्रदयकर्णिका से तो मतलब है न?" अरुण के मुंह से ह्रदयकर्णिका का नाम सुनकर मैं एकाएक अपनी जगह पर रुक गया। मैंने तुरन्त पीछे मुड़कर उसकी ओर देखा। वह मुझे ही देख रहा था।

अगले ही पल मैंने अरुण की गर्दन पकड़ी और उससे हवा में उठाते हुए पूछा, "ह्रदयकर्णिका के बारे में तुम्हें किसने बताया?"

"सर्वशक्तिमान, प्लीज अरुण को छोड़ दीजिए।" रहमान ने विनती करते हुए कहा।

"हर्षवर्धन, तुम मुझे पहचान नहीं पाए। मेरा पूरा नाम अरुणोदय है। मैं ऋषि उदय का पुत्र था जिसकी शादी ह्रदयकर्णिका से होने वाली थी।" अरुणोदय की बात सुनकर मैं चकित रह गया। मैंने तुरन्त उसकी गर्दन छोड़ दी।

"अमात्य ने ही मुझे वैम्पायर बनाया था। तुम्हें यह जानकर और भी आश्चर्य होगा कि अमात्य के साथ जो ऋषि है, वह कोई और नहीं, बल्कि स्वयं ऋषि ब्रहमेश्वर हैं।" मुझे उसकी बातों पर यकीन नहीं हो रहा था। एक पल को ऐसा लगा, मानो यह हकीकत नहीं, बल्कि कोई सपना है।

"क्या??? ऋषि ब्रहमेश्वर? वह जीवित है?" मैं हैरान था।

"अमात्य ने जब तुम्हारे रूप और शक्ति को पहली बार दक्कन के युद्ध में देखा, तभी से वह तुम्हारे जैसा बनना चाहता था। उसे तुम्हारी शक्ति की भूख थी। वह तुम्हारे जरिये अपनी इच्छाएं पूरी करना चाहता था, परन्तु ऐसा होने से पहले ही तुम उसे छोड़कर चले गए, जिस कारण उसका सपना चकना-चूर हो गया।" अरुणोदय बिना रुके बोलता रहा।

"ऋषि ब्रहमेश्वर का अपनी पुत्री ह्रदयकर्णिका के प्रति प्रेम इतना अधिक था कि उसकी मृत्यु के वियोग में वह अपना कर्म व धर्म दोनों भूल गये। मैं उनका शिष्य था, इसलिए अपने गुरु का साथ देना मेरा धर्म था। अपनी पुत्री को पुनः पाने की लालसा में उन्होंने अमात्य का साथ देने का फ़ैसला किया। तुम्हारे शरीर का सारा खून अमात्य के पास था। उसी खून से हम तीनों वैम्पायर बने। हम तीनों के शरीर में तुम्हारा ही खून है। दो हजार वर्षों से वह

"नहीं, उनके पास इसका कोई उपाय नहीं है, किन्तु ऋषि ब्रहमेश्वर के द्वारा दिये गये श्राप का उपाय सिर्फ एक ही इन्सान के पास है, महर्षि स्वर्गवासा।" अरुणोदय ने गहरी सांस छोड़ते हुए कहा।

"वह कौन हैं?" मैंने पूछा।

"महर्षि स्वर्गवासा भगवान का ही रूप हैं। उनके पास देवीय शक्तियाँ हैं। उन्हें महाभारत के भीष्म पितामाह की भांति इच्छा मृत्यु का वरदान है। वह आज भी जीवित हैं और हिमालय के पर्वतों पर ही कहीं निवास करते हैं। सबसे महत्वपूर्ण बात यह है कि वह ऋषि ब्रहमेश्वर के कर्मों से बहुत क्रोधित हैं। शायद वह तुम्हारी सहायता कर दें।" अरुणोदय की बातों से साफ नज़र आ रहा था कि उसे मुझसे सहानुभूति थी। मुझे उस पर विश्वास हो रहा था।

मैंने निश्चय किया कि मैं महर्षि स्वर्गवासा को तलाश करूंगा। हृदयकर्णिका को ब्रहमेश्वर के श्राप से मुक्ति दिलाने का यही एक आखिरी रास्ता मुझे नज़र आ रहा था।

मैंने अरुणोदय, रहमान और फातिमा को धन्यवाद दिया और वहाँ से महर्षि स्वर्गवासा की तलाश में निकल गया।

*****

४
प्रार्थना

'कनिका SPEAKS'

दो महीने बाद।
ऋषिकेश, उत्तराखंड

"कनिका, उठो हमें राफ्टिंग के लिए जाना है। लेट हो रहा है।" रितिका ने कहा। वह मुझे जगाने का प्रयास करती रही, लेकिन मैं जानबूझकर सोने का नाटक कर रही थी।

दरअसल, मुझे पिछले एक महीने से नींद आना बंद हो गई थी। वैसे भी मेरा मन नहीं था, मुझे उनके साथ राफ्टिंग पर नहीं जाना था।

"यार, मुझे नहीं जाना, तुम लोग जाओ।" मैंने चादर से मुंह ढकते हुए कहा।

"ठीक है। लेकिन आज शाम को गंगा किनारे कैम्पिंग का प्रोग्राम है। कॉलेज का पूरा ग्रुप वहाँ रहेगा। तुम्हें भी आना है।" रितिका कमरे से बाहर जाते-जाते मुझसे कहकर गई।

उसके जाते ही मैं उठकर कमरे की बॉलकनी में चली गई।

"रितिका तुम अकेले आई हो। कनिका कहाँ है?" शौर्य ने रितिका से पूछा।

मैं बॉलकनी से थोड़ा पीछे हट गई थी, ताकि वह सब मुझे न देख पाएं।

"मुझे पता था, वह नहीं आएगी। उसके नखरे खत्म ही नहीं होते। उसे छोड़ो, हम सब चलते हैं।" श्रुति ने शौर्य का हाथ पकड़ते हुए कहा और वह सभी वहाँ से चल दिये।

"यह श्रुति अपने को क्या समझती है। कनिका ने शौर्य को मना कर दिया था, इसलिए शौर्य न चाहते हुए भी उसके साथ है और वह सोचती है, उसकी खूबसूरती की वज़ह से शौर्य उसके साथ है।" सोनम ने रितिका से कहा। वह

श्रुति पर गुस्सा थी। वह हमेशा से ही मुझे और शौर्य को साथ देखना चाहती थी।

मैं होटल की बॉलकनी से सामने बड़े-बड़े पहाड़ों को देख रही थी। मार्च के महीने में बाहर का मौसम बहुत ही सुहाना था, लेकिन मेरा मन उदास था। मुझे कुछ भी अच्छा नहीं लग रहा था। दो हफ्ते पहले ही मेरे दादी जी का स्वर्गवास हो गया था। वह मेरे लिए सबकुछ थे। उनके जाने से ऐसा लग रहा है, मानो मेरी दुनिया ही उजड़ गई हो।

मैं रितिका के बहुत कहने पर कॉलेज की ऋषिकेश ट्रिप पर आने को तैयार हुई। वह सच में बहुत अच्छी फ्रेन्ड है। वह चाहती है, मैं अपने दुख से बाहर आऊं। लेकिन मैं उसे कैसे समझाती, मेरी लाईफ इतनी आसान नहीं है, जितनी दिखती है।

नहाकर तैयार होने के बाद मैंने नीलकंठ जाने का फ़ैसला किया। मेरे दादाजी कई बार मुझे नीलकंठ लेकर जाते थे। वह भगवान शिव के बहुत बड़े भक्त थे और उन्हीं की वज़ह से, मैं भी भगवान शिव की आराधना करने लगी थी।

***

मैं नीलकंठ मंदिर के द्वार के पास एक कोने में बैठी थी। उस मंदिर प्रांगण को देख, मुझे रोना आ रहा था। यहाँ दादाजी की कई यादें जुड़ी हुई थी। मेरी आंखों से आंसू बहने लगे। मैं भगवान शिव को देख, मन ही मन उनसे कहने लगी।

'हे भगवान! मेरे किन पापों की सजा आप मुझे दे रहे हो। पैदा होते ही मुझसे मेरी माँ छीन ली। दूसरी माँ दी, लेकिन वह मुझसे सिर्फ नफ़रत करती है। पापा ने मुझे मेरी माँ की मौत का जिम्मेदार मान लिया, इसलिए वह मुझसे प्यार नहीं करते। दो भाई-बहन हैं, लेकिन वह भी मुझसे बात करना पसंद तक नहीं करते। एक सिर्फ मेरे दादाजी ही तो थे, जिन्हें मेरी फिक्र थी, जो मुझसे प्यार करते थे। उन्हें भी मुझसे दूर कर दिया। क्या मेरे

जीवन में दुख ही दुख भरा है। एक पूरा परिवार होते हुए भी मैं एक अनाथ की तरह जी रही हूँ।

बचपन से दादाजी और मैं आपकी पूजा करते आ रहे हैं। कभी मैंने आपसे कुछ नहीं मांगा, लेकिन आज मैं आपसे अपने दादाजी को वापस मांग रही हूँ। प्लीज मेरे दादाजी मुझे लौटा दो, नहीं तो मेरे भी प्राण ले लो। मेरे अंदर अब जीने की कोई इच्छा नहीं है।'

मेरी आंखों से आंसू बह रहे थे। मैं कई घंटों तक वहाँ बैठी रोती रही। जैसे-तैसे मैंने खुद को संभाला और वहाँ से वापस ऋषिकेश के लिए निकल गई।

***

"कनिका, कहाँ थी तुम?" रितिका ने गुस्से से देखते हुए पूछा। होटल गेट पर सभी खड़े मुझे ही देख रहे थे।

"पता है, हम कितने परेशान हो गये थे, ऊपर से तुम्हारा फोन भी बंद आ रहा था।" रितिका की आवाज़ में गुस्से के साथ-साथ मेरे लिए फिक्र भी थी।

"मुझे तो लगता है, इसने यह सब लोगों की अटेन्शन पाने के लिए किया है। खास तौर पर शौर्य की।" श्रुति ने मुंह बनाते हुए मुझ पर ताना कसा।

"तुम प्लीज अपना मुंह बंद रखोगी।" शौर्य ने कहा। वह श्रुति को गुस्से से देख रहा था।

"प्लीज, अब तुम लोग आपस में मत झगड़ो।" मैंने शौर्य और श्रुति से कहा और अपने कमरे की ओर जाने लगी।

"तुम कनिका को कभी समझ ही नहीं पाओगी।" रितिका ने श्रुति को आंख दिखाते हुए कहा। वह और सोनम भी मेरे पीछे आ रही थी।

"प्लीज, तुम लोग जाओ, मेरी वजह से अपनी ट्रिप खराब मत करो।" मैंने रितिका को रोकते हुए कहा।

"कैसी बात कर रही हो कनिका। हम तुम्हारे दोस्त हैं। तुम्हें अकेला छोड़कर कहीं नहीं जाएंगे। आज हम तुम्हारे रूम में ही कैम्पिंग करेगे।" सोनम ने कहा। उसने तुरंत राहुल और समीर की ओर इशारा किया।

"हाँ, सोनम ठीक कह रही है।" राहुल ने सोनम की 'हाँ' में 'हाँ' मिलाते हुए कहा।

"नहीं यार, प्लीज तुम लोग जाओ, मुझे अकेले रहना है।" मैंने कहा।

"तुम नहीं जाओगी, तो कोई नहीं जाएगा।" राहुल और सोनम ने एक साथ कहा और हँसने लगे। उन दोनों को देख कमरे में सभी हँसने लगे।

"देखो कनिका, तुम हँसते हुए कितनी अच्छी लगती हो। तुम्हें खुद को सम्भालना होगा। कब तक तुम यूं घुट-घुट के जीती रहोगी। दादाजी चले गये हैं। सोचो, तुम्हें इस हाल में देखकर उनकी आत्मा को कितना दुख हो रहा होगा। जीवन अभी खत्म नहीं हुआ है।" रितिका मुझे समझाने की पूरी कोशिश कर रही थी।

"रितिका ठीक कह रही है।" सोनम ने कहा। वह भी मेरे पास आकर बैठ गई।

"चलो सब लोग, कनिका को तैयार होने दो। 15 मिनट में नीचे आ जाना। हम सब रिसेप्शन पर तुम्हारा वेट कर रहे हैं।" यह कहकर रितिका और बाकी सब कमरे से बाहर चले गये।

मेरा नाईट कैम्पिंग में जाने का मन तो नहीं था, लेकिन उन सबके इतना इन्सिस्ट करने के बाद मुझे मना करना ठीक नहीं लगा। हालांकि रितिका का कहना भी सही था, मैं कब तक अपने दुखों को साथ लिये जीती रहूंगी। मुझे लाईफ में खुद के लिए रास्ता बनाना होगा।

***

हमारा पूरा ग्रुप गंगा नदी के किनारे बैठा था। टेन्ट लगने का कार्य पूरा होते-होते सूर्य अस्त हो गया था। आसमान में हल्का-हल्का अंधेरा छा रहा था।

कैम्पिंग गाईड ने सभी को आवाज़ लगाकर इकट्ठा होने को कहा। कुछ ही देर में सभी लोग गाईड के पास आकर खड़े हो गये थे।

"सब लोग ध्यान से सुनिये। शाम के छः बज रहे हैं। अंधेरा हो चुका है, कोई भी बिना बताये कहीं नहीं जाएगा। अभी थोड़ी देर में बोनफायर शुरु हो जाएगी। सभी लोग गोल घेरा बनाकर बैठ जाएं।" गाईड ने सभी को समझाते हुए कहा।

"सर, बीयर-व्हिस्की कुछ ले सकते हैं क्या?" ग्रुप के एक लड़के ने पूछा।

उसकी बात सुन सभी हँसने लगे। अंधेरा हो चुका था। गंगा किनारे बोनफायर का वह दृश्य बहुत ही खूबसूरत था। सभी हँसी-मजाक करने में व्यस्त थे। लेकिन मैं गुमसुम बैठी थी।

"कितना प्यारा मौसम है और देखो, ठंडी हवाएं भी चल रही हैं।" सोनम ने राहुल का हाथ पकड़कर कहा।

वह दोनों एक-दूसरे की आंखों में खोए हुए थे। बहुत ही रोमांटिक माहौल था। पानी की मधुर आवाज़ और हवाओं की सरसराहट से मन को शांति मिल रही थी। आसमान में तारे टिमटिमा रहे थे। सभी स्टूडेन्ट्स गाने-बजाने और मौज़ मस्त में मग्न थे। तभी राहुल के एक सवाल ने पूरा माहौल ही बदल दिया।

"अच्छा यह बताओ, क्या भूत-पिशाच होते हैं?" इस सवाल ने सभी का ध्यान राहुल की ओर खींच लिया था।

"क्या बकवास कर रहे हो। भूत और क्या कहा तुमने पिचाश...।" श्रुति सही से पिशाच भी नहीं बोल पा रही थी।

"पिशाच, मतलब वैम्पायर।" राहुल ने श्रुति को उसका मतलब बताया।

"जो भी हो। लेकिन भूत और वैम्पायर्स कुछ नहीं होते। यह सब फिल्मों में ही होता है।" श्रुति ने डरते हुए कहा।

"नहीं श्रुति, भूत और वैम्पायर्स होते हैं। कहते हैं, इन जंगलो में भूत और वैम्पायर्स रहते हैं, जो सिर्फ रात के समय ही निकलते हैं।" रितिका जानबूझकर श्रुति को डराने के लिए ऐसा बोल रही थी।

वहीं यह बातें सुनकर श्रुति कुछ ज्यादा ही डर रही थी। उसने शौर्य की बाजू को कस कर पकड़ लिया था।

"भूत, वैम्पायर्स, जादू-टोना यह सब कहानियों में होता है। आज की दुनिया में ऐसा कुछ नहीं है।" शौर्य ने श्रुति को समझाते हुए कहा।

"गलत कह रहे हो बेटा।" पीछे से आई आवाज़ सुनकर सब चौंक गये।

मैंने पीछे मुड़कर देखा, तो सफेद वस्त्र धारण किये, एक वृद्ध बाबा खड़े थे जिनके सिर पर बालों का जूड़ा बना था। गले में रूद्राक्ष की कई सारी मालाएं थी। बड़ी-बड़ी सफेद दाढ़ी थी। ऐसा लग रहा था, मानो सतयुग से कोई ऋषि-मुनि पधार रहे हों।

उन्हें देखते ही श्रुति बहुत तेज चिल्लाई।

"चिल्लाओ मत पुत्री।" बाबा ने बड़ी शालीनता से कहा। मुझे ऐसा लगा, जैसे उनकी नज़रे मुझ पर ही हैं।

"आप कौन हैं?" गाईड ने उनसे पूछा।

"मैं यहीं ऋषिकेश के एक आश्रम में रहता हूँ। यहाँ से गुज़र रहा था, तो आप लोगों की बात सुनकर रुक गया।" बाबा ने मुस्कुराते हुए कहा।

"कौन-सी बात?" शौर्य ने एकदम से पूछा।

"भूत-पिशाच, जादू-टोने वाली बात।" बाबा ने शौर्य की तरफ देखकर कहा।

"हम तो ऐसे ही मज़ाक कर रहे थे।" राहुल ने जवाब दिया।

"कभी-कभी मज़ाक में कही बातें भी सच होती हैं।" बाबा नज़दीक आ रहे थे। मैं एकटक उन्हें ही देख रही थी। मुझे एक अजीब-सा खिंचाव महसूस हो रहा था। तभी उनकी नज़र मुझ पर पड़ी। उनकी आंखें मुझे ऐसे देख रही थी, मानो कुछ कहना चाह रही हों।

"बाबा, क्या आपने भूत-पिशाच देखे हैं?" राहुल ने एक्साइटेड होते हुए पूछा। सभी के अंदर वह एक्साइटमेंट दिख रहा था।

"हाँ बेटा, लेकिन उस विषय में बात करने से पहले, क्या मैं यहाँ बैठ सकता हूँ?" बाबा ने बड़ी विनम्रतापूर्वक निवेदन किया।

सभी स्टूडेन्ट्स बाबा के बैठने पर सहमत हो गए थे। बाबा आराम से पालथी मारकर बैठ गए। वह बोनफायर की दूसरी तरफ बिल्कुल मेरे सामने बैठे थे। उनकी नज़रे बार-बार मुझे ही देख रही थी। मानो उनकी आंखे सिर्फ मुझसे ही बात कर रही हों।

"बच्चों, जैसे ईश्वर होते हैं, वैसे ही भूत और पिशाच भी। मैंने कई भूत और पिशाचों को मारा है।" बाबा ने अपने दाढ़ी पर हाथ फेरते हुए कहा।

"लेकिन बाबा भूत को कैसे मार सकते हैं? वह तो पहले से ही मरे हुए होते हैं।" ग्रुप के एक लड़के ने बाबा का मज़ाक बनाते हुए कहा।

"बिल्कुल सही कह रहे हो। भूत-प्रेत या आत्मा को मारा नहीं जा सकता, किन्तु उन्हें इस दुनिया से मुक्ति दी जा सकती है। परन्तु 'पिशाच', तुम्हारी भाषा में कहूँ, तो 'वैम्पायर्स', न तो जिन्दा होते हैं और न ही मरे हुए। उनकी आत्माएं एक श्राप से बंधी होती है। उन्हें मुक्ति देने के लिए मारना पड़ता है।" बाबा ने गम्भीर होते हुए कहा।

"क्या आपने किसी वैम्पायर को मारा है?" समीर ने पूछा।

"हाँ, बहुत सारे वैम्पायर्स को मारा है। किन्तु...।" बाबा अचानक से चुप हो गए।

उनके चुप होते ही एकदम से कई लड़के और लड़कियों ने एक साथ पूछा, "क्या हुआ बाबा?"

थोड़ी देर सोचने के बाद उन्होंने मेरी ओर देखा और फिर कहा, "परन्तु इस दुनिया में एक ऐसा भी वैम्पायर है, जिसे कोई नहीं मार सकता, मैं भी नहीं।"

"क्यों बाबा, वह आपसे ज्यादा ताकतवर है।" एक अन्य लड़के ने बाबा के मज़े लेते हुए पूछा।

"नहीं बेटा, बात ताकतवर होने की नहीं है। बात है, श्राप की। एक ऐसे श्राप की, जिसका दंड वह आज तक भुगत रहा है।" बाबा के चेहरे पर मायूसी छा गई और उन्होंने अपना सिर नीचे कर लिया। उन्हें देखकर ऐसा लग रहा था, मानो उन्हें किसी बात का पछतावा हो रहा हो।

"कैसा श्राप बाबा?" रितिका ने पूछा।

"बच्चों, आज मैं तुम्हें एक ऐसे प्राणी के विषय में बताने जा रहा हूँ, जिसके जीवन की शुरुआत ही एक बहुत भयानक श्राप से हुई थी।" बाबा ने कहा।

बाबा की कहानी सुनने के लिए सभी स्टूडेन्ट्स उनकी ओर देखने लगे।

*****

९
हृदयकर्णिका की कहानी

गंगा का तट

ऋषिकेश, उत्तराखंड

सभी स्टूडेन्ट्स शांति से बैठे थे। मेरी ओर देखते हुए बाबा ने उस प्राणी के बारे में बताना शुरु किया।

आज से लगभग तीन हजार वर्ष पहले की बात है। थानेसर के घने वनों में ऋषियों का एक आश्रम था। उसी आश्रम में एक बहुत सिद्ध और ज्ञानी ऋषि थे जिनकी एक पुत्री थी अरुंधती। ऋषि अपनी पुत्री अरुंधती से बहुत प्रेम करते थे। अरुंधती की माँ बचपन में चल बसी थी, जिस कारण अपने पिता से ही उसे माँ का प्यार मिला था।

अरुंधती एक बहुत ही सुलझी, संस्कारी और बुद्धिमान कन्या थी। वह अपने पिता के साथ खुशी-खुशी जीवनयापन कर रही थी। किन्तु एक दिन उसके जीवन में ऐसा भूचाल आया, जिसने उसका जीवन ही बदल दिया। उसे एक ऐसा श्राप मिला, जिससे प्रकृति में एक नये जीव की उत्पत्ति होना तय था। श्राप देने वाले कोई और नहीं, बल्कि स्वयं अरुंधती के पिता थे। उन्हें इस बात का ज्ञान ही नहीं था कि क्रोध में आकर वह अपनी ही पुत्री को क्या श्राप दे रहे हैं? उन्होंने अरुंधती को श्राप दिया कि उसकी गर्भ से पैदा होने वाला बालक, न जिन्दा होगा, और न ही मरा हुआ। वह एक पिशाच (वैम्पायर) होगा, जो अन्य जीवों के रक्त को पीकर जीवित रहेगा और अनन्त काल तक इस श्राप को भोगता रहेगा। वह मृत्यु से परे रहेगा और चाह कर भी मृत्यु को गले नहीं लगा पाएगा।

बाबा की बात सुनकर एक लड़के ने उनसे पूछा, "बाबा क्या नाम है, उस वैम्पायर का? अगर कभी हमें मिल गया, तो हम पहचान तो लेंगे।"

उसकी बात पर आधे स्टूडेन्ट्स हंसने लगे। उसका यूँ बाबा का मज़ाक उड़ाना मुझे अच्छा नहीं लगा।

बाबा ने मेरी ओर देखते हुए कहा, "उसका नाम हर्षवर्धन है।" यह नाम सुनते ही न जाने क्यों मेरे दिल में बेचैनी-सी होने लगी।

"क्या हर्षवर्धन इस दुनिया का पहला वैम्पायर है?" राहुल ने बाबा से पूछा। उसकी बात के जवाब में बाबा ने 'हाँ' में सिर हिलाया।

"क्या इस दुनिया में और भी वैम्पायर्स हैं?" रितिका ने पूछा। बाबा ने फिर 'हाँ' में सिर हिलाया।

"बाबा, क्या सच में हर्षवर्धन आज भी ज़िन्दा है?" सोनम ने पूछा। सभी बारी-बारी बाबा से सवाल पूछ रहे थे।

"हाँ बिल्कुल जीवित है। हो सकता है, तुमने कभी उसे देखा भी हो।" बाबा ने मुस्कुराते हुए कहा।

"क्या बाबा, इस उम्र में भी आप झूठ बोल रहे हो।" शौर्य ने खड़े होकर कहा।

"बैठ जाओ, पुत्र।" बाबा ने शौर्य को बैठने का इशारा किया और बोले, "मुझे झूठ बोलकर क्या मिलेगा, मैंने जो कुछ भी कहा है, वह सब सत्य है। 2000 वर्षों से हर्षवर्धन इस धरती पर भटक रहा है, सिर्फ अपने प्यार के लिए।" बाबा ने मेरी ओर देखते हुए कहा।

"प्यार के लिए मतलब?" मैंने पूछा।

मेरे सवाल ने सभी को शॉक्ड कर दिया। जैसे मैंने सवाल पूछकर कोई गुनाह कर दिया हो।

"हर्षवर्धन को एक और श्राप मिला, जिसका दर्द पहले श्राप से कई अधिक था।" बाबा ने कहा।

"कैसा श्राप, और कौन-सा दर्द।" अचानक से यह जानने की मेरी जिज्ञासा बढ़ गई थी।

मेरी ओर देखते हुए बाबा ने कहा, "हृदयकर्णिका से बिछड़ने का दर्द।"

मुझे ऐसा लग रहा था, जैसे मैंने यह नाम अपने सपने में सुना हो।

"उन दोनों के प्रेम को श्राप मिला था जिस कारण हर्षवर्धन और हृदयकर्णिका दोनों आज भी एक-दूसरे से दूर हैं।" बाबा ने हाथों को हवा में उठाते हुए कहा। मेरा सिर चकरा रहा था।

"हृदयकर्णिका, वह कौन है? क्या वह भी हर्षवर्धन की तरह वैम्पायर है?" श्रुति ने पूछा।

"नहीं पुत्री, हृदयकर्णिका वह बदकिस्मत लड़की थी, जिसने हर्षवर्धन से प्रेम किया था। जिस कारण दोनों को ऋषि ब्रहमेश्वर द्वारा श्राप दिया गया। उसकी भी एक अलग कहानी है।" बाबा ने फिर से दाढ़ी पर हाथ फेरते हुए कहा। उनके चेहरे पर मुस्कान थी और वह मुझे ही देख रहे थे।

"बाबा हृदयकर्णिका की क्या कहानी है, प्लीज सुनाईये न।" रितिका बाबा से रिक्वेस्ट कर रही थी। उसके बाद सभी बाबा से हृदयकर्णिका की कहानी सुनाने को कहने लगे।

परन्तु बाबा की नज़रे तो मुझ पर थी। मानो वह मुझसे पूछ रहे हों, 'क्या तुम हृदयकर्णिका की कहानी सुनना चाहती हो?'

न जाने कैसे, मैंने उनकी आंखों में देखते हुए अपना सिर हिला दिया। मुझे खुद नहीं पता था, मैंने हाँ क्यों की? आखिरकार बाबा हृदयकर्णिका की कहानी सुनाने को तैयार हो गये।

अपनी माँ की मृत्यु के पश्चात हर्षवर्धन एक हजार वर्ष तक जंगलों में भटकता रहा। बिना किसी को नुकसान पहुँचाए, वह अपना श्रापित जीवन व्यतीत कर रहा था। किन्तु एक दिन उसकी मुलाकात एक लड़की से हुई, जिनका नाम हृदयकर्णिका था। वह हिमाचल प्रदेश के नारकंडा के पहाडों में अपने माता-पिता के साथ एक आश्रम में रहती थी। हृदयकर्णिका के पिता का नाम ऋषि ब्रहमेश्वर था। वह एक बहुत ही सिद्ध व विद्वान ऋषि थे।

उनका एक सबसे प्रिय शिष्य था अरुणोदय। वह अरुणोदय से अपनी पुत्री का विवाह कराना चाहते थे। अरुणोदय भी ह्रदयकर्णिका से बहुत प्रेम करता था।

हर्षवर्धन एक आम इन्सान बनकर उनके आश्रम में रहने लगा। इसी बीच हर्षवर्धन और ह्रदयकर्णिका को आपस में एक-दूसरे से प्रेम हो गया। आश्रम में किसी को उनके प्रेम के विषय में पता नहीं था। हर्षवर्धन की सच्चाई जानने के बाद भी ह्रदयकर्णिका उससे प्रेम कर बैठी। बचपन से ही हर्षवर्धन को अपनी मां के अतिरिक्त किसी और से प्रेम नहीं मिला था।

भले ही हर्षवर्धन एक पिशाच था, किन्तु उसके अंदर इन्सानियत थी। ह्रदयकर्णिका से उसे वह प्रेम मिला, जिसकी उसे तलाश थी। वह ह्रदयकर्णिका को खोना नहीं चाहता था। हर्षवर्धन की सच्चाई जानने के बाद भी ह्रदयकर्णिका उससे बहुत प्रेम करती थी। एक दिन ऋषि ब्रहमेश्वर को उनके प्रेम का पता चल गया। ऋषि ब्रहमेश्वर अपनी पुत्री से बहुत प्रेम करते थे। इसलिए वह उसके कहने पर हर्षवर्धन से उसका विवाह करने को तैयार हो गये।

किन्तु सत्य ज्यादा दिनों तक छिप नहीं सकता। एक दिन ऋषि ब्रहमेश्वर को हर्षवर्धन के पिशाच होने का पता चल गया। उन्होंने ह्रदयकर्णिका को बहुत समझाया किन्तु वह हर्षवर्धन को अपने प्राणों से भी ज्यादा प्रेम करती थी। वह हर्षवर्धन का साथ छोड़ने को तैयार न थी। ऋषि ब्रहमेश्वर से यह बर्दाश्त नहीं हुआ। उन्होंने हर्षवर्धन को मारने का षडयंत्र रचा, किन्तु वह असफल रहे। हर्षवर्धन को मारना असंभव था।

हर्षवर्धन दिल का बहुत ही साफ, सच्चा और उसूलों वाला था। उसने ह्रदयकर्णिका को समझाया कि उसे अपने माता-पिता के साथ ही रहना चाहिए। किन्तु ह्रदयकर्णिका नहीं मानी और उसने हर्षवर्धन के साथ रहने का फ़ैसला किया। उसके इस फ़ैसले को ऋषि ब्रहमेश्वर बर्दाश्त नहीं कर सके। जिस बेटी को उन्होंने अपनी जान से ज्यादा प्रेम किया, बड़े ही लाड व

प्यार से पाल-पोसकर बड़ा किया था, आज वही पुत्री उनके खिलाफ खड़ी थी।

इस बात से क्रोधित होकर ऋषि ब्रहमेश्वर ने हर्षवर्धन और ह्रदयकर्णिका दोनों को श्राप दिया कि उनका यह प्रेम कभी सफल नहीं होगा। जब भी वह एक साथ होंगे, ह्रदयकर्णिका की मृत्यु हो जाएगी। किसी भी जन्म में वह एक नहीं हो पाएंगे। श्राप देने के पश्चात ऋषि ब्रहमेश्वर को ज्ञात हुआ कि उन्होंने अपनी पुत्री की मृत्यु लिख दी है। वह ऐसा नहीं चाहते थे, इसलिए ऋषि ब्रहमेश्वर ने अपने दिव्य अस्त्र का प्रयोग हर्षवर्धन पर किया, किन्तु वह हर्षवर्धन को न लगकर ह्रदयकर्णिका से जा टकराया जिस कारण ह्रदयकर्णिका की मृत्यु हो गई।

ह्रदयकर्णिका की मृत्यु के पश्चात हर्षवर्धन को वह उसके अगले पुनर्जन्म पर मिली। किन्तु ऋषि ब्रहमेंश्वर के श्राप के कारण उनके मिलते ही ह्रदयकर्णिका की पुनः मृत्यु हो गई। तद्पश्चात ह्रदयकर्णिका पुनर्जन्म लेती रही और ब्रहमेश्वर का दिया श्राप उन दोनों को अलग करता रहा। पिछले दो हजार वर्षों में ह्रदयकर्णिका पांच बार जन्म ले चुकी है और पांचों बार हर्षवर्धन से मिलने के उपरान्त उसकी मृत्यु भी हो गई। उन दोनों का यह अधूरा प्यार आज भी अपनी मंजिल को तलाश कर रहा है।

मैं बाबा की ओर देख रही थी। ऐसा लग रहा था, मानो मैं इस कहानी के अंदर घुस गई हूँ। यह सब मुझे कुछ जाना-पहचाना लग रहा था। मैंने सभी की ओर देखा, सब एकदम चुप थे। उस चुप्पी को तोड़ते हुए मैंने बाबा से पूछा, "आखिरी बार वह दोनों कब बिछड़े थे?"

"यही कोई लगभग 127 साल पहले।" बाबा ने मेरी ओर मुस्कुराते हुए जवाब दिया।

"क्या हर्षवर्धन अब भी ह्रदयकर्णिका को तलाश कर रहा है? क्या ह्रदयकर्णिका पुनर्जन्म ले चुकी है?" रितिका ने मेरे मुंह की बात कह दी।

“हाँ, हृदयकर्णिका का जन्म हो चुका है।” बाबा ने फिर मेरी ओर देखकर कहा। मुझे सबकुछ बहुत अजीब लग रहा था। ऐसा लग रहा था, मानो वह सिर्फ मुझसे ही बात कर रहे हों।

“क्या इस जन्म में भी हृदयकर्णिका की मृत्यु हो जाएगी?” मैंने पूछा।

अचानक से बाबा अपनी जगह पर खड़े हुए और मेरे पास आ गए।

“वह तो समय ही बताएगा। किन्तु पूर्व में जो गलती उन दोनों से हुई, वह इस बार नहीं होगी।” यह कहते ही बाबा ने मेरे सिर पर हाथ रखा और वापस जंगल की ओर चल दिये।

इससे पहले कि कोई कुछ बोल या समझ पाता, बाबा अंधेरे में अदृश्य हो गये।

***

नोएडा

“एक तो तुम, तीन दिन से कॉलेज नहीं आयी, ऊपर से न फोन उठा रही हो और न ही मैसेजेस का रिप्लाई कर रही हो। तुम्हारी तबीयत तो ठीक है न?” रितिका का गुस्सा सातवें आसमान पर था। वह कमरे में आते ही मुझ पर भड़क गई थी।

“हाँ, मैं ठीक हूँ।” मैंने धीमी आवाज़ में कहा।

“तुम्हारा चेहरा तो कुछ और कह रहा है। आखिर बात क्या है?” रितिका मेरे लिए परेशान थी।

“रितिका, मुझे कुछ समझ नहीं आ रहा। जब से उन बाबा ने हृदयकर्णिका और हर्षवर्धन की कहानी सुनाई है, तभी से मेरे दिमाग की उलझने बढ़ गई हैं। ऐसा लग रहा था, मानो वह सिर्फ मुझे ही कहानी सुना रहे थे।” मैं व्याकुल थी। “शायद इस कहानी से मेरा कोई सम्बन्ध है। उन्होंने उन दोनों के बिछड़ने की जो दास्तान सुनाई, वह बिल्कुल मेरे सपनों जैसी थी। ऐसा लगा, जैसे मेरा सपना मेरी आंखों के सामने चल रहा हो।” मैं अपना सिर

पकड़कर वहीं बेड पर बैठ गई। पिछले तीन दिन से मेरे दिमाग में यही सब चल रहा था।

"तुम इतना क्यों सोच रही हो? वह महज़ एक कहानी थी।" उसने मुझे समझाते हुए कहा।

"खैर छोड़ो यह सब बातें। यह बताओ, तुम अकेली आई हो? सोनम कहाँ है?" मैंने बात को पलटते हुए पूछा।

"वह राहुल के साथ मार्केट गई है।"

"और समीर कहाँ है?" मैंने उससे पूछा।

मुझसे नज़रे छिपाकर वह फोन को चैक करते हुए बोली, "मुझे नहीं पता। कॉलेज के बाद से ही वह गायब है। न तो फोन उठा रहा है, और न ही किसी मैसेज का रिप्लाई कर रहा है।"

समीर का ज़िक्र आते ही रितिका का मूड़ एकदम से खराब हो गया।

"अच्छा, एक बात पूँछू?" रितिका ने कहा।

"हाँ पूछो।"

"तुम्हारा घर कॉलेज से ज्यादा दूर नहीं है। फिर तुम पीजी में अकेली क्यों रहती हो?" उसने पूछा। वह मेरे करीब आकर बेड पर बैठ गई। मैं जानती थी, उसे हमेशा मेरी फिक्र रहती है।

"रितिका, तुम जानती हो। मैं दादाजी के जाने के बाद बहुत अकेली हो गई हूँ और वह घर मुझे दादाजी के बिना काटने को दौड़ता है। वैसे भी मम्मी-पापा को मेरे वहाँ रहने, या न रहने से कोई फर्क नहीं पड़ता। वह मुझे पढ़ा रहे हैं, यही उनका बहुत बड़ा एहसान है। परिवार के साथ रहकर भी अनाथ जैसा महसूस करने से तो अच्छा है, मैं यहाँ अकेले रहूँ, अनाथ की तरह।" मैंने कहा।

मेरी नज़रे झुकी थी। मेरी आंखों में आंसू देख उसने मुझे गले लगा लिया।

कुछ देर बाद रितिका ने मुस्कुराते हुए कहा, "अरे यार, तुम्हें एक बात बताना तो मैं भूल ही गई। आज कॉलेज में एक न्यू एडमिशन आया है। क्या लड़का है यार? पहले ही दिन कॉलेज की सारी लड़कियां उसकी दीवानी हो गई। लेकिन उसने किसी को भी भाव नहीं दिया। मैंने आज तक इतना हैंडसम लड़का कभी नहीं देखा।"

"लेकिन ऐसे साल के एंड में न्यू एडमिशन?"

मैं हैरान थी। सेकेंड ईयर खत्म होने वाला था और ऐसे में न्यू एडमिशन होना काफी सरप्राइजिंग था।

"पता नहीं यार, लेकिन सुना है सी0एम0 की सिफारिश से एडमिशन मिला है। और मज़े की बात तो यह है, वह हमारी ही क्लास में है।" उसने एक्साइटेड़ होकर कहा।

"चलो अच्छा है, श्रुति की लिस्ट में एक और उम्मीदवार बढ़ गया।" मैंने कहा। उसके बाद हम दोनों हँसने लगे।

*****

10
महर्षि स्वर्गवासा

'हर्षवर्धन SPEAKS'

आज का दिन बहुत ही सुहावना था। हल्के बादलों के बीच धूप भी आंख-मिचोली खेल रही थी। मैं सुबह जल्दी कॉलेज आ गया था। पिछले तीन दिनों से मैं समय से पहले ही आ रहा था। परन्तु कनिका कॉलेज नहीं आ रही थी।

कॉलेज कैम्पस में कनिका के आने की आहट मुझे महसूस हो गई थी। वह अपने फ्रेन्ड्स के साथ थी। सभी आपस में हँसी-मज़ाक कर रहे थे, परन्तु उसके चेहरे पर झूठी हँसी थी।

मैं उसके उदास चेहरे को देख रहा था। मैं जानता था कि पिछले दो महीनों में उस पर बहुत मुसीबतें आई थी। उसके दादाजी का स्वर्गवास हो गया था। वह अंदर से टूट चुकी थी।

"चलो क्लास में चलते हैं।" रितिका ने कहा।

"लगता है हर्ष नहीं आया। वह कहीं दिख नहीं रहा है।" सोनम ने आस-पास देखते हुए कहा।

"कौन?" कनिका ने एकदम से पूछा।

"अरे कल ही तो तुम्हें बताया था, क्लास में न्यू एडमिशन आया है। उसका ही तो नाम हर्ष है... हर्ष ठाकुर।" रितिका ने उसे याद दिलाया।

वह सब क्लास की ओर जाने लगे।

मैं उनसे पहले क्लास में पहुंचकर अपनी कोने की सीट पर बैठा गया था। मैं नहीं चाहता था कि कनिका का मुझ पर ध्यान पड़े। परन्तु जैसे ही वह सब क्लास में आए, मुझे देखकर सोनम दरवाज़े से ही चिल्लाई, "हाय हर्ष!"

मैंने सोनम की ओर नहीं देखा। यह देख राहुल ने सोनम के कंधे पर हाथ मारा और उसे चुप रहने का इशारा किया। कनिका ने मेरी ओर ध्यान नहीं दिया। वह सीधा अपनी सीट पर जाकर बैठ गई। वह अगली सीट पर रितिका के साथ बैठी थी।

क्लास में सभी दो-दो के ग्रुप में बैठे थे। रितिका-कनिका, सोनम-राहुल, श्रुति-शौर्य सब अपनी-अपनी सीट पर बैठ थे। मैं क्लास में 31वाँ स्टूडेन्ट था। इसलिए मेरा कोई पेयर नहीं था। मैं अकेले अपनी पिछली सीट पर बैठा, कनिका को देख रहा था।

"गुड मॉर्निंग सर!" प्रोफेसर के आते ही सभी स्टूडेन्ट्स अपनी सीट पर खड़े हो गए।

"गुड मॉर्निंग!" प्रोफेसर ने मुस्कुराते हुए सभी को बैठने का इशारा किया।

"आज हम न्यूटन्स लॉ के विषय में बात करेंगे।" तभी प्रोफेसर की नज़र मुझ पर पड़ी। "हर्ष आई होप, तुमने पिछली क्लासेस के नोट्स ले लिये होंगे?" प्रोफेसर ने मुझसे पूछा।

सभी स्टूडेन्ट्स की नज़र मेरी ओर थी, सिर्फ कनिका को छोड़कर।

"जी सर!" मैंने कहा।

मेरी आवाज़ सुनते ही कनिका ने तुरन्त पीछे मुड़कर देखा। वह मुझे ही देख रही थी। ऐसा लग रहा था, मानो उसे मेरी आवाज़ जानी-पहचानी लगी। उसकी नज़र मुझसे हट ही नहीं रही थी।

अगले ही पल सभी स्टूडेन्टस प्रोफेसर की तरफ देखने लगे। लेकिन कनिका की गर्दन पीछे की ओर थी। वह मुझे देखती रही।

"कनिका पीछे क्या देख रही हो?" प्रोफेसर की आवाज़ सुनते ही वह सकपका गई और इधर-उधर देखने लगी।

यह देखकर सभी स्टूडेन्ट्स हँसने लगे।

“सर, हर्ष है ही इतना स्मार्ट कि लडकियाँ उसे देखने को मजबूर हो जाती हैं।” श्रुति ने कहा। उसके कमेन्ट पर कनिका ने शर्मिंदगी में अपना सिर झुका लिया था।

प्रोफेसर का लैक्चर चलता रहा और मैं पीछे बैठा, सिर्फ कनिका को देखता रहा। घंटी बजते ही प्रोफेसर अपना लैक्चर खत्म करके चले गये। उनके जाते ही मैं भी तुरन्त क्लास से बाहर निकल गया।

मेरे लिए ह्रदयकर्णिका के इतने करीब रहकर भी, उससे दूर रहने का ड्रामा करना बहुत मुश्किल था।

“कनिका, तुम्हें क्या हो गया था? पीछे क्या देख रही थी?” रितिका ने धीरे से फुसफुसाते हुए उससे पूछा। लेकिन उसकी आवाज़ मेरे कानों तक आ रही थी।

“कुछ नहीं, ऐसा लगा जैसे मैंने हर्ष को पहले भी कहीं देखा है। वही याद करने की कोशिश कर रही थी।” कनिका ने जवाब दिया।

मैंने बाकी की क्लासेस अटेन्ड नहीं की। सारी क्लासेस खत्म होने के बाद कनिका बाहर आ गई। उसकी आंखे चारों तरफ मुझे ही तलाश रही थी। एक अजीब-सी बेचैनी उसकी आंखों में थी।

रात के समय कनिका अपनी बॉलकनी में खड़ी थी। वह आसमान में टिमटिमाते खूबसूरत तारों को देख रही थी। हवाओं में हल्की ठंड़ थी। मेरा फ्लैट कनिका के पीजी से ज्यादा दूर नहीं था। मैं अपने फ्लैट की बॉलकनी से उसे साफ-साफ देख सकता था।

मैंने जानबूझकर ऐसा फ्लैट लिया, जहाँ से मैं उसे देख सकूँ। हालांकि जब से मैं कनिका से मिला था, मैंने उसके चेहरे पर एक बार भी हँसी नहीं देखी थी। मैं उसे खुश देखना चाहता था, किन्तु मैं उसके लिए कुछ कर भी नहीं सकता था। मुझे महर्षि स्वर्गवासा की कही बातें याद थी।

***

तीन दिन पहले

केदारनाथ, उत्तराखंड

रात को चन्द्रमा की रोशनी से पूरा केदारनाथ चमक रहा था। मैं केदारनाथ मंदिर के सामने बने पर्वत की चोटी पर बैठा था। मेरे लिए मंदिर के अंदर जाना सम्भव नहीं था, इसलिए दूर से ही भगवान शिव के दर्शन कर रहा था।

मेरा किसी भी पवित्र स्थान पर प्रवेश वर्जित था। मंदिर, मस्जिद, गिरजाघर व गुरूद्वारा आदि की चौख़ट, मैं चाह कर भी पार नहीं कर सकता था। मानो ईश्वर स्वयं द्वार पर खड़े होकर मुझे अंदर आने से रोक रहे हों।

मैं विगत दो माह से महर्षि स्वर्गवासा को तलाश कर रहा था। किन्तु उनका कोई पता नहीं चल सका। आज मैं भगवान शिव से यही प्रार्थना कर रहा था कि *'हे प्रभु! कब तक मैं यू ही भटकता रहूँगा। आप तो जगत का कल्याण करते हैं, फिर मेरा कल्याण क्यों नहीं करते? मैंने भी आपके बनाये, इस संसार में जन्म लिया था। अगर आप मुझे और हृदयकर्णिका को श्राप मुक्त नहीं कर सकते, तो कम से कम यही बता दीजिये कि महर्षि स्वर्गवासा आखिर मुझे कहाँ मिलेंगे? दो हजार वर्षों से मैं हृदयकर्णिका को तलाश करता आ रहा था। क्या अब मुझे महर्षि स्वर्गवासा को भी तलाश करने में कई सदियां बितानी होंगी?'*

"नहीं पुत्र।" मेरे पीछे से एक पुरूष की आवाज़ आई। मैंने तुरन्त पीछे मुड़कर देखा, तो मेरे सामने एक वृद्ध ऋषि खड़े थे। "अब तुम्हें किसी को भी तलाश करने की कोई आवश्यकता नहीं है।" मेरे नज़दीक आते हुए उन्होंने कहा।

"आप कौन हैं?" मैंने उनकी आंखो में आंखे डालकर पूछा।

"जिसकी तुम्हें तलाश है।" उन्होंने मुस्कुराते हुए जवाब दिया।

"क्या आप ही महर्षि स्वर्गवासा हैं?" मैंने पूछा। मेरे स्वर में शालीनता और जिज्ञासा दोनों थी।

"हाँ पुत्र, मैं ही महर्षि स्वर्गवासा हूँ।" महर्षि ने कहा।

"मेरा नाम..." मुझे बीच में रोकते हुए महर्षि बोले, "मैं जानता हूँ, तुम्हारा नाम हर्षवर्धन है। तुम एक पिशाच (वैम्पायर) हो और अपने दो-दो श्रापों से ग्रसित भी। मैं तुम्हारे विषय में सब कुछ जानता हूँ। किन्तु यह बताओ, तुम मुझे क्यों तलाश रहे हो?"

महर्षि के चेहरे पर तेज था। वह रात के अंधेरे में भी चन्द्रमा की भांति चमक रहा था।

"महर्षि मेरे श्रापों का कोई उपाय बताइये। मैं ह्रदयकर्णिका को भी श्राप से मुक्ति दिलाना चाहता हूँ।" मैंने महर्षि से हाथ जोड़कर आग्रह किया।

"वत्स, लम्बे अंतराल के बाद तुम्हें यह एहसास हुआ कि ह्रदयकर्णिका को श्राप से मुक्ति दिलाने का कोई उपाय भी हो सकता है!" महर्षि पास रखी एक बड़ी चट्टान पर बैठ गये और आगे बोले, "हर्षवर्धन तुम जानते हो, तुम कोई साधारण प्राणी नहीं हो। तुम्हारे पास अनोखी शक्तियाँ हैं। क्रोध में आकर श्राप तुम्हारी माँ को नहीं, अपितु तुम्हें दिया गया था। तुम्हारे श्राप से बचाव का उपाय तुम्हारे जन्म के बाद तुम्हारी माँ को बता दिया गया था, किन्तु किस्मत से तुम भाग नहीं सके और तुम पिशाच में परिवर्तित हो गये।"

"किन्तु महर्षि ह्रदयकर्णिका को श्राप से मुक्ति का उपाय तो बताइये। उसे भी आम लड़कियों की तरह जीवन जीने का हक है।" मैंने निवेदन करते हुए कहा।

"ह्रदयकर्णिका के प्रेम में तुम इतने अंधे हो चुके थे कि तुमने कभी उस श्राप से मुक्ति का उपाय तलाशने का प्रयत्न ही नहीं किया। क्या तुमने कभी सोचा कि ब्रहमेश्वर द्वारा दिये गये श्राप के पीछे का रहस्य क्या है?" महर्षि मेरी तरफ जवाब की उम्मीद में देखने लगे।

"नहीं।" मैंने सिर झुकाते हुए कहा।

"ह्रदयकर्णिका के पूर्वजन्मों में हुई मृत्यु से तुमने कुछ नहीं सीखा।"

मैं उनकी बात समझ नहीं पाया, आखिर वह कहना क्या चाहते थे।

उन्होंने मुझे समझाते हुए कहा, "हृदयकर्णिका के पुनर्जन्मों में जब भी तुम उसे उसके पिछले जन्मों का स्मरण कराते थे, तभी ब्रहमेश्वर का दिया श्राप प्रभावी हो जाता था। उसके बाद तुम्हारे हृदयकर्णिका के करीब आते ही उसकी मृत्यु हो जाती थी। क्या तुमने कभी इस विषय में सोचा?"

उनकी बात सत्य थी। मैंने कभी इस ओर ध्यान ही नहीं दिया था।

"कदापि नहीं सोचा। उसके प्रत्येक पुनर्जन्म में तुम यही गलती दोहराते रहे। यही कारण था कि हर बार हृदयकर्णिका को मृत्यु का सामना करना पड़ा। मैं जानता हूँ कि तुम हृदयकर्णिका से मिल चुके हो। किन्तु इस बार उसके हित के लिए तुम उसके करीब नहीं गये। तुम्हारी सोच नेक है। किन्तु तुम्हारा हृदयकर्णिका से दूर रहना, उसके प्राणों को और अधिक खतरे में डाल सकता है।" महर्षि ने कहा।

"क्या? लेकिन कैसे?" मैं उनकी बात सुनकर हैरान था।

"तुम्हें शायद ज्ञात नहीं है, अमात्य और ब्रहमेश्वर दोनों हृदयकर्णिका के पुर्नजन्म को तलाश रहे हैं। वह उसकी सहायता से तुम पर काबू पाकर, तुम्हारे जैसा बनना चाहते हैं। अनन्त जीवन और शक्तियां पाना चाहते हैं। अगर ऐसा हो गया, तो यह इन्सानियत के लिए बहुत ही बड़ा खतरा होगा। इस दुनिया से इन्सानियत खत्म हो जाएगी। तुम्हें कनिका की हिफाज़त करने के साथ-साथ उन्हें रोकना भी है।" महर्षि ने मुझे सचेत करते हुए कहा।

"किन्तु महर्षि, अगर मैं कनिका के करीब गया, तो हो सकता है श्राप फिर से प्रभावी हो जाए।" मैंने कहा। वहीं महर्षि मेरी तरफ देख मुस्कुरा रहे थे। मैं उनकी इस मुस्कुराहट का कारण नहीं समझ पाया, इसलिए पूछ बैठा, "महर्षि आप मुस्कुरा क्यों रहे हैं?"

"पुत्र, मैंने तुम्हारी इस समस्या का समाधान कर दिया है।" उनके चेहरे पर मुस्कुराहट यथावत थी।

"मैं समझा नहीं, आप कहना क्या चाहते हैं?"

"मैं अभी कनिका से ही मिलकर आ रहा हूँ। वह अपने मित्रों के साथ ऋषिकेश घूमने आयी है।"

"क्या? आप कनिका से मिले, लेकिन क्यों?"

"उसका इस तरह घूमना खतरे से खाली नहीं है, इसलिए उसकी सुरक्षार्थ में वहाँ गया था। मैंने उसे तुम दोनों की कहानी सुनाई। अब तुम्हें उसे कुछ भी स्मरण कराने की कोई आवश्यकता नहीं है। बाकी का कार्य समय आने पर डॉक्टर प्रभाकर मिश्र पूरा करेंगे। उसे स्वयं ही सब स्मरण आ जाएगा। इस प्रकार तुम्हारे प्रेम पर लगा श्राप सक्रिय नहीं होगा और वह स्वतः ही निष्क्रिय हो जाएगा।" उन्होंने कहा।

"किन्तु यह डॉक्टर प्रभाकर मिश्र कौन है?" मैं थोड़ा उलझन में पड़ गया था।

"समय आने पर तुम जान जाओगे।" मैंने दोबारा उनसे प्रभाकर के विषय में नहीं पूछा।

मैं तो उनकी बातें सुनकर ही खुश था। कई सदियों पश्चात मन को शांति मिल रही थी।

मेरे चेहरे की प्रसन्नता देख महर्षि ने कहा, "किन्तु स्मरण रहे, जब तक कनिका को अपनी वास्तविकता का स्वयं स्मरण न हो, तब तक तुम उसके करीब नहीं जाओगे। तुम्हें उसके पास रहते हुए भी उससे दूर रहना है। ब्रहमेश्वर का दिया श्राप, अभी पूरी तरह से निष्क्रिय नहीं हुआ है। यदि तुम्हारे द्वारा उसे उसकी वास्तविकता और पुनर्जन्मो का स्मरण हुआ, तो श्राप सक्रिय हो जाएगा।"

महर्षि मुझे चेतावनी दे रहे थे।

"महर्षि आप ही मुझे मार्गदर्शन दें। मुझे क्या करना होगा?" मैंने उनसे पूछा।

"तुम उसके कॉलेज में दाखिला लो और एक अजनबी की भांति उस पर नज़र रखो। जब उसे सब कुछ स्वयं स्मरण आ जाएगा वह तुम्हें पहचान

लेगी। किन्तु तब तक उससे दूर रहते हुए तुम्हें उसकी सुरक्षा ब्रहमेश्वर और अमात्य से करनी है।" मैं अब समझ गया था, मुझे क्या करना है?

"मैं आपकी बात का सदैव ध्यान रखूंगा।" मैंने उन्हें विश्वास दिलाया।

जैसे ही मैंने हाथ जोड़कर उनका धन्यवाद किया। वह तुरन्त मेरी आंखो के सामने से अदृश्य हो गये। मैंने पलटकर भगवान शिव के मंदिर की ओर देखा और मन ही मन उनका आभार प्रकट किया। मैं बहुत खुश था। मुझे ऐसा प्रतीत हो रहा था, जैसे ईश्वर ने मुझे एक नई राह दिखायी हो।

*****

11
अमात्य की उलझन

'अमात्य SPEAKS'

दो महिने पहले, जनवरी 2009
कसौली, हिमाचल प्रदेश

"क्या सोच रहे हो अमात्य?" ब्रहमेश्वर ने मझसे पूछा। मैं काफी देर से गहरी सोच में डूबा था।

"सोच रहा हूँ, पिछले दो हजार वर्षों से हम अपने उद्देश्य की पूर्ति हेतु अग्रसर हैं, किन्तु आज तक हमें सफलता नहीं मिली। हमेशा से हमारी योजना विफल होती आ रही है। हमारे पास हर्षवर्धन के शरीर को हासिल करने का बहुत अच्छा अवसर था, किन्तु न जाने उसका शरीर कहाँ गायब हो गया। ऊपर से अभी तक हम हृदयकर्णिका को भी तलाश नहीं कर पाये हैं। अकारण ही विलम्ब हो रहा है।" मैंने टेबल पर हाथ मारते हुए कहा। मेरी आंखों में आक्रोश था। ब्रहमेश्वर भी मेरी बात से सहमत था।

"तुम सत्य कह रहे हो, किन्तु सब कुछ हमारे वश में नहीं होता। अपनी शक्तियों की सहायता से मैंने हमारे उद्देश्य की पूर्ति का मार्ग तो तलाश लिया है, परन्तु उसको पूर्ण करने के लिए अभी भी बहुत कार्य करना शेष है। इससे पहले कि हर्षवर्धन मेरी पुत्री हृदयकर्णिका तक पहुंचे, हमें उसे तलाश करना होगा।" ब्रहमेश्वर ने कहा।

"मैंने आपका यह कार्य बहुत आसान कर दिया है।" दरवाज़े की ओर से एक आवाज़ आई। मैं समझ गया था, यह आवाज़ किस बेवकूफ़ की है।

"आओ, अरुणोदय क्या समाचार लाये हो?" अरुणोदय के अंदर आते ही ब्रहमेश्वर ने उससे पूछा।

वहीं उस बेवकूफ की चेहरे पर एक गंदी-सी स्माइल थी। मुझे वह शुरुआत से ही पसंद नहीं था, किन्तु ब्रहमेश्वर का खास शिष्य होने के कारण मैं उसे पिछले दो हजार वर्षों से बर्दाश्त कर रहा था।

वह आकर हम दोनों के पास खाली पड़ी कुर्सी पर बैठ गया। वह कुछ इस तरह इतरा रहा था, मानो कोई जंग जीतकर आया हो।

"कुछ बोलेगा भी।" मैंने उसे घूरते हुए देखा।

"आप दोनों को यकीन नहीं होगा, मैं किससे मिला?" उसने अपनी गिरगिट जैसी आंखे बड़ी करते हुए कहा।

"हृदयकर्णिका से?" ब्रहमेश्वर ने उत्साहित होते हुए पूछा। वहीं अरुणोदय ने 'ना' में अपनी गर्दन हिलायी। उसके ना करते ही ब्रहमेश्वर निराश हो गया और उदास स्वर में उससे पूछा, "तो फिर किससे मिले?"

अरुणोदय एकदम कुर्सी से खड़ा हुआ और बोला, "हर्षवर्धन से।"

उसके मुंह से हर्षवर्धन का नाम सुनते ही मेरा मुंह खुला का खुला रह गया। मैंने तुरन्त उसके कॉलर को पकड़ा और झुंझुलाते हुए गुस्से से कहा, "तुम्हें किसने कहाँ था, हर्षवर्धन के सामने आने को। अगर उसे हमारे विषय में पता चल गया तो।"

मेरा गुस्सा देख, ब्रहमेश्वर ने मुझे शांत किया। मैंने अरुणोदय को दूर झटकते हुए कहा, "इसकी बेवकूफी की वज़ह से हम मुसीबत में फंस सकते हैं। इसे हृदयकर्णिका को तलाश करने का काम दिया था, हर्षवर्धन को नहीं।" मुझे अरुणोदय पर गुस्सा आ रहा था।

"अमात्य मेरी पूरी बात तो सुन लो।" उसने कहा। वह अपना कॉलर ठीक कर रहा था।

"बको।" मैंने कहा।

"पहली बात, हर्षवर्धन को हमारे विषय में सबकुछ पता है।" अरुणोदय ने कहा। उसकी यह बात सुनकर मैं और ब्रहमेश्वर हैरान हो गए।

"क्या, लेकिन कैसे?" ब्रहमेश्वर ने पूछा।

"हर्षवर्धन ने रहमान के खून को पीकर उसके अतीत में तुम्हें देख लिया था। यह बात मुझे रहमान और फातिमा ने बताई थी। दूसरी बात, हर्षवर्धन को मैंने यह विश्वास दिला दिया है कि मैं उसके साथ हूँ, तुम दोनों के नहीं।" अरुणोदय ने सीना चौड़ा करते हुए कहा।

"हर्षवर्धन जितना भोला है, उतना ही शातिर भी है।" मैंने कहा।

"उसे मुझ पर शक नहीं हुआ और न ही रहमान और फातिमा को। मैंने उसे महर्षि स्वर्गवासा की कहानी सुनाकर उन्हें तलाश करने के लिए हिमालय के पर्वतों पर भेज दिया है।" अरुणोदय ने कहा।

"बहुत खूब, अब हमारे पास पर्याप्त समय है, ह्रदयकर्णिका को तलाश करने का। महर्षि स्वर्गवासा को तलाश करना असंभव है। सदियों से हमने न उन्हें देखा, न ही उनके विषय में कुछ सुना। हो सकता है उन्होंने ईच्छा मृत्यु से अपने प्राण त्याग दिये हों? यदि वह जीवित भी है, तो हर्षवर्धन की सहायता क्यों करेंगे?" ब्रहमेश्वर के चेहरे पर प्रसन्नता थी।

"किन्तु हम ह्रदयकर्णिका को तलाश कहाँ करेंगे?" मैंने ब्रहमेश्वर से पूछा।

"मैं बताता हूँ।" अरुणोदय ने कहा।

मैं और ब्रहमेश्वर दोनों उसकी ओर देखने लगे।

"हर्षवर्धन मुझे नोएडा में मिला। वह नोएडा में क्यों भटक रहा होगा? जरा सोचिए।" वह हम दोनों की ओर देख रहा था।

मैंने ब्रहमेश्वर की ओर देखा। वह भी उलझन में था।

तभी अरुणोदय ने कहा, "हो न हो, ह्रदयकर्णिका भी नोएडा में ही है और वैसे भी इतिहास गवाह है, हर्षवर्धन जिस शहर में ज्यादा दिन रुकता है, उसी शहर से ह्रदयकर्णिका का सम्बन्ध होता है।" मैं अरुणोदय की बात से सहमत था। पहली बार मैं उसकी किसी बात से खुश हुआ था।

"तुम वापस देहरादून जाओ, रहमान और फातिमा को लेकर नोएडा पहुंचो और उनकी सहायता से हृदयकर्णिका को तलाश करो। किन्तु याद रहे उन्हें तुम्हारी असलियत का पता न चले। वह दोनों हमारे बहुत काम आने वाले हैं।" मैंने अरुणोदय से कहा।

"इस बार हम हृदयकर्णिका को तलाश करके रहेंगे।" ब्रहमेश्वर ने अपने हाथ पर हाथ मारते हुए कहा।

"किन्तु ब्रहमेश्वर एक बात मुझे आज तक समझ नहीं आयी। हर्षवर्धन अपनी अनन्त काल की निंद्रा से सिर्फ अपने ही खून से जाग सकता था, तो फिर वह दोनों बार कैसे जागा? पहली बार जब वह अनन्त निंद्रा में गया था, तो उसके शरीर का सारा खून मेरे पास था। और जाहिर-सी बात है, दूसरी बार उसने स्वयं अपना सारा खून बहा दिया होगा। ऐसे में उसका अनन्त नींद से जागना कैसे सम्भव है?" मैंने ब्रहमेश्वर से पूछा। मुझे यह रहस्य अंदर ही अंदर खाए जा रहा था।

"तुम सत्य कह रहे हो। यह बात तो मुझे भी आज तक समझ नहीं आयी। आखिर अपने खून के बिना वह दो बार पुनः जागृत कैसे हो गया? इस रहस्य का पता लगाना भी आवश्यक है।" ब्रहमेश्वर ने कहा। वह भी सोच में पड़ गया था।

*****

12
सरप्राईज टेस्ट

'हर्षवर्धन SPEAKS'

मार्च, 2009
कॉलेज

मैं कॉलेज आने में थोड़ा लेट हो गया था। वैसे भी मैं पिछले दो दिन से कॉलेज नहीं आया था। कैम्पस में आते ही मुझे क्लास में हो रही बातें सुनाई देने लगी।

"सैक्टर 12-22 स्टेडियम में मेला लगा है, शाम को सब वहीं चलें।" रितिका ने सभी से पूछा।

"चलो, सब चलते हैं। बहुत मज़ा आएगा।" सोनम ने कहा। उसकी आवाज़ में एक्साइटमेंट था।

"तुम्हें तो बस घूमने का बहाना चाहिए।" राहुल ने सोनम को छेड़ते हुए कहा।

"हाँ तो, दोस्तों के साथ घूमने में क्या बुराई है, और वैसे भी कल से चार दिन की छुट्टी है।" सोनम ने राहुल को जवाब दिया।

"तुम क्या कहती हो कनिका?" समीर ने कनिका से पूछा।

"इससे क्या पूछ रहे हो, इसका जवाब तो एक ही होता है *'मेरा मन नहीं है, तुम सब ही चले जाओ'*।" श्रुति ने कनिका की नकल करते हुए कहा।

उसका कनिका की यूँ बेज्जती करना रितिका और सोनम को पसंद नहीं था।

"तुम्हारी परेशानी क्या है, तुम अपने काम से काम क्यों नहीं रखती हो। तुम्हें हमेशा कनिका से परेशानी होती है।" रितिका ने श्रुति पर भड़कते हुए कहा।

"मैं अपने काम से काम ही रखती हूँ, लेकिन तुम लोगों ने इसे अपने सिर पर चढ़ा रखा है।" श्रुति की आंखों में कनिका के लिए गुस्सा और नफ़रत था।

शौर्य कनिका को पसंद करता था और श्रुति शौर्य को, इस कारण वह कनिका से जलती थी।

"प्लीज, तुम दोनों झगड़ा बंद करोगी।" शौर्य ने बीच में आकर दोनों को शांत किया।

"दो दिन से हर्ष कॉलेज नहीं आया?" सोनम ने बात को बदलते हुए कहा।

"तुम्हारा बॉयफ्रैन्ड मैं हूँ, या हर्ष?" राहुल ने सोनम से पूछा। वह उसे घूर रहा था।

सोनम ने तुरन्त प्यार से राहुल का हाथ पकड़ते हुए कहा, "तुम ही हो मेरे सोना।"

परन्तु जैसे ही मैं क्लास के दरवाज़े पर आया, वह उत्साहित होकर बोली, "हाय हर्ष!"

आज फिर मैं सोनम को बिना कोई जवाब दिये, अपनी सीट पर चला गया।

"कितना बदत्तमीज़ है। पता नहीं किस बात का इतना घमंड है।" समीर ने कहा। वह मुझे तिरछी नज़रों से देख रहा था।

"जब वह किसी से बात नहीं करता है, तुम्हें रिप्लाई नहीं करता, तो फिर तुम उसे विश क्यों करती हो?" राहुल ने सोनम पर गुस्सा करते हुए कहा।

सोनम उदास हो गई थी। उसे मायूस देखकर मुझे भी अच्छा नहीं लग रहा था। मुझे समझ नहीं आया कि मैं कनिका के दोस्तों से कैसे बात करूँ? दोस्त बनाना मुझे नहीं आता था।

एक कारण यह भी था, अगर मैं सबसे दोस्ती करता, तो मुझे कनिका से भी दोस्ती करनी पड़ती। कनिका से बात करना, उसकी मृत्यु को न्यौता देना था। कहीं न कहीं मैं यह भी जानता था, कनिका के करीब रहने के लिए उसके ग्रुप में शामिल होना भी जरूरी है।

काफी देर सोचने के बाद मैंने फैसला किया और अपनी सीट से उठकर सोनम के पास आया। वह सब एक साथ कनिका की सीट के पास खड़े थे।

"आई एम सॉरी, सोनम। मैंने तुम्हें रिप्लाई नहीं किया। मेरा तुम्हें तकलीफ पहुंचाने का कोई इरादा नहीं था।" मुझे माफी मांगते देख, सभी चौंक गए।

वहीं सोनम के चेहरे पर खुशी थी। मैंने एक नज़र कनिका की ओर देखा, वह मुझे ही देख रही थी।

"कोई बात नहीं हर्ष। मैं तुमसे गुस्सा नहीं हूँ।" सोनम ने मुस्कुराते हुए कहा।

तभी श्रुति ने मुझसे पूछा, "हर्ष, क्या तुम आज शाम को हमारे साथ मेला देखने चलोगे?"

सब मेरी तरफ ही देख रहे थे। मुझे समझ नहीं आया, हाँ करूँ या ना? आखिरकार मैंने 'हाँ' कर दी।

उसी समय प्रोफेसर क्लास में आ गए। सभी स्टूडेन्टस अपनी-अपनी सीट पर जाकर बैठ गये थे।

मेरी तरफ देखते हुए प्रोफेसर ने पूछा, "हर्ष तुम दो दिन से क्लास में क्यों नहीं आये?"

"सर, मेरी तबीयत ठीक नहीं थी।" मैंने जवाब दिया।

"तुम स्लेबस में बहुत पीछे हो। ऐसा ही रहा, तो यह साल क्लियर नहीं कर पाओगे।" प्रोफेसर ने मुझे नसीहत देते हुए कहा और बोर्ड पर कुछ लिखने लगे।

'सरप्राईज टेस्ट'

'हो हो हो...।' सभी स्टूडेन्टस शोर करने लगे।

"सब शांत हो जाओ। आज मैं सरप्राईज टेस्ट लूंगा। अगर आप सभी को एक अच्छा इंजीनियर बनना है, तो हमेशा चुनौतियों के लिए तैयार रहना होगा।" प्रोफेसर के चेहरे पर हल्की मुस्कुराहट थी।

उन्होंने बोर्ड पर पांच प्रश्न लिखे और बोले, "सभी के पास 15 मिनट हैं। इन पांचो प्रश्नों को करने के लिए सबको 15 मिनट ही मिलेंगे। प्रत्येक प्रश्न का एक अंक होगा। हर्षवर्धन तुम्हारा कोई पार्टनर नही है, तो तुम्हारी शीट मैं चैक करूंगा। मुझे उम्मीद है, तुम कम से कम दो प्रश्न तो कर ही दोगे।"

सभी की नज़रे मुझ पर थी।

अपनी घड़ी में देखते हुए प्रोफेसर ने कहा, "सभी का समय शुरू होता है, अब।"

उसके बाद सभी स्टूडेन्ट्स प्रश्नों को सॉल्व करने में लग गये। कनिका ने पीछे मुड़कर मुझे देखा। उसकी आंखो से ऐसा लगा, जैसे वह मेरी हेल्प करना चाहती है। सभी को लिखते हुए 15 मिनट हो चुके थे।

प्रोफेसर ने टेबल पर हाथ मारते हुए कहा, "स्टॉप। सभी अपनी-अपनी शीट्स आपस में बदल लें और चैक करें।"

सभी एक-दूसरे की शीट चैक करने लगे। वहीं प्रोफेसर ने मुझसे मेरी शीट ली और चले गये।

कुछ ही समय में सभी ने एक-दूसरे की शीट्स चैक कर ली और शीट्स लाकर प्रोफेसर को दे दी। प्रोफेसर ने सभी शीट्स को एक बार चैक किया। क्लास में सन्नाटा छाया था। शीट्स पर एक नज़र घुमाने के बाद प्रोफेसर ने रिजल्ट सुनाना शुरु किया।

रितिका- 3/5, कनिका- 4.5/5, शौर्य- 4/5, सोनम- 2.5/5, राहुल- 2/5, समीर- 3.5/5, श्रुति- 2/5

इसी प्रकार एक-एक कर सभी स्टूडेन्टस का रिजल्ट सुनने के बाद राहुल ने पूछा, "सर, आपने हर्ष का रिजल्ट तो सुनाया ही नहीं।"

"हर्ष अभी नया है। तुम लोगों के बराबर आने में अभी उसे समय लगेगा।" मेरी साइड लेते हुए प्रोफेसर ने कहा।

"तो क्या हुआ सर, जो भी रिजल्ट है, वही सुना दीजिए। 0/5" शौर्य ने हँसते हुए कहा। उसकी बात पर अधिकांश स्टूडेन्ट्स हँसने लगे।

"वैसे भी हर्ष किसी पोलिटिशियन की सिफारिश से आया है। उन्हीं की सिफारिश से मार्क्स भी ले आएगा।" एक स्टूडेन्ट ने मुझ पर ताना कसते हुए कहा।

कनिका ने मेरी ओर देखा। उसकी आंखों में गुस्सा था। परन्तु मेरे चेहरे पर मुस्कान थी। शायद वह मेरी मुस्कान की वज़ह समझ गई थी।

वह एकदम से खड़ी हुई और प्रोफेसर से बोली, "सर, क्या मैं हर्ष की शीट चेक कर सकती हूँ?"

"क्यों नही। तुम्हारे क्लास में सबसे ज्यादा मार्क्स हैं। तुम ही चैक कर लो।" प्रोफेसर ने शीट कनिका को दे दी।

कनिका ने शीट ली और चैक करने लगी। पूरी क्लास में शांति थी। सभी की नज़रें कभी कनिका की तरफ, तो कभी मेरी तरफ थी।

कनिका ने शीट चैक करने के बाद खड़े होकर कहा, "सर हमें कभी भी, किसी को नजरअंदाज नहीं करना चाहिए। क्लास में कुछ लोगों ने बिना किसी कारण के हर्ष का मज़ाक बनाया। हर्ष का स्कोर 5/5 है। अगर किसी को कोई प्रोब्लम है, तो वह खुद से चैक कर सकता है।" कनिका ने मेरी शीट प्रोफेसर की टेबल पर रख दी।

प्रोफेसर ने शीट को उठाकर देखा, तो उन्हें यकीन नहीं हआ। मैंने सभी प्रश्नों के एकदम सटीक उत्तर लिखे थे। उन्होंने मेरी तरफ देखते हुए कहा, "हर्ष तुमने बिल्कुल सही आन्सर्स लिखे हैं। आज के टेस्ट में हर्ष का स्कोर सबसे ज्यादा है।"

कनिका के चेहरे पर मुझे एक अलग ही खुशी दिख रही थी।

*****

13
मेला

'कनिका SPEAKS'

"अरे वाह! सलवार-सूट में तुम बहुत सुन्दर लग रही हो।" रितिका ने मेरी ड्रैस देखकर कहा। वह मुझे पिक करने आई थी।

"थैक्यू रितिका।" मैंने मुस्कुराते हुए जवाब दिया।

एक लम्बे असरे बाद आज मैं खुश थी। इस खुशी के पीछे का कारण क्या था, यह मुझे भी समझ नहीं आ रहा था।

"आज बहुत दिनों बाद तुम्हारे चेहरे पर खुशी देख रही हूँ।" उसने कहा। मुझे देखकर वह भी खुश थी।

"ऐसा कुछ नहीं है। वैसे तुम अकेली आई हो, समीर कहाँ है?" मैंने बात को बदलने की कोशिश की।

"समीर अपनी कार में पेट्रोल डलवाने गया है, आने ही वाला होगा। लेकिन तुम अपना बताओ। इस नये लुक का राज़ क्या है? लगता है, यह सब हर्ष के लिए हो रहा है।" वह मुझे देखकर मुस्कुरा रही थी।

वहीं हर्ष का नाम सुनकर मेरा दिल ज़ोरो से धड़कने लगा था। हालांकि मैं रितिका के सामने कुछ भी ज़ाहिर नहीं करना चाहती थी, लेकिन जब किसी की आंखों में प्यार होता है, तो वह छिप नहीं पाता।

"ऐसा कुछ नहीं है। मैं तो बस मेले में जाने के लिए तैयार हुई थी।" मैंने कहा।

मेरी आंखे मेरे जवाब से मेल नहीं खा रही थी। उसे कुछ गड़बड़ लग रही थी।

"कुछ भी कहो, तुम्हारी आंखो में हर्ष के लिए फीलिंग्स दिख रही है। मैं तुम्हें बचपन से जानती हूँ। तुम मुझसे कुछ छिपा नहीं सकती।" वह मुझे लेकर बेड पर बैठ गई। वह मेरे मन की बातों को जानना चाहती थी।

"पता नहीं यार, जब से मैंने हर्ष को देखा है, एक अजीब-सा खिंचाव महसूस कर रही हूँ। ऐसा लगता है, जैसे मैं उसे बहुत पहले से जानती हूँ। उसकी आवाज़ मेरे कानों को सुकून देती है। उससे बात करने, उसके करीब जाने का मन होता है। आज क्लास में सब लोग जब उस पर हंस रहे थे, तो मुझसे बर्दाश्त नहीं हुआ।" मैंने अपने दिल की बात उससे शेयर की।

"लगता है, हर्ष को देखते ही तुम्हें उससे प्यार हो गया है?" रितिका ने मुस्कुराते हुए कहा।

वह मेरे लिए बहुत खुश थी। वह हमेशा से चाहती था कि मेरी लाईफ में कोई आए, जो मुझे खुश रखे।

"मुझे नहीं पता यह क्या है? मैं उसे देखकर खींची चली जाती हूँ।" मैंने कहा।

"तुम्हें हर्ष से बात करनी चाहिए?" उसने मुझे सलाह दी।

"नहीं रितिका, मुझे नहीं मालूम हर्ष मेरे बारे में क्या सोचता है? लेकिन जब भी उसकी आंखो में देखती हूँ, तो ऐसा लगता है, जैसे वह मुझसे बहुत कुछ कहना चाहता हो, उसे मेरी ही तलाश हो।" मैंने कहा।

मेरी आंखों के सामने हर्ष की आंखे घूमने लगी थी। तभी गाड़ी के हॉर्न की आवाज़ ने मुझे ख्यालों से बाहर निकाल दिया।

"लगता है, समीर आ गया है।" रितिका ने फटाफट आईने के सामने अपनी ड्रैस को ठीक किया और चलने का इशारा किया।

बाहर आते ही समीर ने मुझे देखकर कहा, "क्या बात है कनिका, न्यू लुक!!!! आज तो तुम बहुत खूबसूरत लग रही हो।"

"थैंक्यू।" मैंने मुस्कुराते हुए कहा।

उसके बाद हम तीनों मेले की ओर निकल गए।

***

'हर्षवर्धन SPEAKS'

सभी मेले में पहुंच चुके थे। अगर किसी की कमी थी, तो वह मैं था। वह सब पार्किंग में खड़े, शायद मेरे आने का इन्तजार कर रहे थे। सभी कनिका के सूट-सलवार की तारीफ कर रहे थे। वह बहुत ही खूबसूरत लग रही थी। मैं कुछ दूर खड़ा यही सोच रहा था कि मुझे वहाँ जाना चाहिए या नहीं।

"हर्ष अभी तक नहीं आया।" रितिका ने आसपास देखते हुए कहा। वहीं कनिका की नज़रे भी मुझे ही तलाश रही थी।

"हमारे पास उसका फोन नम्बर भी नहीं है। शायद वह नहीं आएगा।" राहुल ने कहा।

"हमें अंदर चलाना चाहिए।" शौर्य ने कहा।

सब अंदर जाने लगे, तभी एक कार को सामने से आता देख समीर ने कहा, "वाह! क्या कार है?"

"यह तो लेटेस्ट BMW मॉडल है यार। पिछले महीने ही इंडिया में लॉंच हुई है।" राहुल ने कहा।

"अरे, यह तो हर्ष है।" मुझे कार में देखकर रितिका ने कहा।

मैं कार पार्क करके आया और सभी को 'हाय' कहा। शौर्य और राहुल ने मुझे कोई रिप्लाई नहीं दिया। शायद वह दोनों मुझसे नाराज़ थे।

"हेलो हर्ष। हमें लगा, तुम नहीं आओगे।" रितिका ने मुझसे कहा। उसके चेहरे की मुस्कान मुझे कुछ अजीब लगी।

"माफ करना, आने में थोड़ा लेट हो गया। एक जरूरी काम आ गया था।" मैंने कहा।

मैंने एक झलक कनिका को देखा, वह बहुत ही खूबसूरत लग रही थी। बिल्कुल स्वर्ग की अप्सरा जैसी। मैं तिरछी नज़रो से उसे देख रहा था। सभी मेले के अंदर चल दिये।

चलते-चलते रितिका ने धीरे फुसफुसाते हुए कनिका से कहा, "तुम सही कह रही थी। हर्ष को देखकर लगता नहीं, उसे तुम में कोई इन्टरेस्ट है। सभी ने तुम्हारी ड्रैस की तारीफ़ की, लेकिन हर्ष ने कुछ नहीं कहा। अजीब है यह लड़का।"

मेरी नज़र एक बड़े से झूले पर गई जिसे सब 'जाईंट व्हील' कह रहे थे। उनका इरादा उसमें झूलने का था। टिकट के लिए लम्बी लाईन लगी थी। जैसे-तैसे राहुल भीड़ में घुसकर टिकट ले आया, परन्तु भीड़ इतनी ज्यादा थी कि हमारा नम्बर आने में काफी समय था।

शौर्य-श्रुति दोनों चाट की स्टॉल पर चले गये। वहीं राहुल, समीर और सोनम भी कुछ खाने के लिए पास के स्टॉल पर पहुंच गये। कनिका और रितिका थोड़ा दूर खड़ी थी।

"तू एक बार जाकर हर्ष से बात तो कर।" रितिका ने उसे धीरे से कहा।

"तू भी चल मेरे साथ।" कनिका ने उसका हाथ पकड़ लिया। दोनों मेरी ओर आने लगी। मुझे काफी घबराहट हो रही थी। मेरे स्वभाव में डरना था ही नहीं, किन्तु फिर भी कनिका के पास आने से मुझे घबराहट हो रही थी।

"हेलो हर्ष, जब से आये हो चुपचाप खड़े हो। सबसे बात करोगे, तभी तो घुल-मिल पाओगे।" रितिका ने मुझसे कहा।

उसकी बात पर मैंने मुस्कुराते हुए अपना सिर हिलाया।

"मेरा नाम रितिका झा है, और यह कनिका राठौर। तुम्हें शायद हमारे नाम मालूम होंगे?" रितिका ने अपना और कनिका का परिचय देते हुए पूछा।

मैंने फिर 'हाँ' में सिर हिला दिया।

"बेसिक्ली तुम कहाँ के रहने वाले हो, लोकल नोएडा के तो नहीं लगते?" रितिका ने पूछा।

"मैं कुरूक्षेत्र, हरियाणा का रहने वाला हूँ। नोएडा अभी कुछ समय पहले ही आया हूँ।" मैंने कहा।

वह मेरे बारे में कुछ ज्यादा ही जानना चाह रही थी, या फिर यू कहूँ, कनिका को मेरे बारे में जानने की जिज्ञासा थी। रितिका मुझसे सवाल पर सवाल पूछती गई और मैं उसके जवाब देता गया। कनिका ने मुझसे एक भी सवाल नहीं पूछा। वह बस मुझे देखती रही। रितिका ने मेरा फोन नम्बर मांगा और मैंने उसे अपना नम्बर दे दिया। सवाल-जवाब का यह सिलसिला बहुत देर तक चलता रहा।

"घर में कौन-कौन है?"

"कोई नहीं।"

यह सुनकर वह दोनों हैरानी से एक-दूसरे को देखने लगी।

"मेरे माता-पिता इस दुनिया में नहीं हैं। बहुत समय पहले उनका देहांत हो गया था। मैं अकेला रहता हूँ। पूर्वजों की बहुत सारी धन-धौलत है।"

मेरा जवाब सुनकर रितिका ने कहा, "ओह, आई एम सॉरी।" उनकी आंखों में मेरे लिए हमदर्दी थी।

काफी देर बाद कनिका ने अपनी चुप्पी तोड़ते हुए कहा, "किसी अपने को खोना क्या होता है, मैं अच्छे से जानती हूँ। इस दुनिया में आपको सबसे ज्यादा प्यार करने वाला इन्सान, अगर आपके जीवन से चला जाए, तो जीना बहुत मुश्किल हो जाता है।" शायद वह खुद को बोलने से रोक नहीं पाई।

मुझे समझ नहीं आ रहा था, उसकी बता का जवाब दूँ या नहीं। मैं बस उसकी आंखों में देखता रहा। हम दोनों एक-दूसरे की आंखों में देखने लगे। उसकी आंखों में बहुत से सवाल थे। रितिका हम दोनों को ही देख रही थी। वह कभी मेरी तरफ देखती, तो कभी कनिका की तरफ।

"रितिका जल्दी आओ।" सोनम की आवाज़ ने हमारी आंखों के बंधन को तोड़ दिया। रितिका ने कनिका की ओर देखा। उसका चेहरा शर्म से लाल हो गया था। सभी लोग झूले पर थे।

"हर्ष, तुम और कनिका एक साथ बैठ जाओ।" रितिका ने कहा।

वह समीर के साथ बैठी थी। कनिका ने मुझे झूले पर बैठने का इशारा किया। मैं उसके सामने बैठ गया।

मैंने उससे पूछा, "जब इस कैबिन में चार लोग बैठ सकते हैं, तो फिर दो-दो ही क्यों बैठे?"

उसने मेरी आंखों में देखा और बोली, "मेरे फ्रेन्ड्स यहाँ अपने-अपने पार्टनर के साथ समय बिताने और मौज़-मस्ती करने आये हैं। इसलिए सब अलग-अलग बैठे हैं।"

उसकी आवाज़ बहुत मधुर थी। मन कर रहा था, वह बोलती रहे और मैं सुनता रहूँ। झूला धीरे-धीरे गोल-गोल घूमने लगा। मैं पहली बार किसी झूले पर बैठा था।

"तुम्हें डर तो नहीं लग रहा, एकदम चुपचाप बैठे हो।" कनिका ने मुझसे पूछा।

"नहीं, मुझे डर नहीं लगता। बस मुझे ज्यादा बोलना पसंद नहीं है।" मैंने जवाब दिया।

जब तक झूला रूका नहीं, वह मेरी आंखों में ही देखती रही। मैं भी खुद को उसे देखने से रोक नहीं सका। उसकी आंखों में मुझे ह्दयकर्णिका का प्यार दिख रहा था। मुझे इंतज़ार था, तो बस उसके पुनर्जन्मों की यादाश्त स्वयं वापस आने का।

मैंने और कनिका ने आंखों ही आंखों में अपनी भावनाएं व्यक्त कर दी थी। झूला भी रुक चुका था, किन्तु मैं और कनिका एक-दूसरे की आंखों में खोए हुए थे। सभी उस केबिन के बाहर खड़े, हमें ही देख रहे थे।

"झूला रुक गया है। अब तो बाहर आ जाओ।" सोनम ने कहा।

एक बार फिर उसने हमारी आंखों के बंधन को तोड़ दिया था। सभी हमें देखकर हंस रहे थे। किन्तु श्रुति और शौर्य दोनों मन ही मन जलन महसूस कर रहे थे। जहाँ श्रुति किसी भी कीमत पर कनिका को खुश नहीं देख सकती थी, वहीं शौर्य उसे किसी और के साथ नहीं देख सकता था।

"मुझे घर जाना है।" झूले से बाहर आते ही उसने रितिका से कहा।

"यार कनिका, हम अभी तो आये हैं। इतनी जल्दी क्यों जा रही हो?" सोनम ने कनिका को रोकते हुए कहा।

"आई एम सॉरी। मेरी वजह से तुम लोगों की शाम खराब हो गई।" अपनी बात कहते ही वह वहाँ से चली गई।

मैं उसे जाते हुए देखता रहा। मुझे समझ नहीं आया कि आखिर उसे हो क्या गया?

*****

१४
किताब

'कनिका SPEAKS'

रितिका का फोन लगातार आये जा रहा था, लेकिन मैंने फोन नहीं उठाया। उसकी बहुत सारी मिस्ड कॉल्स थी। मेरा मूड कुछ ठीक नहीं था पर रितिका कहाँ मानने वाली थी, कुछ ही देर बाद वह दरवाज़े पर आकर खड़ी हो गई।

"हद है यार, मैंने तुम्हें कितनी कॉल्स की, तुमने एक का भी रिप्लाई नहीं दिया।" वह गुस्से में थी। "तुम्हारी परेशानी क्या है? कल भी तुम मेले से ऐसे ही चली आई थी। आखिर बात क्या है?" उसे जवाब चाहिए था।

"मुझे नहीं पता।" मैं खुद उलझन में थी।

"क्या हुआ, बताएगी?"

"हर्ष मेरी उलझनें बढ़ा रहा है।" मैं रितिका से कुछ छिपा नहीं पाई। "न तो वह मेरे करीब आ रहा है, और न ही मुझे खुद से दूर जाने दे रहा है। मैं क्या करूँ?" मैं निराश होकर वहीं बेड पर बैठ गई।

"हर्ष ने तुझसे कुछ कहा?" उसने पूछा।

"यही तो परेशानी है, वह कुछ कहता ही नहीं और न ही अच्छे से बात करता है।" मेरी आंखे नम हो गई थी। "ऐसा लगता है, मानो उसकी आंखे मुझसे बहुत कुछ कहना चाहती हैं। उसकी आंखों में खो जाने का दिल करता है। कल रात भी मैं उसकी आंखों में इस कदर खो गई थी कि मुझे अपने आसपास किसी भी चीज के होने का एहसास नहीं था। मैंने उसकी आंखों में अपने लिए प्यार देखा है। कुछ तो है, जो वह मुझसे छिपा रहा है और मैं उस रहस्य का पता लगाकर रहूंगी।" मैंने दृढ़ संकल्प लेते हुए कहा।

रितिका कुछ सोच रही थी। एकदम से उसने कहा, "तुम जरा अपना लैपटाप देना।"

"क्या हुआ?"

"अरे निकालो तो।"

मैंने लैपटॉप बैग से लैपटॉप निकाला और उसे देते हुए पूछा, "तुम करना क्या चाहती हो?"

उसने फौरन लैपटॉप ऑन किया और कुछ सर्च करते हुए बोली, "हर्ष की इंटरनेट प्रोफाइल देख रही हूँ।" वह लगातार सर्च किये जा रही थी। "हैरानी की बात है, हर्ष जैसा स्मार्ट और अमीर लड़का ऑरकुट, ट्विटर, फेसबुक किसी भी सोशल नेटवर्किंग साईट पर नहीं है।"

इस बात ने मुझे भी सोचने पर मजूबर कर दिया।

"एक बार मुझे लैपटॉप दिखाना।" मैंने उससे लैपटॉप लिया और एक नाम टाइप किया। 'हृदयकर्णिका और हर्षवर्धन की प्रेम कहानी।'

स्क्रीन पर यह नाम पढ़ते ही रितिका एकदम से बोली, "यह कहानी अब तक तुम्हारे दिमाग में घूम रही है।"

"पता नहीं क्यों, मुझे ऐसा लगता है, जैसे मेरा उस कहानी से कोई सम्बन्ध है। उस दिन भी ऐसा लग रहा था, जैसे बाबा की आंखे मुझसे कुछ कहना चाहती हैं।" मेरे अंदर की जिज्ञासा उसे दिख रही थी।

"देखो रितिका।" मैंने लैपटॉप स्क्रीन उसकी ओर की। "हृदयकर्णिका नाम की एक बुक है। इसे किसी डॉक्टर प्रभाकर मिश्र ने सन् 1989 में पब्लिश करवाया था।" रितिका स्क्रीन को देख रही थी।

"अजीब बात है, इस बुक की कोई भी डिटेल नेट पर मौजूद नहीं है। आमतौर पर बुक के बारे में कुछ न कुछ तो अपलोड होता ही है।" हैरान हेते हुए रितिका ने कहा। मैं भी इस बात से अचंभित थी।

"पता नहीं, इस बुक की कॉपीज़ मार्केट में है भी या नहीं?" उसने कहा।

"इस बुक की आखिरी पब्लिकेशन सन् 1989 की है। देखो डॉक्टर प्रभाकर मिश्र का एड्रेस दिल्ली का ही है। क्यों न हम उनके घर चलकर उन्हीं से जानकारी लें?" मैंने रितिका से पूछा।

वह चुप थी। मैंने एक पेपर पर डॉ0 प्रभाकर का एड्रैस नोट किया और अपना मोबाइल व पर्स उठाने लगी।

"क्या हमारा उनके घर जाना जरूरी है?" रितिका ने पूछा।

"ऑफ कोर्स, अगर मुझे अपनी उलझनों को सुलझाना है, तो उसकी जड़ तक पहुंचना ही होगा।" मैंने उसे दरवाज़े की ओर इशारा करते हुए कहा।

"एक मिनट...। तुम यह कहना चाहती हो, हृदयकर्णिका और हर्षवर्धन की कहानी से तुम्हारा और हर्ष का कोई सम्बन्ध है?" उसकी बात सुनकर मैं दरवाज़े पर ही रुक गई।

मैं पीछे मुड़ी और उससे कहा, "अगर तुम्हें साथ चलना है, तो चलो नहीं तो मैं अकेली ही जा रही हूँ।" वह बिना कुछ बोले मेरे साथ चलने को तैयार हो गई।

***

"एड्रेस तो यही है।" मैंने पेपर पर लिखे एड्रैस को देखकर कहा। मेन गेट पर गार्ड बैठा था। उसने हम दोनों को देखकर पूछा, "मैडम आपको किससे मिलना है?"

"हमें डॉ0 प्रभाकर मिश्र जी से मिलना है। क्या यह उन्हीं का घर है?" मैंने गार्ड से पूछा।

"हाँ, यह उन्हीं का घर है। आपको क्या काम है?" गार्ड ने पूछा।

"हमें उनसे एक किताब के विषय में कुछ जानकारी चाहिए थी।" मैंने कहा।

गार्ड ने हम दोनों को ऊपर से नीचे तक देखा, फिर इंटरकॉम से घर के अंदर फोन किया और थोड़ी देर रूकने को बोला। कुछ ही देर में अंदर से एक व्यक्ति आया। उसके आते ही मैंने पूछा, "क्या आप डॉ0 प्रभाकर हैं?"

"जी नहीं, मैं उनका बड़ा बेटा हूँ। आप दोनों कौन हैं और उनसे किस किताब के बारे में जानकारी चाहिए?" उनके बेटे ने पूछा।

"मेरा नाम कनिका है, और यह है मेरी फ्रेन्ड रितिका। हम दोनों स्टूडेन्ट्स हैं और नोएडा से आये हैं। हमें डॉ0 प्रभाकर की किताब हृदयकर्णिका के बारे में कुछ पूछना था।" मैंने विनम्रता से कहा।

"आजकल पिताजी की तबीयत कुछ ठीक नहीं रहती है इसलिए वह ज्यादा बात नहीं करते।" उसने कहा।

"सर प्लीज, हम बहुत उम्मीद लेकर आये हैं। हमारा इस किताब के बारे में जानना बहुत जरूरी है।" मैंने उनके सामने हाथ जोड़ लिये थे। मुझे देख, रितिका भी तुरन्त हाथ जोड़कर उनसे विनती करने लगी। "प्लीज सर...।"

"ठीक है। आप लोग अंदर आइए, लेकिन ज्यादा समय मत लेना।" उसने हम दोनों को अंदर आने दिया। डॉ0 प्रभाकर का घर बहुत ही शानदार था। उनके बेटे ने हमें लिविंग रूम में बैठकर इंतज़ार करने को कहा।

कुछ देर इंतज़ार करने के बाद एक बुजुर्ग व्यक्ति व्हील चेयर पर आये। हम दोनों को देखकर वह खुश लग रहे थे। पास आते ही उन्होंने पूछा, "तुम दोनों का नाम क्या है?"

मैंने उन्हें हाथ जोड़कर नमस्ते करते हुए कहा, "सर, मेरा नाम कनिका है और यह मेरी फ्रेन्ड रितिका है।"

"बैठ जाओ।" उन्होंने हमें बैठने को कहा। "बताओ, क्या जानना चाहते हो तुम मेरी किताब के बारे में।" उन्होंने मेरी ओर देखते हुए पूछा।

"सर यह किताब मार्केट में नहीं है इसलिए हम इस किताब की कहानी जानना चाहते हैं।" मैंने डॉ0 प्रभाकर से कहा।

"यह किताब हर्षवर्धन, जो कि एक वैम्पायर था और हृदयकर्णिका, जो कि एक मनुष्य थी, की अधूरी प्रेम कहानी पर आधारित है।" डॉ0 प्रभाकर ने कहा।

"सर, क्या सच में वैम्पायर्स होते हैं? मेरा मतलब है, हर्षवर्धन और हृदयकर्णिका सच में थे?" रितिका ने पूछा।

"यह कहानी बिल्कुल सत्य है और आज भी हमारे बीच वैम्पायर्स हैं, जिन्हें आम इन्सान पहचान नहीं सकता। वह बिल्कुल हमारे जैसे दिखते हैं। लेकिन इन्सानी रूप के पीछे, उनका एक खौफनाक चेहरा भी है।" डॉ0 प्रभाकर ने कहा। उनकी आंखों में अजीब-सा डर था। "लेकिन किसी ने भी मेरी कहानी और वैम्पायर्स के अस्तित्व को सत्य नहीं माना।" उनकी आवाज़ में निराशा भी थी।

"सर, क्या आपने कभी वैम्पायर्स देखे हैं? वैम्पायर्स की क्या कहानी है और आपकी किताब से उसका क्या सम्बन्ध है? मुझे जानना है।" मैंने जिज्ञासा भरे स्वर में पूछा।

"बेटा! आज मैं तुम्हें जो बात बताने जा रहा हूँ, वह बिल्कुल एक सत्य घटना है। मैंने बहुत लोगों को इस घटना के बारे में बताया, लेकिन किसी ने मेरा विश्वास नहीं किया।" उन्होंने पास की टेबिल पर रखे पानी के गिलास से थोड़ा पानी पिया। मैं और रितिका उन्हें टकटकी लगाए देख रहे थे। अपना गला साफ करते हुए वह बोले-

"मेरे दादाजी एक क्रांतिकारी थे। वह देश को आजादी दिलाने के लिए क्रांतिकारियो के साथ संघर्ष में शामिल थे। सन् 1930 ई0 में उनके जीवन में एक घटना घटी। संघर्ष के दौरान मेरे दादाजी ब्रिटिश सिपाहियों की गोली से घायल हो गए थे। अपनी जान बचाते हुए वह घने जंगल में बहुत अंदर तक चले गए। जंगल इतना घना था कि वह रास्ता भटक गये। वह घायल अवस्था में एक पेड़ के नीचे बैठ गए। गोली लगने के कारण उनके पैर से काफी खून बह चुका था। सूर्यास्त होने के पश्चात कुछ ही देर में चारों तरफ अंधेरा छा

गया, किन्तु चन्द्रमा की रोशनी से पूरा जंगल जगमगा उठा। पूरे जंगल में सन्नाटा था। तभी मेरे दादाजी को किसी के आने की आहट सुनाई दी। उन्होंने चारों तरफ देखा, पर उन्हें कोई नज़र नहीं आया। वह इधर-उधर देख ही रहे थे, कि अचानक से एक व्यक्ति उनके सामने आकर खड़ा हो गया। उसे देखकर दादाजी के होश उड़ गये। उस आदमी की आंखे खून की तरह लाल थी। वह एक वैम्पायर था। उसके दांत फिल्मों में दिखने वाले वैम्पायर्स की तरह लम्बे-लम्बे थे। उस वैम्पायर ने मेरे दादा की गर्दन पर वार किया। दादाजी की चीख निकल गई। वह उनका खून पीने लगा। मेरे दादाजी दर्द से कराह रहे थे। तभी अचानक से एक ऋषि वहाँ प्रकट हुए और उन्होंने उस वैम्पायर को पकड़कर पीछे की तरफ फेंक दिया। उसने पलटकर उस ऋषि पर हमला किया, किन्तु उन्होंने एक झटके में उस वैम्पायर की गर्दन धड़ से अलग कर दी। जैसे ही उस वैम्पायर का शरीर जमीन पर गिरा, उसमें आग लग गई। उस ऋषि के पास दिव्य शक्तियां थी, उन्होंने मेरे दादाजी के घाव को एक पल में ठीक कर दिया था जैसे मेरे दादाजी को कभी कोई चोट या गोली लगी ही न हो।"

"सर माफ कीजिएगा। लेकिन इस घटना का ह्रदयकर्णिका और हर्षवर्धन की कहानी से क्या सम्बन्ध है?" मैंने उन्हें बीच में टोकते हुए पूछा।

"धीरज रखो बेटा।" उन्होंने कहा। शायद वह मेरी बेचैनी को समझ रहे थे।

"मेरे दादाजी ने उन्हें धन्यवाद दिया और उनसे पूछा कि वह कौन हैं? उन्होंने अपना नाम महर्षि स्वर्गवासा बताया। दादाजी ने उस वैम्पायर के विषय में पूछा, तो उन्होंने बताया कि वह एक पिशाच था, जो इन्सानों और जानवरों का खून पीता था। उन्होंने उस पिशाच को उसके श्रापित जीवन से मुक्ति दे दी थी। महर्षि स्वर्गवासा ने ही मेरे दादाजी को हर्षवर्धन और ह्रदयकर्णिका की अधूरी प्रेम कहानी सुनाई थी। उन्होंने दादाजी को एक कार्य सौंपा।"

"कैसा कार्य?" मैंने पूछा।

मेरी ओर मुस्कुराते हुए उन्होंने कहा, "उन्होंने कहा कि मेरे दादाजी को यह कहानी एक किताब के रूप में लिखनी है। ताकि समय आने पर यह किताब अपना मसकद पूरा कर सके। यह कहकर महर्षि स्वर्गवासा वहाँ से अदृश्य हो गये। उसके बाद मेरे दादाजी ने उस कहानी को एक किताब के रूप में लिखा, किन्तु कभी उनकी लिखी किताब प्रकाशित नहीं हो सकी। अपनी मृत्यु से पूर्व उन्होंने मुझे अपनी लिखी किताब दी और उसे प्रकाशित कराने की भी जिम्मेदारी सौंपी। सन् 1987 में मेरे दादाजी की मृत्यु के पश्चात, मैंने 1989 में इस किताब का प्रथम प्रकाशन प्रकाशित करवाया था।"

"सर आपने कहा था, आपने वैम्पायर्स को देखा है?" मैंने पूछा। मैं जानना चाहती थी, उन्होंने वैम्पायर्स को कहाँ देखा?

"बेटा वैम्पायर्स से मेरी मुलाकात का प्रत्यक्ष प्रमाण, मेरी यह व्हील चेयर है।" डॉ० प्रभाकर ने अपनी व्हील चेयर पर हाथ रखते हुए कहा।

"सर वह कैसे?" रितिका ने पूछा।

"मेरी किताब प्रकाशित होने के कुछ दिनों बाद मेरे पास एक व्यक्ति आया और उसने मुझसे इस कहानी के विषय में पूछा। मैंने उसे सारी सच्चाई बताई। पूरी कहानी सुनाने के बाद उसने बताया कि वह एक वैम्पायर है। उसने ही मेरी यह हालत की और मुझे व्हील चेयर पर बैठा दिया। उसने मुझे धमकी दी, अगर इस किताब का कोई भी प्रकाशन भविष्य में हुआ, तो वह मेरे पूरे परिवार को मौत के घाट उतार देगा। उन्होंने मेरे दादाजी द्वारा लिखी ऑरिजनल कॉपी व प्रकाशित किताब, सभी को नष्ट कर दिया था। इसलिए उस किताब की कोई भी कॉपी मार्केट में नहीं है।"

"लेकिन हमें पता कैसे चलेगा, किताब में क्या लिखा था।" मैंने पूछा। मैं थोड़ा मायूस हो गई थी।

कुछ देर सोचने के बाद डॉ० प्रभाकर ने कहा, "मैं आज तक सोचता रहा, आखिर उस किताब का मकसद क्या था। लेकिन मुझे कभी इसका जवाब नहीं मिला। शायद आज के लिए ही वह किताब लिखी गई थी।"

"हम कुछ समझे नहीं?" रितिका ने पूछा।

"दादाजी ने कहा था, किस्मत स्वयं इस किताब को इसके सही स्थान पर ले जाएगी। देखो आज वो दिन आ ही गया। मुझे लगता है इस किताब का तुमसे ही कोई सम्बन्ध है।" उन्होंने मेरी ओर देखते हुए कहा। मैं और रितिका एकदम से चौंक गए।

"लेकिन सर किताब की कोई कॉपी तो बची नहीं है।" मैंने अफसोस करते हुए कहा।

"अपने दादाजी की इच्छा को पूरा करना, मेरे जीवन का उद्देश्य था।" वह मुस्कुरा रहे थे। मैंने रितिका की ओर देखा। वह भी दुविधा में थी। "बच्चों, मैं जानता था कि इस किताब के प्रकाशित होते ही जरूर कोई न कोई अड़चन आएगी। इसलिए मैंने इस किताब की एक कॉपी प्रकाशित होते ही अपने लॉकर में छिपाकर रख ली थी।"

यह सुनते ही मेरे चेहरे पर खुशी छा गई। "सर, तो क्या आपके पास अब भी एक कॉपी है?" मैंने पूछा।

वहीं डॉ0 प्रभाकर ने 'हाँ' में सिर हिलाया। रितिका और मैं बहुत खुश हो गए थे। तभी उन्होंने अपने बेटे को आवाज़ लगाई और लॉकर रूम से किताब लाने को कहा।

"लगभग 20 वर्षों से मैं इस इंतजार में जी रहा था कि कब मुझे दादाजी द्वारा दिये, इस कार्य से मुक्ति मिलेगी। और देखो, आज वह दिन आ ही गया।" उन्होंने कहा। उनके चेहरे पर खुशी के साथ-साथ संतोष भी था।

"लेकिन आप इतने यकीन से कैसे कह सकते हैं कि इस किताब का सम्बन्ध कनिका से है, और इसे कनिका के पास ही आना था।" रितिका ने डॉ0 प्रभाकर से पूछा। कहीं न कहीं मेरे मन में भी यह सवाल उठ रहा था।

"मैं जानता हूँ, तुम्हारे लिये यह यकीन करना मुश्किल होगा। किन्तु महर्षि स्वर्गवासा ने दादाजी से कहा था कि एक दिन हृदयकर्णिका स्वयं तुम्हारी

लिखी किताब की तलाश में आएगी। आज तुम्हारा यहाँ आना, इस बात को प्रमाणित करता है, कि तुम ही ह्रदयकर्णिका का पुनर्जन्म हो।" डॉ0 प्रभाकर ने कहा। वह फिर से मुस्कुराने लगे।

"अगर यह सच है, तो फिर हर्षवर्धन कहाँ है?" रितिका ने उनसे पूछा।

"अगर वह तुम्हारे सामने आ भी जाए, तो भी तुम उसे पहचान नहीं पाओगी। कोई भी उसे पहचान नहीं पाएगा।" रितिका की ओर देखते हुए उन्होंने कहा। "वह लगभग 2000 वर्षों से ह्रदयकर्णिका को तलाश रहा है। उसका प्रेम असीम है, जिसका कोई अंत नहीं। वह स्वयं ह्रदयकर्णिका को तलाश लेगा।" उन्होंने मेरी ओर देखकर कहा।

इससे पहले कि रितिका कुछ पूछती, उनका बेटा वह किताब लेकर आ गया। मेरी ओर किताब बढ़ाते हुए डॉ0 प्रभाकर ने कहा, "यह रही, तुम्हारी अमानत।"

किताब को हाथों में लेकर मुझे एक अलग ही फीलिंग आ रही थी। ऐसा लग रहा था, मानो मैंने खुद को अपने हाथों में लिया हुआ है। डॉ0 प्रभाकर की कही बातों ने हमें असमंजस की स्थिति में डाल दिया था। किताब लेकर हम वहाँ से बाहर आ गए।

सूर्यास्त हो चुका था। मैं और रितिका मैट्रो स्टेशन की ओर पैदल जा रहे थे। मैंने रितिका की ओर देखा, वह कुछ सोच रही थी। तभी उसने पूछा, "तुम्हें डॉ0 प्रभाकर की बात में सच्चाई लगती है?"

"पता नहीं यार, क्या सच है और क्या नहीं।" मैंने कहा। हम दोनों पैदल चलते हुए बात करते रहे।

"अच्छा मान लो, अगर तुम ही ह्रदयकर्णिका हो, तो हर्षवर्धन कौन होगा?" रितिका ने पूछा।

"हर्ष।" हम दोनों ने एक स्वर में कहा और मुस्कुराने लगे।

"वैसे हर्ष को देखकर लगता नहीं, कि वह एक वैम्पायर होगा?" रितिका ने मज़ाक में कहा।

"मुझे नहीं लगता कि हर्ष ही हर्षवर्धन है, अगर वह हर्षवर्धन होता, तो मुझसे दूर-दूर क्यों रहता?" मैंने कहा।

"हम्म... हो सकता है, वह तुम्हारे नज़दीक आने से डर रहा हो?" रितिका ने जवाब दिया।

"अब इस रहस्य का मैं खुद ही पता लगाकर रहूंगी।"

"लेकिन कैसे?" रितिका ने पूछा।

"इस किताब को पढ़कर।" मैंने किताब को ऊपर उठाते हुए कहा।

मैंने वह किताब रितिका के बैग में रख दी और फिर हम मैट्रो स्टेशन की ओर चल दिये।

"वैसे सच कहूँ, तो मुझे यह सब बातें मनगढ़ंत लग रही हैं। आज की दुनिया में ऐसा कहाँ होता है?" वह बोलती हुई आगे चली जा रही थी।

मैं उसे रोकना चाहती थी, लेकिन मेरे मुंह से शब्द ही नहीं निकल रहे थे। किसी ने पीछे से मेरा मुंह दबा लिया था। काफी देर तक जब उसे कोई जवाब न मिला, तो उसने पलटकर देखा, लेकिन मैं वहाँ नहीं थी।

*****

15
अपहरण

'हर्षवर्धन SPEAKS'

मैं अपने प्लैट की बॉलकनी से कनिका के पीजी को ही देख रहा था, तभी मेरा फोन रिंग करने लगा। पहली बार किसी का कॉल आता देख, मैं थोड़ा हैरान था।

मैंने कॉल रिसिव करते ही पूछा, "हेलो कौन?"

"हेलो हर्ष, मैं रितिका बोल रही हूँ।" वह काफी घबराई लग रही थी।

"क्या हुआ रितिका, सब ठीक तो है न?" मैंने पूछा।

"नहीं, कुछ भी ठीक नहीं है। मैं और कनिका दिल्ली आये थे। और अचानक से कनिका कहीं गायब हो गयी। मैंने उसे सब जगह तलाश किया, लेकिन उसका कोई पता नहीं चल रहा।" उसने कहा। वह फोन पर ही रोने लगी थी।

"उसका फोन ट्राई किया?"

"उसका फोन बंद आ रहा है।"

"तुम अभी कहाँ हो?" मैंने पूछा। अब मुझे भी कनिका की फिक्र होने लगी थी।

"वसंत कुंज बस स्टॉप के पास।" उसने रोते हुए कहा।

"ठीक है, तुम घबराओ मत। मैं पास में ही हूँ, अभी वहाँ पहुंचता हूँ।" मैंने उससे कहा।

मैं तुरन्त बॉलकनी की रैलिंग पर चढ़ा और वहाँ से नीचे कूद गया। मैं अपनी पूरी ताकत से वसंत कुंज दिल्ली की ओर बढ़ रहा था।

मैं कुछ ही मिनटों में रितिका के पास पहुँच गया। वह सड़क किनारे बस स्टॉप पर खड़ी रो रही थी। जैसे ही उसने मुझे देखा, वह दौड़कर मेरे पास आयी।

"यहाँ क्या हुआ था? मुझे बताओ।" मैंने उससे पूछा।

उसने मुझे डॉ0 प्रभाकर और उनके घर पर हुई सारी बातों के बारे में बताया। डॉ0 प्रभाकर का नाम सुनते ही मेरे कान खड़े हो गए। महर्षि स्वर्गवासा की बात का मतलब मैं समझ गया था।

वहीं रितिका लगातार रोए जा रही थी। मैंने उसे चुप कराते हुए भरोसा दिलाया कि मैं कनिका को वापस लेकर आउंगा। उसे कुछ नहीं होने दूंगा।

मेरा आत्मविश्वास देखकर उसने मुझसे पूछा, "हर्ष क्या तुम हर्षवर्धन हो?" उसके सवाल का मेरे पास कोई जवाब नहीं था। मैंने उसे कोई जवाब नहीं दिया और घर जाने को कहा।

"जब तक कनिका का पता नहीं चलता, मैं घर नहीं जाऊंगी।" वह इस बात पर अड़ गई। वह घर जाने को तैयार ही नहीं हो रही थी।

मुझे कोई रास्ता नज़र नहीं आया और मजबूरी में मैंने उसे सम्मोहित कर दिया। उसके बाद वह चुपचाप टैक्सी में बैठकर वहाँ से चली गई।

मैं जानता था, यह काम किसका है? वह कनिका को कहाँ लेकर गए होंगे, मैं वही सोच रहा था। परन्तु उन्हें यह नहीं पता था कि मेरे लिए कनिका को तलाश करना, कोई मुश्किल काम नहीं था।

***

कनिका एक कुर्सी पर बैठी थी। उसकी आंखों पर पट्टी और हाथ रस्सी से बंधे थे। वह एक निर्माणधीन बिल्डिंग में थी जहाँ चारों तरफ ईटें, सरिया और मलवा पड़ा था। वह घबरा रही थी।

"कौन हो तुम लोग और क्या चाहिए तुम्हें?" उसने कुर्सी पर छटपटाते हुए कहा।

तभी एक लड़की ने उसकी आंखों की पट्टी खोल दी। आंखे खुलते ही कनिका ने इधर-उधर देखा। वहाँ ज्यादा रोशनी नहीं थी। कुछ गिने-चुने दो-तीन बल्ब लगे थे, जिनकी रोशनी से वह यह तो देख सकती थी कि वहाँ कौन-कौन है? उसे कुछ भी सामान्य नहीं लग रहा था। मैं सामने बनी एक और निर्माणाधीन बिल्डिंग से यह सब देख रहा था।

"शांत हो जाओ। हम तुम्हें कोई नुकसान नहीं पहुँचाएगे।" एक लम्बे कद की गोरी-सी लड़की ने उससे कहा।

"तुम कौन हो?" कनिका ने उस लड़की से पूछा।

"मेरा नाम एनी है।" उसने कहा।

"क्या तुम सब वैम्पायर्स हो?" उसने एनी से पूछा।

"तुम्हें थोड़ी देर में खुद ही पता चल जाएगा।" एनी ने कहा।

एनी ने उसके बंधे हाथ खोल दिये और उसे कुर्सी पर ही बैठे रहने को कहा।

एनी को हवा में अमात्य और ब्रहमेश्वर के आने का पता चल गया था। उसने एक दूसरे वैम्पायर से कहा, "विक्की, वह आ चुके हैं। सब तैयार हो जाओ।"

कुछ ही समय पश्चात वहाँ पर अमात्य और ब्रहमेश्वर आ गए। उनके आते ही वहाँ मौजूद सभी वैम्पायर्स ने उन्हें सिर झुकाकर सम्मान दिया।

अमात्य ने काले रंग का कोट-पैंट पहना था, जबकि ब्रहमेश्वर वही अपने पुराने ऋषि वाले लिवाज़ में था। उसकी दाढ़ी भी काफी बड़ी-बड़ी थी। बस फर्क सिर्फ इतना था, पहले वह अपने बालों का जूड़ा बनाकर रखता था और अब उसने अपने बाल खोल दिये थे।

उन दोनों को देखकर मेरी आंखों में गुस्से की ज्वाला धधकने लगी। कनिका भी समझ गई थी कि यह दोनों ही इन सबके बॉस है। जैसे ही ब्रहमेश्वर ने कनिका को देखा, वह बहुत खुश हुआ और अमात्य से बोला, "अमात्य, यह तो कुदरत का करिश्मा है। बिल्कुल हृदयकर्णिका जैसा रूप, रंग, कद-काठी है। मैं 2000 वर्ष पश्चात अपनी पुत्री को देख रहा हूँ।"

"निःसंदेह ब्रहमेश्वर, यह कुदरत का अद्‌भुत करिश्मा ही है।" अमात्य के चेहरे पर भी खुशी झलक रही थी।

"आज कई सदियों से चली आ रही आपकी प्रतिक्षा का अंत हुआ।" एनी ने अमात्य से कहा।

कनिका को समझ आ गया था कि डॉ0 प्रभाकर और ऋषिकेश वाले बाबा की कही सभी बातें सत्य थी। उसे अपने हृदयकर्णिका होने पर पूरा यकीन हो चुका था। उसने ब्रहमेश्वर की तरफ देखते हुए पूछा, "आप लोग मुझसे चाहते क्या हैं?"

"समय आने पर तुम्हें सबकुछ स्वयं ही याद आ जाएगा।" अमात्य ने कहा।

वह कनिका के नज़दीक गया और उसकी हथेली को अपने हाथ में लेकर अपने नुकीले नाखून से हल्का-सा चीर दिया। "आ..." कनिका दर्द से कराह उठी।

यह देख मेरी आंखे गुस्से से लाल हो गई। मन किया, उसी वक्त अमात्य के टुकड़े कर दूँ। परन्तु मैं शांत यह सब देखता रहा। मुझे जानना था, आखिर यह चाहते क्या हैं?

अमात्य ने अपनी जीभ से कनिका की हथेली से बहते खून का स्वाद चखा और अपनी आंखे बंद करके उसके दिमाग को पढ़ने की कोशिश करने लगा। किन्तु अगले ही पल वह चौंक गया।

"नहीं, यह नहीं हो सकता।" उसने चिल्लाते हुए अपनी आंखे खोली, "हर्षवर्धन इसकी जिंदगी में आ चुका है। वह इसके आसपास ही है।" उसकी बात सुनकर कनिका भी हैरान हो गई।

"तुमने क्या देखा?" ब्रहमेश्वर ने पूछा।

"मैंने इसके आसपास हर्षवर्धन को देखा।" अमात्य बेचैन था। वह हड़बड़ाते हुए बोला, "हमें समय बर्बाद ना करते हुए जल्द से जल्द हृदयकर्णिका को लेकर यहाँ से जाना होगा।" उसकी बेचैनी से सभी घबरा गए थे।

"तुम ठीक कह रहे हो, हमें इसे अपने साथ लेकर जाना होगा, वहीं हम हर्षवर्धन को भी काबू में कर सकते है।" ब्रहमेश्वर ने अमात्य से कहा।

"माफ करना, लेकिन हर्षवर्धन से इतना क्यों घबराना? हम संख्या में बहुत हैं।" विक्की ने दोनों के बीच बोलते हुए कहा।

"मूर्ख, तुम क्या समझते हो? हर्षवर्धन कोई साधारण वैम्पायर है। हम उसके खून से बने हैं। इसी से अंदाज़ा लगा लो, वह कितना शक्तिशाली होगा। तुमने आजतक उसे देखा नहीं है, तभी इस तरह की मूर्खता भरी बातें कर रहे हो।" ब्रहमेश्वर ने विक्की पर गुस्सा निकालते हुए कहा।

"आप विक्की की बातों पर ध्यान मत दीजिए। यह बेवकूफ़ है।" एनी बीच में आ गई और विक्की की ओर से माफी मांगने लगी। वह विक्की को घूरकर देखने लगी।

"आज तक सिर्फ मैंने और ब्रहमेश्वर ने ही हर्षवर्धन की ताकत व सामर्थ्य को देखा है। तुम सब तो उसके सामने बच्चे हो। अगर वह यहाँ आ गया, तो हम में से कोई भी जीवित नहीं बचेगा। इसलिए जल्द से जल्द चलने की तैयारी करो।" अमात्य ने सभी को चलने का इशारा किया।

ब्रहमेश्वर ने उसे एक तरफ ले जाकर पूछा, "क्या हृदयकर्णिका को पुनर्जन्म का कुछ याद है?"

"नहीं, अभी नहीं। लेकिन हैरान करने वाली बात है, जब हर्षवर्धन इसके आसपास ही है, तो वह हृदयकर्णिका से अपनी पहचान क्यों छिपा रहा है?" अमात्य को यह बात कुछ अजीब लग रही थी। वहीं एनी ने कनिका का हाथ पकड़ा और उसे अपने साथ लेकर वहाँ से चलने लगी। मैं समझ गया था कि अब समय आ गया है, अमात्य और ब्रहमेश्वर के सामने आने का।

ब्रहमेश्वर और अमात्य आपस में बात कर रहे थे कि एक अजीब-सी आहट ने उनके कान खड़े कर दिये। उन दोनों की आंखे खुली की खुली रह गयी। उनके मुंह से सिर्फ मेरा नाम निकला "हर्षवर्धन।"

अमात्य के माथे पर पसीना आ गया था। बाकी किसी को पता नहीं था, क्या हो रहा है? परन्तु अमात्य और ब्रहमेश्वर मेरी आहट से अनभिज्ञ नहीं थे। माहौल को एकदम से बदलता देख, एनी ने तुरन्त कनिका का हाथ छोड़ दिया।

मैं कनिका के सामने नहीं आना चाहता था। मुझे डर था, कहीं मेरी वज़ह से उसे पुनर्जन्म याद न आ जाए। हवा के झोंके की तरह मैं एनी के बगल से होते हुए कनिका के पीछे जाकर खड़ा हो गया। मेरी गति इतनी तेज थी कि मुझे देखना तो दूर, अमात्य और ब्रहमेश्वर यह समझ नहीं पाये कि मैं कहाँ से आया और कहाँ गया?

वहीं कनिका को आभास हो गया था, कोई उसके पीछे खड़ा है। मैं उसके ज़ोर से धड़कते दिल को महसूस कर रहा था। वह मुझे देखने के लिए आतुर थी। इससे पहले कि वह पीछे मुड़ती, मैंने उसे बेहोश कर दिया।

तभी अमात्य और बाकी सब की नज़र मुझ पर पड़ी। कनिका बेहोश मेरी बाहों में थी। मैंने उसे पास रखी चेयर पर बैठाया। मेरी आंखों के सामने अमात्य और ब्रहमेश्वर दोनों खड़े थे। मेरे दिमाग में कई सवाल थे जिनका मुझे अमात्य से जवाब चाहिए था। इस बात को वह भी जानता था।

"कैसे हो मेरे दोस्त?" मैंने अमात्य से पूछा। उसके मुंह से शब्द नहीं निकल रहा था।

"2000 साल बाद मिल रहे हो। तुम्हारी उम्र भी थोड़ी बढ़ गई है।" मैं अमात्य के बिलकुल सामने एक फुट की दूरी पर खड़ा, उसकी आंखों में देख रहा था।

अचानक पीछे से चार वैम्पायर्स ने मुझ पर हमला किया। इससे पहले कि वह मेरे करीब आते, मैं वहाँ से ओछल हो गया। मैं हवा के झोंके की भांति, कभी उनके सामने से गुज़रता, तो कभी पीछे से। वह चारों हक्के-बक्के रह गए। वह पागलों की तरह मुझे इधर-उधर ढूंढ रहे थे।

तभी से उनमें से एक का सिर लुढ़कता हुआ अमात्य के पैरो पर जाकर रुका। अचानक से यह क्या हुआ? यह किसी को पता नहीं चला। उसके बाद मैंने एक-एक कर बाकी तीनों के सिर धड़ से अलग कर दिये।

यह दृश्य देखकर अमात्य और ब्रहमेश्वर के साथ-साथ बाकी बचे वैम्पायर्स के होश उड़ गए थे। वहाँ मौजूद सभी भयभीत थे।

मैं फिर से अमात्य के सामने आकर खड़ा हो गया। किसी की दोबारा मुझ पर हमला करने की हिम्मत नहीं हुई।

"अगर कोई कनिका के करीब गया, तो उसका क्या अंज़ाम होगा, यह तुम सब जानते हो।" मैंने वहाँ मौजूद सभी वैम्पायर्स को चेतावनी देते हुए कहा।

कनिका के बगल में एक और कुर्सी थी। मैं उस पर जाकर बैठ गया। अमात्य मेरे सामने था।

"आखिर इतने वर्षों तक तुमने मुझसे यह बात क्यों छिपाई?" मैंने अमात्य से पूछा।

"हर्षवर्धन, वो...।" अमात्य बोलने में हकला रहा था। शायद उसे कुछ सूझ़ नहीं रहा था।

"तुमने मेरे साथ विश्वासघात किया है अमात्य।" मैंने आंखे निकालते हुए कहा। "और तुम जानते हो, विश्वासघात करने की क्या सज़ा है?"

यह सुन अमात्य का गला सूख गया था। वह जानता था, विश्वासघात की सज़ा मौत है। उसने गहरी सांस ली और मेरी ओर देखा।

"हर्षवर्धन, तुम बिल्कुल नहीं बदले। मैं हमेशा से तुम्हारे जैसा बनना चाहता था। तुम जैसा बनकर दुनिया पर राज़ करना चाहता था। किन्तु तुमने क्या किया? मुझे और मेरे सपनों को बीच में ही छोड़कर हमेशा के लिए चले गये।" अमात्य ने शिकायती अंदाज़ में कहा।

अमात्य को जवाब देते हुए मैंने कहा, "मैं तुम्हें अपना भाई मानता था, इसलिए तुम्हें इस श्रापित जीवन से दूर रखना चाहता था। किन्तु तुम्हारी महत्वकांक्षाएं बढ़ती जा रही थी। इसलिए मुझे तुमसे दूर जाना पड़ा।"

"कौन कहता है, यह जीवन श्रापित है। आम इन्सान भी हमारी ही तरह बनना चाहता है। यहाँ खड़े वैम्पायर्स को देखो, यह भी कभी इन्सान थे। इनके जीवन में दुख और तकलीफों के अतिरिक्त और कुछ नहीं था। किन्तु हमने इन्हें वैम्पायर बनाया, शक्तियाँ दी।" अमात्य ने बुलंद आवाज़ में कहा।

"तुम दोनों को क्या लगता है, तुम मुझे अपने वश में कर सकते हो?" मैंने पूछा।

"हमें रात के अंधेरे से मुक्ति चाहिए।" ब्रहमेश्वर ने कहा। वह मेरे सवाल को बदल रहा था।

उसकी बात पर मुझे हंसी आ गई।

"मैं तुम्हें रात के अंधेरे से ही नहीं, बल्कि इस श्रापित जीवन से मुक्ति देने वाला हूँ।" अगले ही पल मैं उन दोनों के करीब पहुंच गया और उनकी गर्दन पकड़ते हुए उन्हें हवा में लटका दिया। यह देख सभी दंग रह गए। वहीं अमात्य और ब्रहमेश्वर खुद को मेरी पकड़ से छुड़ाने की कोशिश कर रहे थे।

उन्होंने कुदरत के बनाये नियम को तोड़ा था। आम इन्सानों को वैम्पायर बनाकर श्रापित जीवन दिया था। वह दोनों माफ करने योग्य नहीं थे। मेरी पकड़ उनकी गर्दन पर कसती जा रही थी कि तभी पीछे से किसी ने अपना हाथ मेरी पीठ में धसा दिया। मैंने पीछे गर्दन करके देखा, तो वह विक्की था। उसका हाथ मेरे दिल पर था। वह मेरे दिल को सीने से बाहर निकालने की कोशिश करने लगा, किन्तु उसे पता नहीं था कि मुझे मारा नहीं जा सकता।

वह बार-बार अपने हाथ को बाहर निकालने की कोशिश करता रहा, लेकिन सब व्यर्थ था। जैसे कैंची के बीच किसी की उंगली फंसी हो, वैसे ही उसका हाथ मेरी पीठ में फंसा हुआ था। अचानक से उसे एहसास हुआ, जैसे

उसका हाथ कट रहा है। मेरी त्वचा किसी आरी की भांति उसका हाथ काट रही थी। जैसे ही मेरा घाव भरा, विक्की का हाथ भी कट गया। वह दर्द से चिल्लाने लगा। यह देख अमात्य, ब्रहमेश्वर और वहाँ मौजूद वैम्पायर्स ख़ौफ खा गए। उन्होंने ऐसा दृश्य पहले कभी नहीं देखा था।

मैं पीछे मुड़ा और विक्की के सीने में अपना हाथ घुसा दिया। उसका धड़कता दिल मेरे हाथों में था। मुझे उसकी आंखों में मौत का खौफ नज़र आ रहा था।

तभी एनी के मुंह से चीख निकल गई। एनी की आंखों में उसके लिए प्यार दिख रहा था। मैं जान गया कि एनी उससे प्यार करती है। अपने प्यार से बिछड़ने का दर्द मुझसे बेहतर और कौन जान सकता था? वह दर्द से कराह रहा था। एनी मेरे पैर में आकर गिर गई। वह विक्की के लिए जीवनदान मांगने लगी।

"मैं तुम्हें सिर्फ एनी की वजह से छोड़ रहा हूँ।" मैंने अपनी लाल आंखों से उसे घूरते हुए कहा।

तभी मैंने महसूस किया कि अमात्य और ब्रहमेश्वर वहाँ नहीं है। मैं तुरन्त कनिका की ओर मुड़ा। वह कुर्सी पर बेहोश बैठी थी। इतनी ही देर में एनी और विक्की भी वहाँ से भाग गए। मैंने उनका पीछा करना जरूरी नहीं समझा।

किन्तु मैं जानता था वह ह्रदयकर्णिका के लिए पुनः आएँगे।

*****

16
घर वापसी

'कनिका SPEAKS'

अचानक मेरी आंख खुली। मैंने देखा, मैं रितिका के दरवाज़े पर थी। मैंने आसपास देखा, वहाँ कोई नहीं था। मैं यही सोच रही थी कि मैं यहाँ कैसे आई? अमात्य और ब्रहमेंश्वर कहाँ गए? मुझे ऐसा लग रहा था, मानो मैं किसी सपने से बाहर आई हूँ। तभी मुझे रितिका का ख्याल आया और मैंने डोरबेल बजाई।

रितिका के छोटे भाई ने आकर दरवाज़ा खोला। मुझे सामने देखकर उसने रितिका को आवाज़ लगाई। "दीदी... कनिका दीदी वापस आ गई।"

यह सुनकर रितिका और उसके मम्मी-पापा दरवाज़े पर भागते हुए आये। मुझे देखकर रितिका की मानो जान में जान आ गई थी। उसने मुझे गले से लगाया और रोने लगी।

वह मुझे घर के अंदर ले आई। आन्टी ने मुझे एक गिलास पानी दिया। वह मेरे लिए परेशान थे। मैंने पानी पिया ही था कि रितिका ने मुझसे पूछा, "तुम कहाँ चली गई थी। मैंने तुम्हें कितना ढूंढ़ा?"

"बेटा बताओ। डरो मत। क्या तुम्हें कोई किडनैप करके ले गया था?" उसके पापा ने पूछा।

मैंने रितिका की ओर देखा। उसे देखकर पता चल रहा था कि उसने अपने पापा को क्या बताया होगा? अंकल नोएडा के एक आईपीएस ऑफिसर थे। उन्होंने दिल्ली में अपने कुछ आईपीएस फ्रेन्ड्स से मदद के लिए फोन पर बात भी की थी।

"आप दोनों इसे भी तो कुछ बोलने दो।" रितिका की मम्मी ने कहा।

"अंकल, मैं बिल्कुल ठीक हूँ। मुझे किसी ने किडनैप नहीं किया था। वो मैं अपना फोन डॉ० प्रभाकर के घर भूल गई थी। फोन की बैटरी डाउन थी और यह स्वीच ऑफ हो गया। फिर मैं यहाँ आ गई।" मैंने कहा।

मैंने बड़ी सफाई से झूठ बोला। लेकिन रितिका जान गई थी कि मैं झूठ बोल रही हूँ। "मुझे माफ कर दीजिए। मेरी वजह से आप सबको परेशानी हुई।" मुझे बहुत बुरा लग रहा था। लेकिन मैं रितिका के अलावा किसी और को सच बता भी नहीं सकती थी।

मुझे रितिका से बात करनी थी। मैंने आंटी से पूछा, "आन्टी, क्या मैं आज रात रितिका के पास रूक सकती हूँ।"

"हाँ, हाँ क्यों नहीं बेटा। यह तुम्हारा भी तो घर है।" आन्टी ने कहा।

उसके बाद मैं और रितिका ऊपर कमरे में चले गए। रितिका ने कमरे को अंदर से बंद किया। तब तक मैं बिस्तर पर लेट गई थी। वह तुरन्त मेरे पास आई और बोली, "मैं जानती हूँ तुमने नीचे झूठ बोला था। मुझे बताओ, आखिर सच क्या है?"

मैं उसकी ओर देखकर मुस्कुराने लगी। "तुम यकीन नहीं करोगी, मुझे वैम्पायर्स ने किडनैप किया था।" मैंने कहा।

"क्या, वैम्पायर्स?" रितिका चौंक गई।

"हाँ वैम्पायर्स। डॉ० प्रभाकर की एक-एक बात सच थी। वहाँ एक-दो नहीं, बल्कि बहुत सारे वैम्पायर्स थे।" मैंने उसकी ओर करवट ली।

वह सबकुछ जानने को उत्सुक थी। "क्या कहा... बहुत सारे थे?" उसकी आंखे बड़ी हो गई थी।

"मेरी आंखो पर पट्टी थी और उन्होंने मुझे कुर्सी से बांधा था। जब उन्होंने मेरी आंखो की पट्टी हटाई, तो मैंने देखा कि वहाँ बहुत सारे वैम्पायर्स थे। उन्होंने काले कपड़े पहने थे।"

"फिर क्या हुआ?" उसने पूछा।

"पता है, फिर वहाँ कौन आया?" मैंने कहा।

"कौन?"

"ब्रहमेश्वर।"

ब्रहमेश्वर का नाम सुनते ही रितिका बेड पर उछल गई। "क्या कहा, ब्रहमेश्वर?... हृदयकर्णिका का पिता?" उसने पूछा।

मैंने 'हाँ' में सिर हिलाया।

"तुम्हें देखकर उसने क्या कहा?" रितिका काफी उत्साहित थी।

"यही कि मैं बिलकुल हृदयकर्णिका जैसी हूँ और वह मुझे दो हजार साल बाद देख रहा है।" मैंने उसे बताया।

"इसका मतलब तुम हृदयकर्णिका का पुनर्जन्म हो। फिर क्या हुआ?" उसने पूछा। वह काफी उत्साहित थी।

"वहाँ एक अमात्य नाम का वैम्पायर भी था। उसने मेरी हथेली को पकड़ा और अपने नाखून से छोटा-सा कट लगा दिया।" मैंने उसे अपनी हथेली दिखाई। उस पर घाव का ताजा निशान था जिसे देखकर उसने पूछा, "उसने ऐसा क्यों किया?"

"मेरा खून पीने के लिए।"

"क्या?"

"हाँ, मेरा खून पीने के बाद उसने ब्रहमेश्वर से कहा कि हर्षवर्धन ने मुझे तलाश कर लिया है। वह मेरे आसपास ही है।"

"इसका मतलब हर्षवर्धन ने ही तुम्हें उससे बचाया।" रितिका ने कहा।

वह उठ खड़ी हुई और तकिया अपनी गोद में रखकर मेरे सामने बैठ गई।

"शायद...।" मैं इस बात को लेकर थोड़ा कन्फ्यूज़ थी।

मुझे जो-जो याद था, मैंने वह सबकुछ उसे बता दिया था। हर्षवर्धन मेरे आसपास ही है, यह जानकर वह काफी उत्साहित थी, पर मेरे मन में कई

सवाल पैदा हो गए थे। आखिर मैं यहाँ कैसे आई? क्या मुझे हर्षवर्धन ने बचाया? अगर हाँ, तो वह मेरे सामने क्यों नहीं आया?

"पता नहीं मेरे बेहोश होने के बाद वहाँ क्या हुआ होगा? काश मैं सबकुछ देख पाती!" मुझे अफसोस हो रहा था।

"अरे हाँ, मैं बताना तो भूल ही गई। तुम्हारे किडनैप होने के बाद मैंने हर्ष को फोन करके बुलाया था।" रितिका ने अपने सिर पर हाथ रखते हुए कहा।

"क्या? तुमने हर्ष को फोन किया, लेकिन क्यो?" मुझे अचंभा हो रहा था।

"मैं उस समय बहुत घबरा गई थी। मेरे दिमाग में सिर्फ हर्ष का ख्याल आया तो मैंने उसे फोन करके बुला लिया।" उसने कहा।

"तो क्या वह आया था?" मैंने पूछा।

"हाँ, वह तो कुछ ही मिनटों में वहाँ आ गया था। फिर मैं उसके साथ चलने की ज़िद करने लगी और उसके बाद क्या हुआ, मुझे कुछ याद नहीं है? जब मुझे होश आया, तो मैं घर पर थी।" उसने बच्चों की तरह पलके झपकाते हुए कहा।

"अजीब बात है। तुम दिल्ली से नोएडा तक आ गई और तुम्हें कुछ याद भी नहीं है।" यह बात मुझे हैरान कर रही थी। इससे पहले कि हम दोनों कुछ और बात करते, रितिका की मम्मी ने हमें रात के खाने के लिए आवाज़ लगायी।

***

"क्या सोच रही हो?" रितिका ने मुझसे पूछा। मैं बिस्तर पर लेटी, ऊपर छत को देख रही थी।

"मुझे लगता है, हर्ष ही हर्षवर्धन है।"

"पर तुम्हें ऐसा क्यों लगता है?" उसने पूछा।

"आज तक मेरे दिल में किसी भी लड़के के लिए फीलिंग्स नहीं जागी, पर जब से हर्ष को देखा है, मेरे दिल में एक अजीब-सी बेचैनी है। अगर मैं हृदयकर्णिका हूँ, तो जाहिर-सी बात है, मेरे दिल में सिर्फ हर्षवर्धन के लिए ही फीलिंग्स आएगी और यह फीलिंग्स हर्ष को देखकर आती है।" मैंने अपने मन की उलझन उसे बताई।

"वैसे मैंने हर्ष की आंखों में तुम्हारे लिए प्यार देखा है, लेकिन अगर हर्ष ही हर्षवर्धन है, तो वह तुमसे दूर क्यों भाग रहा है?" उसने कहा। वह भी उलझन में थी।

"हो सकता है, वह श्राप की वज़ह से मुझसे दूर है। अब तो इन सवालों के जवाब, यह किताब ही मुझे दे सकती है।"

मैंने रितिका के बैग से किताब निकाली और उसे लेकर बिस्तर पर बैठ गई।

किताब को खोलते ही मेरे शरीर में एक अजीब-सी लहर दौड़ी। मैंने रितिका की ओर देखा, वह अपनी गोल-गोल आंखों से मुझे ही देख रही थी। उसके बाद मैंने बोल-बोल कर किताब पढ़नी शुरु कर दी। रितिका कहानी सुन रही थी।

हम दोनों किताब को पढ़ने में इतना मग्न हो गए कि हमें समय का पता ही नहीं चला। पूरी रात किताब को पढ़ने में गुज़र गई। सुबह भी होने वाली थी। मेरी आंखों में आंसू थे, वहीं रितिका भी खुद को रोने से रोक नहीं पाई।

किताब में हृदयकर्णिका यानी कि मेरी और हर्षवर्धन की प्रेम कहानी थी। ऐसा लग रहा था, मानो मैंने अभी-अभी अपने सभी जन्मों को जीया है।

किताब के अंत में एक श्लोक लिखा था, वह किस भाषा में था, मुझे उसका कोई आइडिया नहीं था, पर फिर भी मैंने उसे बड़ी आसानी से पढ़ लिया। यह देख रितिका भी अचंभित थी।

"तुमने यह कैसे पढ़ा?"

"मुझे नहीं मालूम?" मैं खुद हैरत में थी। तभी मेरी नज़र घड़ी की ओर गई, "पांच बज गए।" समय देखकर मैं और रितिका शॉक्ड हो गए थे।

मैंने किताब को बंद करके एक तरफ रखा और रितिका से कहा, "मुझे नींद आ रही है, इसके बारे में हम कल बात करेंगे।"

रितिका ने उठकर कमरे की लाइट बंद की और हम दोनों सोने के लिए बिस्तर पर लेट गए।

***

"रितिका... रितिका... 12 बज चुके हैं। अभी तक सो ही रही हो क्या? जल्दी उठकर नीचे आ जाओ।" आन्टी कमरे के बाहर से आवाज़ लगाकर चली गई। उनकी आवाज़ से मेरी नींद खुल गई थी।

मैंने आंखों को मलते हुए अंगड़ाई ली और जब खुद को सामने लगे आईने में देखा, तो मैं सकपका गई। मेरे दिमाग में एक साथ कई दृश्य घूमने लगे।

मुझे सबकुछ याद आ चुका था। हर एक बात, हर वह लम्बा जो मैंने हर्षवर्धन के साथ बिताया था। अपने पिता ब्रहमेश्वर का प्यार और उनके द्वारा दिया गया श्राप, सबकुछ। अपने पूर्वजन्मों की मृत्यु का दृश्य देखकर मेरी रूह कांप गई।

मुझे इस बात की खुशी थी कि इतने दिनों से हर्षवर्धन मेरे करीब था। मैं यह भी समझ गई थी कि क्यों उसने मुझे कुछ भी याद नहीं दिलाया?

मैंने पर्दा हटाते हुए कमरे की खिड़की खोल दी। सूर्य सिर पर चढ़ चुका था, पर मार्च के खुशनुमा मौसम में बहती ठंडी हवाओं ने कमरे में नई ताज़गी फैला दी थी। हवाओं के झोंको ने रितिका को भी उठने पर मजबूर कर दिया था।

जैसे ही रितिका ने अपनी आंखे खोली, मुझे देखकर वह आश्चर्यचकित हो गई। मेरा चेहरा सूर्यमुखी के फूल की तरह खिल रहा था।

मुझे देखकर उसने कहा, "मैंने पहले कभी तुम्हारे चेहरे पर इतनी चमक और खुशी नहीं देखी।"

मैं बहुत खुश थी। चेहरे पर मुस्कान लिये, मैंने उससे कहा, "आज मैं बहुत खुश हूँ। मुझे मेरे सभी सवालों के जवाब मिल चुके हैं।"

"अच्छा! मुझे भी बता न!" उसने उत्सुक होते हुए पूछा।

"सही समय आने पर सब बता दूंगी।" मैंने कहा।

जहाँ मेरे अंदर बदलाव को देखकर रितिका खुश थी, वहीं थोड़ी चिंतित भी। इससे पहले वह कुछ और पूछती, मैंने उससे कहा, "मुझे कुछ जरूरी काम है, उसे खत्म करके, मैं तुमसे कल शाम को मिलती हूँ।"

इससे पहले कि वह कुछ कहती, मैं वहाँ से निकल गई।

***

<u>'अमात्य SPEAKS'</u>

कसौली, हिमाचल प्रदेश

"जब आपको मालूम था कि हर्षवर्धन इतना शक्तिशाली और खतरनाक है, तो फिर आपने इतना खतरा क्यों मोल लिया?" एनी गुस्से में थी। उसे विक्की की कलाई कटने का बहुत दुख था। वह मुझे और ब्रहमेश्वर को गुस्से से देख रही थी।

"अगर हमें रात के अंधेरे से मुक्ति चाहिए, तो यह जोखिम तो लेना ही पड़ेगा।" ब्रहमेश्वर ने कहा। वह दीवार पर लगी ह्रदयकर्णिका की तश्वीर को देख रहा था। मैं उसके मन की स्थिति को समझ रहा था।

मैंने उसके कंधे पर हाथ रखते हुए कहा, "हर्षवर्धन बहुत ज्यादा शक्तिशाली है। हमें बहुत सावधानी से और जल्द से जल्द ह्रदयकर्णिका को यहाँ तक लाना होगा।"

"लेकिन कैसे?" ब्रहमेश्वर ने बौखलाते हुए कहा।

"हर्षवर्धन को मात देने का बस एक ही तरीका है।" ऊपर सीढ़ियों से उतरते हुए अरुणोदय ने कहा। वह मुस्कुरा रहा था।

"वह कैसे?" मैंने उसकी ओर देखते हुए पूछा।

अरुणोदय ने अपने दिमाग की ओर इशारा करते हुए कहा, "भरोसे और अपनेपन से।"

अरुणोदय नीचे आया और सामने की टेबल पर रखी खून की बोतल से एक प्याला भरा और वहीं चेयर पर बैठकर पीने लगा।

"तुम कहना क्या चाहते हो? साफ-साफ शब्दों में कहो।" ब्रहमेश्वर ने कहा।

मैं उसके पास गया और उसके हाथ से प्याला छीनते हुए बोला, "हमारे पास मज़ाक करने का समय नहीं है।" मुझे उस पर गुस्सा आने लगा था।

"हर्षवर्धन हमसे अलग है। वैम्पायर बनने के बाद हमने अपनी इन्सानियत खो दी, पर हर्षवर्धन के अंदर इन्सानियत है।" उसने फिर से खून का प्याला मेरे हाथ से लिया और एक घूट पीकर बोला, "हर्षवर्धन मन का साफ है, वह इन्सानों के साथ-साथ वैम्पायर्स पर भी विश्वास कर लेता है। इन्सानों के मन व दिमाग को पढ़ने के साथ-साथ, वह हम वैम्पायर्स के दिमाग को भी पढ़ने में सक्षम है। किन्तु वह कभी अपनी इस शक्ति का प्रयोग नहीं करता। इसी का तो हमें फायदा उठाना है।"

अरुणोदय ने अपना प्याला खत्म करके टेबिल पर रखा और अगले ही पल वह विक्की के पास जा पहुंचा।

विक्की के कटे हुए हाथ को छूते हुए उसने कहा, "पहले हर्षवर्धन का भरोसा जीतो, फिर सही मौके पर उसका फायदा उठाओ जैसे दो हजार वर्ष पहले अमात्य ने किया था।"

मैं अरुणोदय की बात समझ गया था। वहीं ब्रहमेश्वर भी उसकी बात से सहमत था।

***

'कनिका SPEAKS'

"तुम पीजी से वापस घर आ गई और मुझे बताना जरूरी भी नहीं समझा।" पापा ने मुझसे कहा।

मैंने कोई जवाब नहीं दिया। मैं सोफे पर बैठी टीवी देख रही थी। पापा को मेरे इस बर्ताव पर गुस्सा आ रहा था। मैंने पहले कभी उसने ऐसा बर्ताव नहीं किया था। उन्हें मुझ पर गुस्सा आ गया और वह गुस्से से चिल्लाते हुए बोले, "क्या तुम्हें सुनाई नहीं दिया, मैं कुछ पूछ रहा हूँ?"

"पापा मुझे सबके साथ इसी घर में रहना है। किसी पीजी या हॉस्टल में नहीं।" मैंने पापा से कहा।

उसी समय अंदर से श्रीमती राठौड़ गुस्से में बाहर आयी और पापा की तरफ देखने लगी। मैं समझ गई थी कि वह दरवाज़े के दूसरी तरफ खड़ी, हमारी बातें सुन रही थी।

उन्होंने पापा से कहा, "यह मनहूस लड़की यहाँ वापस क्यों आ गई? तुम कुछ कहते क्यों नहीं?" पापा के पास श्रीमती राठौड़ को देने के लिए जवाब नहीं था। वह आग-बबूला होते हुए अपने कमरे में चले गए।

श्रीमती राठौड़ वहीं खड़ी होकर मुझे घूरती रही। मेरे चेहरे पर मुस्कान थी। मेरी मुस्कान देखकर वह और अधिक क्रोधित हो गई और अपने कमरे में चली गई। कमरे के उस पार पापा और श्रीमती राठौड़ दोनों के चिल्लाने की आवाज़ बाहर तक सुनाई दे रही थी। मुझे इन बातों से कोई फर्क नहीं पड़ रहा था।

तभी मेरा फोन बज़ा। मैंने देखा रितिका का कॉल आ रहा था।

कॉल रिसिव करते ही उसने पूछा, "तुम कहाँ हो यार? पीजी वाली आंटी ने बताया कि तुम आज सुबह ही पीजी खाली करके चली गई।"

"हाँ यार, वो मैंने घर पर ही शिफ्ट कर लिया है।"

"क्या, लेकिन क्यों? और तुमने मुझे बताया भी नहीं।" उसकी आवाज़ में नाराजगी थी।

"आई एम सॉरी। मैं तुम्हें बताना भूल गई।" मैंने उससे माफी मांगी। मैं जानती थी कि इस बात से वह नाराज़ है।

"तुम अचानक से घर चली गई। सब ठीक तो है न?" उसने पूछा।

"हाँ सब ठीक है। तुम चिंता मत करो।"

"कनिका, तुम कल से बहुत बदली-बदली लग रही हो। मुझे कुछ ठीक नहीं लग रहा।" उसने चिंता करते हुए कहा। वह मेरे लिए परेशान थी।

"रितिका, तुम बिलकुल भी चिंता मत करो। आज शाम को मिलते हैं।" यह कहकर मैंने फोन रख दिया और दोबारा से टीवी देखने लगी।

*****

17
बर्थडे पार्टी

'हर्षवर्धन SPEAKS'

सिटी लाईट, नोएडा का सबसे मशहूर नाईट क्लब था। शाम को मेरे पास रितिका का कॉल आया था, उसने मुझे बताया कि आज सोनम का जन्मदिन है और सभी फ्रेन्ड्स सिटी लाईट क्लब में सोनम का बर्थडे मनाने वाले हैं। मैं जानता था कि कनिका भी पार्टी में जरूर आएगी। इसलिए मैंने भी पार्टी में आने के लिए 'हाँ' कह दिया था।

मैं समय से पहले ही सिटी लाईट क्लब पहुंच गया था। नौजवान लड़के-लड़कियाँ क्लब में जा रहे थे। मुझे आश्चर्य था कि भारत जैसे संस्कृति से भरे देश में इतनी जल्दी पश्चिमी सभ्यता ने कब्जा जमा लिया था।

मैंने पिछले 100 सालों का इतिहास पढ़ा था, स्वतंत्रता सेनानियों ने आज़ादी के लिए बहुत कुर्बानी दी थी। भारत ने अंग्रेजो की गुलामी से मुक्ति तो पा ली थी, पर उनकी सभ्यता से आज तक मुक्ति नहीं पा पाए, यहाँ तक कि पश्चिमी सभ्यता के आस्तिक होकर रह गए।

मैं अपने इन्हीं ख्यालों में खोया हुआ था कि तभी राहुल ने मुझे आवाज़ लगाई, "अरे हर्ष, किस सोच में डूबे हो। सब आ गए हैं।" मैंने पलटकर देखा, तो रितिका और कनिका आ चुके थे।

मैंने कनिका को देखा, आज वह बहुत बदली हुई लग रही थी। उसकी ड्रैस से लेकर उसके चेहरे की चमक तक, सबकुछ बदला-बदला सा था। कनिका ने सलवार-कमीज़ पहनी थी। वह बहुत ज्यादा खूबसूरत लग रही थी, मानो स्वर्ग से मेनका स्वयं धरती पर आ गई हो। जैसे ही उसने मेरी ओर नज़र घुमाई, मैं दूसरी तरफ देखने लगा।

"हैप्पी बर्थडे सोनम।" कनिका ने सोनम को गले लगाते हुए कहा।

सोनम ने ध्यान से कनिका की ओर देखा। "कनिका, आज तो तुम बहुत सुन्दर लग रही हो।" शौर्य, राहुल और समीर भी उसकी बात से समहत थे।

"यू लूकिंग ब्यूटीफूल।" शौर्य ने कहा।

जैसे ही शौर्य ने कनिका की तारीफ की, वैसे ही श्रुति आग-बबूला हो गई। उसने कनिका को अपमानित करने के इरादे से कहा, "यह ड्रैस तो ओल्ड फेशन हो चुकी है, ऐसी पार्टिज़ में कोई सलवार-कमीज़ पहनकर आता है क्या?" उसने कनिका की ड्रैस को देखकर मुंह बना लिया। लेकिन श्रुति की बात पर किसी ने ध्यान नहीं दिया।

"चलो अंदर चलते हैं।" राहुल ने कहा।

हमने आठ लोगों के लिए टेबल तैयार करवायी और वहाँ जाकर बैठ गए। कनिका मेरे बगल में बैठी थी। वह बहुत ही शांत और खुश लग रही थी। मैं ना चाहते हुए भी, बार-बार उसकी ओर देख रहा था। इस बात को कनिका भी जानती थी कि मैं उसे बार-बार देख रहा हूँ। उसके चेहरे पर मुस्कान थी।

केक कटिंग के बाद सभी ने सोनम को बारी-बारी केक खिलाया। मेरे लिए यह अनुभव नया था। मैंने पहले कभी ऐसा कुछ नहीं किया था। मैंने सोनम को विश किया और वहाँ से बार काउंटर पर आकर बैठ गया।

मैंने एक स्कॉच आर्डर की।

"हर्ष हमारे साथ पार्टी करने आया है या फिर अकेले ही शराब पीने।" श्रुति ने कहा।

कनिका ने उसकी बात पर ध्यान नहीं दिया और वह उठकर मेरी ओर आने लगी।

"क्या हुआ हर्ष? तुम यहाँ आकर क्यों बैठ गए?" उसने मझसे पूछा।

वह मेरे बगल में बैठ गई और बार टेन्डर से बोली, "एक्सक्यूज़ मी, वन वोडका विद लेमन, प्लीज।" मैंने हैरानी से उसकी ओर देखा।

“चौंक क्यों गए? क्या मैं ड्रिक नहीं ले सकती?” उसकी आंखो में एक अजीब-सी शरारत थी।

“हम्म... जो तुम्हारा मन करे।” मैंन कहा।

उसने मेरी ओर ड्रिंक को ऊपर उठाते हुए कहा, “चियर्स।” वहीं रितिका और बाकी, दूर से यह सब देख रहे थे। जहाँ मैं कनिका के बदले व्यवहार से असमंजस में था, वहीं उसके फ्रेन्ड्स भी हैरान थे।

“कनिका तो बिजी हो गई, चलो डांस फ्लोर पर चलते हैं।” रितिका ने समीर से कहा और वह सभी डांस फ्लोर पर चले गए।

“हर्ष, तुम्हारी कोई गर्लफ्रेन्ड है?” उसके सवाल ने मुझे हिला दिया। मैंने हैरत भरी नज़रो से उसकी ओर देखा। वह एकदम सामान्य बैठी, अपनी ड्रिंक की सिप ले रही थी।

“नहीं।”

“क्यों?”

“मुझे किसी लड़की में इंटरेस्ट नहीं है।”

“तुम समलैंगिक हो?” यह सुनकर मैं चकित रह गया। मुझे उम्मीद नहीं थी कि वह ऐसा भी कुछ कहेगी। “बिल्कुल नहीं।” मैंने तुरन्त उसे जवाब दिया। वहीं मेरे चेहरे के भाव देखकर वह मुस्कुराने लगी।

“तो फिर तुम मुझसे दूर क्यों भागते हो?” उसने पूछा।

“ऐसा कुछ नहीं है। मेरा स्वभाव ही ऐसा है।” मैंने जवाब दिया।

कनिका का इस तरह मुझसे सवाल पूछना, मुझे परेशान कर रहा था। तभी सोनम हमारे पास आई और कनिका का हाथ पकड़ते हुए बोली, “कम ऑन कनिका, आज मेरा बर्थडे है।”

वह कनिका को अपने साथ डांस फ्लोर पर ले गई। उसके बाद सभी डीजे पर थिरकने लगे।

सोनम ने मुझे भी आने के लिए इशारा किया परन्तु मैं कनिका के पास जाने से डर रहा था। मैं वहीं बैठा, उसे देख रहा था। कनिका की हर अदा, मदहोश कर देने वाली थी। वह डांस करते हुए मुझे ही देख रही थी। बाकी फ्रेन्ड्स भी इस बात को नोटिस कर रहे थे।

उसका हर एक स्टेप, मानो आज उसकी खुशी को बयान कर रहा था। जिस तरह वह मुझे देख रही थी, मुझे उस पर शक होने लगा था। मेरे मन में एक ही ख्याल आ रहा था, क्या कनिका की यादाश्त वापस आ गई।

सोनम की बर्थ-डे पार्टी बहुत अच्छी रही। सबने खूब इन्जॉय किया। परन्तु कनिका को देखकर ऐसा लग रहा था, मानो सबसे ज्यादा इन्जॉय उसी ने किया हो।

जैसे ही हम क्लब से बाहर आये, मुझे कुछ ठीक नहीं लगा। मुझे हवा में एक अजीब-सी गंध आ रही थी। वह गंध वैम्पायर्स की थी। मैं समझ गया था कि यहाँ अमात्य और ब्रहमेश्वर के भेजे नौसीखिया हैं। पर मैं किसी भी प्रकार का जोखिम नहीं लेना चाहता था।

मैंने सभी को रोकते हुए कहा, "हम लिफ्ट से नीचे चलते हैं।"

"क्या हुआ हर्ष?" रितिका ने मुझसे पूछा।

"रात काफी हो गई है। सीढ़ियों पर अंधेरा है।" मैंने कहा।

मैं नहीं चाहता था कि वह वैम्पायर्स किसी को भी नुकसान पहुंचाए।

वहीं मेरी बात पर शौर्य को हंसी आ गई। उसने हंसते हुए कहा, "हमारे हर्ष भईया को अंधेरे से डर लगता है।"

शौर्य का यूँ मेरा मज़ाक बनाना कनिका को पसंद नहीं आया। उसने शौर्य को जवाब देते हुए कहा, "अंधेरे में न जाना, डरने का कोई प्रमाण पत्र नहीं है, बल्कि यह किसी घटना के घटने से पूर्व बरती जाने वाली सावधानी है।"

कनिका का जवाब सुनकर शौर्य दंग रह गया। सबसे पहले कनिका ही लिफ्ट की ओर गई। सभी बिना कुछ बोले उसके पीछे-पीछे चलने लगे।

पार्किंग एरिया में आते ही मैं इधर-उधर देखने लगा। मुझे अपने आसपास उनकी मौजूदगी का एहसास हो रहा था।

"अब रात भर यहीं रूकने का ईरादा है क्या?" शौर्य ने श्रुति से कहा। उसकी आवाज में बौखलाहट साफ दिख रही थी। वह गुस्से में था।

पार्किंग एरिये का माहौल काफी शांत था। अधिकांश गाड़ियां वहाँ से जा चुकी थी। शौर्य, राहुल और समीर अपनी-अपनी गाड़ियों के पास पहुंचे।

तभी शौर्य ने कनिका से कहा, "कनिका आओ, मैं तुम्हें घर छोड़ देता हूँ।" वह नहीं चाहता था, कनिका को मेरे साथ जाना पड़े। श्रुति ने उसे आंखो से घूरते हुए कनिका को साथ ना ले जाना का इशारा किया।

"ठीक है।" कनिका ने कहा और शौर्य की कार की ओर जाने लगी।

रितिका के मन में फिर से कई सवाल घुमने लगे। कनिका के व्यवहार से वह पूरी तरह असमंजस में थी।

जैसे ही वह शौर्य की कार के पास पहुंची अचानक से वहाँ पांच लड़के आ गये। उन्हें देखते ही मैं समझ गया कि यही वह वैम्पायर्स हैं। उन्होंने कनिका से कहा, "तुम्हें हमारे साथ चलना है।"

इतना कहते ही उनमें से एक ने कनिका का हाथ पकड़ने की कोशिश की, पर तभी शौर्य ने उसका हाथ पकड़ लिया। परन्तु शौर्य को यह मालूम नहीं था कि वह साधारण लड़के नहीं, बल्कि अमात्य के भेजे वैम्पायर्स थे।

उन्हें देखकर मैं समझ गया था कि यह अभी हाल-फिलहाल में ही वैम्पायर बने हैं। इससे यह तो साबित हो गया था कि अमात्य जानबूझकर इन्सानों को यह श्रापित जीवन दे रहा था।

तभी उस लड़के ने अपना हाथ छुड़ाकर शौर्य का हाथ पकड़ लिया। शौर्य अपना हाथ छुड़ाने की पूरी कोशिश कर रहा था, किन्तु सब व्यर्थ था। उस लड़के ने शौर्य का हाथ मोड़ दिया जिससे उसकी कलाई में फ्रैक्चर हो गया। शौर्य दर्द से चिल्लाने लगा।

"दोबारा मेरा हाथ पकड़ने की कोशिश भी मत करना।" उसने शौर्य को घूरते हुए कहा। वह पांचों कनिका की ओर बढ़ने लगे। वह अपने स्थान पर यथावत खड़ी थी। उसके चेहरे पर जरा-सा भी ख़ौफ नहीं था। मैं उसी समय कनिका के सामने जाकर खड़ा हो गया।

वह पांचों शक्ल से नासमझ लग रहे थे। देखने में वह करीब 24-25 साल के आसपास थे। उनमें से एक ने मुझसे कहा, "जान प्यारी है, तो हट जा बच्चे। हमारे रास्ते में आएगा, तो जान से जाएगा।"

मैं नहीं चाहता था, किसी को भी मेरी या उनकी असलियत का पता चले। जैसे ही मैंने उसका हाथ पकड़ा, वह ज़ोर-ज़ोर से हँसने लगा।

उसने अपना हाथ छुड़ाना चाहा, पर उसके लिए यह बहुत मुश्किल हो गया था। उसने बहुत कोशिश की, किन्तु मेरी पकड़ से निकल पाना असंभव था। यह सब क्या हो रहा था, वह समझ नहीं पाया। उसने अपने साथियों की तरफ देखा और इशारों में मुझे मारने को कहा। इससे पहले कि वह मेरे नज़दीक आते, मैंने उस लड़के की कलाई तोड़ दी जैसे उसने शौर्य की तोड़ी थी।

यह देख बाकी चारों हक्के-बक्के रह गए। वह दर्द से कराहने लगा। मैं उसके नज़दीक गया और धीरे से उसके कान में बोला, "वैम्पायर्स को भी दर्द होता है। अमात्य से कहना, बहुत जल्द मेरे हाथों उसकी मृत्यु निश्चित है।"

मेरी बात सुनकर वह चकित रह गया। उसने मेरी आंखो में देखा और खुद-ब-खुद पीछे हट गया। वह जान चुका था कि मैं कोई साधारण वैम्पायर नहीं हूँ। अगले ही पल वह पांचों वहाँ से भाग गये।

यह देखकर सब हैरान थे। सभी शौर्य के पास आ गए। वह अभी भी दर्द से तड़प रहा था।

"अरे जल्दी शौर्य को हॉस्पिटल लेकर चलो।" श्रुति ने हड़बड़ाते हुए कहा।

उसके बाद हम शौर्य को लेकर हॉस्पिटल के लिए निकल गए। हमने हॉस्पिटल पहुंचते ही शौर्य को इमरजेंसी वार्ड में भर्ती कराया। मैं सबके साथ बाहर वेट कर रहा था।

तभी समीर ने मुझसे पूछा, "तुमने उस लड़के से क्या कहा?" उसके सवाल पूछते ही मानो मुझ पर सवालों की झड़ी लग गई थी। सबके अपने-अपने सवाल थे।

"हर्ष, तुम उन्हें जानते थे?" सोनम ने पूछा।

मैंने एक बार में ही सबके सवालों के जवाब देने का फ़ैसला किया।

"वह लोकल गुंडे थे। मैंने पहले कई बार उन्हें मार्केट में झगड़ा करते, लड़कियों को छेड़ते देखा था। मैंने अपने एक रिश्तेदार, जो कि पॉलिटिक्स में हैं, उनका नाम उन्हें बताया और वह चले गये।" मैंने कहा।

पता नहीं कहां से यह कहानी मेरे दिमाग में आ गई और मैंने उन्हें सुना दी। सभी को मेरी बात पर यकीन भी हो गया।

"जिन्होंने तुम्हारा एडमिशन कराया, वही न?" राहुल ने एकदम चुटकी बजाते हुए कहा। मैंने भी 'हाँ' में सिर हिला दिया।

"थैंक्यू हर्ष।" श्रुति ने मुझसे कहा।

"रात बहुत हो गई है। तुम सब घर जाओ। मैं और हर्ष यहाँ रुक जाते हैं।" श्रुति ने सभी से कहा। "हर्ष, शायद यहाँ तुम्हारी जरूरत पड़ जाए।" श्रुति नहीं चाहती थी कि कनिका शौर्य के लिये रुके।

अजीब बात थी, शौर्य कनिका को मेरे पास आने से रोक रहा था और श्रुति उसे शौर्य के पास जाने से। वहीं किस्मत हम दोनों को एक-दूसरे के पास आने से रोक रही थी।

*****

18
परिवार

'कनिका SPEAKS'

मैं पिछली सीट पर बैठी थी। रितिका बार-बार मुझे पीछे मुड़कर देख रही थी। मेरी मुस्कान से रितिका का दिमाग फटने को तैयार था। वह असमंजस में थी। मैं उसकी बेचैनी समझ रही थी। उसके दिमाग में सवालों का मेला लगा हुआ था। लेकिन वह समीर के कारण कुछ पूछ नहीं पा रही थी।

"कनिका तुम्हारा घर आ गया।" समीर ने मुझसे कहा।

मैं कार से उतरकर जा ही रही थी कि रितिका ने मुझे पीछे से आवाज़ देकर रोका, "रुको कनिका।" मैं रुककर उसकी ओर मुड़ी।

"तुम्हें हो क्या गया है? जब से तुमने वह किताब पढ़ी है, तुम बिलकुल बदल गयी हो। तुम्हारे चेहरे पर न कोई चिन्ता है, न कोई डर। तुम तो ऐसी नहीं थी?" वह परेशान थी।

"तुम परेशान क्यों हो? मैं बिलकुल ठीक हूँ, और जब तक हर्षवर्धन मेरे साथ है, मुझे चिंता करने की कोई जरूरत नहीं है।" मैंने मुस्कुराते हुए कहा।

"तुम कहना क्या चाहती हो?" वह कुछ ज्यादा ही उलझती जा रही थी। मुझसे उसकी उलझन देखी नहीं गई।

मैंने गहरी सांस लेते हुए कहा, "वह पांचों लड़के वैम्पायर्स थे और मुझे अमात्य के पास ले जाने के लिए आये थे।" यह सुनकर रितिका शॉक्ड हो गई।

"तुम्हें कैसे पता?" वह हैरत में थी। उसे सच बताने का समय आ गया था।

मैंने उसका हाथ पकड़ा और कहा, "मैं ही हृदयकर्णिका हूँ। मुझे मेरे पुनर्जन्म याद आ चुके हैं और हर्षवर्धन कोई और नहीं, बल्कि हर्ष ही है।"

यह सुनकर उसके होश उड़ गए। उसके हाथ कांपने लगे थे। मैंने उसके हाथों को कसकर पकड़ा और कहा, "घबराने की कोई जरूरत नहीं है। किसी को कोई नुकसान नहीं होगा। हर्ष किसी का बुरा नहीं करेगा। वह एक सच्चा और नेक दिल वैम्पायर है।"

रितिका बेचैन होकर इधर-उधर घूमने लगी। शायद उसके दिमाग ने काम करना बंद कर दिया था।

कुछ सोचने के बाद उसने मुझसे पूछा, "तुम्हारी यादाश्त कब और कैसे वापस आयी?"

"जिस रात हमने डॉ0 प्रभाकर की वह किताब पढ़ी थी।" मैंने कहा।

"किताब पढ़ने से कैसे?" उसने पूछा।

"वह किताब इसीलिए लिखी गई थी, ताकि उसे पढ़कर मेरी यादाश्त वापस आ जाए और हर्षवर्धन को मुझे कुछ भी याद दिलाने की जरूरत न पड़े। किताब में जो श्लोक लिखे थे, उन्हें पढ़ते ही मुझे सब कुछ याद आता चला गया।" मैंने उसे सारी सच्चाई बता दी थी।

"क्या हर्ष को पता है, तुम्हारी यादाश्त वापस आ गई है?" उसने पूछा।

"नहीं।"

"तो फिर तुमने उसे बताया क्यों नहीं?"

"सदियों बाद मुझे हर्षवर्धन मिला है। इस बार मैं कोई भी जोखिम नहीं लेना चाहती। हमेशा से हम दोनों जल्दबाजी में आकर एक-दूसरे से बिछड़ते आ रहे थे। लेकिन मैं इस बार कोई गलती नहीं करना चाहती। सही समय आने पर हर्षवर्धन को खुद ही पता चल जाएगा।" मैंने कहा।

वह मुझे आंखे फाड़-फाड़कर देख रही थी। मैं उसके करीब गई।

"रितिका तुमसे एक विनती है?"

"क्या?"

"तुम हर्ष या किसी और से इस बारे में कोई बात नहीं करोगी। फिलहाल के लिए इसे राज़ ही रहने दो।" मैंने उससे विनती करते हुए कहा। उसने भी 'हाँ' में सिर हिलाया।

सबकुछ जानकर उसके मन को थोड़ी शांति मिली थी। उसने मेरा हाथ पकड़ा और बोली, "मैंने हमेशा तुम्हें अपनी बहन की तरह माना है। मैं हर मोड़ पर तुम्हारे साथ हूँ। लेकिन एक बात मेरी समझ में नहीं आई।"

"क्या?"

"तुम घर वापस क्यों आ गई?"

"इसके पीछे भी एक बहुत बडा कारण है।"

"कैसा कारण?" उसने आश्चर्य से पूछा।

"मेरे यहाँ रहने से, हर्षवर्धन मेरे साथ-साथ मेरे परिवार की भी रक्षा करेगा। मैं नहीं चाहती कि अमात्य या ब्रहमेश्वर मेरे परिवार को कोई नुकसान पहुंचाए।" मेरी बात सुनकर वह भावुक हो गई और उसने मुझे गले लगा लिया।

***

'हर्षवर्धन SPEAKS'

मैं श्रुति और शौर्य को घर छोड़कर आ गया था। आधी रात हो चुकी थी। वापस आने के बाद मैं सीधा कनिका के घर के बाहर गया। मुझे यह समझ नहीं आया कि कनिका पीजी से अपने घर पर शिफ्ट क्यों हुई?

मुझे भी वहीं आसपास एक घर की जरूरत थी, ताकि मैं उसके आसपास रह सकता।

मैं यह सोच ही रहा था कि ठीक उसी समय मुझे कुछ जानी-पहचानी महक आई। मुझे पता था यह महक किसके शरीर की है? मैंने मुड़कर देखा, तो वहाँ रहमान, फातिमा और अरुण आ गये थे।

उन्होंने मेरे सामने सिर झुकाया। उन्हें यूँ अचानक देखकर मैं थोड़ा हैरान था।

"तुम तीनों यहाँ क्या कर रहे हो?" मैंने नाराज़गी जाहिर करते हुए कहा।

"हम आपकी सहायता हेतु आए हैं।" रहमान ने कहा।

तभी अरुण ने तुरन्त माफी मांगते हुए कहा, "सर्वशक्तिमान हमें माफ कर दीजिए, हमारा आपको नाराज़ करने का कोई इरादा नहीं था। हमें जानकारी मिली थी कि अमात्य और उसके साथियों ने ह्रदयकर्णिका को बंदी बना लिया था। इसलिए हम आपकी सहायता हेतु यहाँ आ गए।"

"तुम लोगों को लगता है, मुझे तुम्हारी सहायता की आवश्यकता है?" मैंने उन्हें पैनी नज़रों से देखा।

मुझे देखकर रहमान ने कहा, "सर्वशक्तिमान आप तो स्वयं सक्षम हैं। भला हम तीनों में इतना सामर्थ्य कहाँ, जो आपकी सुरक्षा कर सकें। अरुण के कहने का तात्पर्य ह्रदयकर्णिका की सुरक्षा से था।"

मैं रहमान की बात से सहमत था। मैं अकेला हर समय कनिका के आसपास नहीं रह सकता था। कहीं न कहीं मुझे उनकी आवश्यकता थी।

"कनिका ही ह्रदयकर्णिका है, यह बात पूरे वैम्पायर समुदाय में फैल चुकी है। कनिका को लाने हेतु अमात्य ने सभी वैम्पायर्स को निर्देशित कर दिया है।" अरुण ने कहा।

"अरुण सही कह रहा है। हमें डर है, कहीं अमात्य अपने मनसूबों को पूरा करने के लिए कनिका के दोस्तों या परिवारजनों को हानि न पहुंचा दें, इसलिए हम यहाँ आ गए।" रहमान ने कहा। उसकी बात खत्म होते ही फातिमा ने मुझे भरोसा दिलाते हुए कहा, "हम यह ध्यान रखेंगे कि कनिका व उसके किसी भी करीबी को कोई भी नुकसान न पहुंचे।"

"हमने यहाँ पास में ही एक बंगला किराये पर लिया है। ऐसे में आप कनिका के करीब रहेंगे।" रहमान ने कहा।

उनकी बातों ने मुझे सोचने पर मजबूर कर दिया। वैसे भी मैं कनिका के आसपास रहने के बारे में सोच ही रहा था। उनकी बात सही थी, उनके रहने से मेरा काम आसान हो जाएगा। मेरी प्राथमिकता कनिका की सुरक्षा थी। मैं उनकी बात मान गया और उसके साथ किराये के बंगले की ओर चल दिया।

बंगला बहुत खूबसूरत था। सबसे खास बात यह थी कि वह कनिका के घर के पास था। मेरे कमरे की बॉलकनी से उसका घर साफ नज़र आ रहा था। मैंने उन तीनों की ओर देखा, वह एक लाइन में हाथ बांधे खड़े थे, मानो किसी राजा के सामने उसके कारखास खड़े हो।

"अब हम एक परिवार की तरह हैं, तुम्हें ऐसे खड़े होने की या मुझे सर्वशक्तिगान कहने की कोई जरूरत नहीं है। तुम तीनों मुझे हर्ष या हर्षवर्धन कहकर बुला सकते हो।" मैंने उन तीनों से कहा।

***

सुबह होते ही मैं अपनी बॉलकनी में खड़ा होकर कनिका के घर की ओर देखने लगा। सूर्य की किरणें कुछ नरम मिज़ाज लग रही थी। इनसे मेरी बहुत पुरानी दोस्ती थी। हर सुबह यह किरणें मुझे मेरे जीवन की कठोर सच्चाई से अवगत कराती थी। वह मुझे जला नहीं सकती थी, पर ऐसा प्रतीत होता था, मानो वह इस बात से नाराज़ है और मुझसे यह कह रही है कि 'तुम खुदकिस्मत हो, जो हमारे सामने खड़े हो।'

सुबह होते ही रहमान, फातिमा और अरुण अपने-अपने ताबूत में चले जाते थे। उन्हें सूर्य को रोशनी बर्दाश्त नहीं थी।

मैं कनिका के बर्ताव के बारे में सोच रहा था। मेरे दिमाग में एक ही बात घूम रही थी, कहीं उसकी यादाश्त धीरे-धीरे वापस तो नहीं आ रही है। मेरी यह उलझन बढ़ती जा रही थी।

कॉलेज की छुट्टी थी। मैंने थोड़ी देर आराम करने का सोचा। हालंकि मुझे नींद की ज्यादा आवश्यकता नहीं होती थी, परन्तु मन की शांति व सुकून के लिए मैं कभी-कभी सो जाता था। किन्तु रहमान और बाकी सब के साथ ऐसा

नहीं था, उन्हें दिन की रोशनी से खुद को बचाकर रखना पड़ता था। इसीलिए वह ताबूत में सुरक्षित रहकर सोते थे। मैं बिस्तर पर लेट गया और अपनी आंखे बंद कर ली।

कमरे के दरवाज़े पर किसी की दस्तक ने मेरी आंखे खोल दी। कमरे के बाहर से रहमान की आवाज़ आई, "क्या मैं अंदर आ सकता हूँ?"

मैंने घड़ी में समय देखा। सूर्यास्त का समय हो चुका था। कई वर्षों बाद मैं सुकून से सोया था। मैंने रहमान को अंदर आने को कहा। वह और फातिमा दोनों कमरे में आ गये। अंदर आते ही फातिमा ने मुझसे पूछा, "क्या आपने कनिका की सुरक्षा के विषय में कुछ सोचा है?" उन दोनों की आंखो में मेरे और कनिका के लिए फिक्र और प्यार दोनों दिख रहा था।

"हाँ, सोचा तो है।" यह कहते हुए मैं बिस्तर से उठा और बॉलकनी के पास जाकर पर्दा हटाया। बाहर लगभग अंधेरा हो चुका था।

"आप हमें बताएं, हम क्या कर सकते हैं?" रहमान ने पूछा।

मैं एकदम से उन दोनों के करीब आया और उनसे बोला, "मैं चाहता हूँ कि तुम दोनों कनिका के परिवार की सुरक्षा का ध्यान रखो। हो सकता है, अमात्य उसके परिवार का सहारा ले।" वह मेरी बात से सहमत थे।

कुछ सोचने के बाद मैंने कहा, "अरुण से कहना कि वह पता लगाए नोएडा और दिल्ली में अमात्य और ब्रहमेश्वर के कितने ठिकाने हैं।"

उन दोनों ने 'हाँ' में सिर हिलाया।

"वैसे वह है कहाँ? दिखा नहीं।" मैंने उन दोनों से पूछा।

"वह रात के खाने की व्यवस्था करने गया है। आप तो इन्सानी खाना खा लेते हो, लेकिन हमारे लिए तो वह ज़हर के समान है।" मुझे एहसास हुआ कि मुझसे ज्यादा उनके लिए यह जीवन श्रापित है।

"रुको।" मैंने उन्हें आवाज़ देते हुए रोका। वह दोनों रुके और मेरी ओर देखने लगे।

"क्या तुम दोनों मेरे जैसा नहीं बनना चाहते?" मेरा सवाल सुनकर उन्होंने एक-दूसरे का हाथ थामा और मुस्कुराने लगे। मुझे उनका जवाब मिल गया था। उनके लिए एक-दूसरे के साथ रहने से ज्यादा और कुछ मायने नहीं रखता था। यही वह दोनों कहना चाहते थे।

काफी रात हो गई थी। रहमान और फातिमा बारी-बारी कनिका के घर के बाहर पहरा दे रहे थे। मैं बॉलकनी से कनिका के घर पर नज़र रख रहा था। हवाओं में उसकी महक मुझे महसूस हो रही थी।

मुझे उस पल का इन्तजार था, जिस पल वह मुझे मेरे असली नाम से पुकारेगी।

*****

19
मुकाबला

अगला दिन

कॉलेज में बहुत चहल-पहल थी। कई दिनों की छुट्टी के बाद कॉलेज दोबारा खुल रहा था। मैं तेज कदमों से क्लास की ओर बढ़ रहा था। मैं थोड़ा लेट हो गया था।

तभी किसी ने मुझे पीछे से आवाज़ लगाई। "ऐ हर्ष... इधर आ।"

मैंने मुड़कर देखा, तो वह रॉकी था। रॉकी कॉलेज का सबसे पॉपूलर लड़का था। वह फाइनल ईयर का स्टूडेन्ट था। साथ ही साथ वह एक गज़ब का ऐथलीट भी था किन्तु पढ़ाई के मामले में वह सबसे पीछे था। उसका मेन काम जूनियर्स को परेशान करना और अपने को बेस्ट साबित करना था।

मैं जानता था, वह मुझे पसंद नहीं करता, क्योंकि जूनियर्स से लेकर सीनियर्स तक सभी लड़कियां मुझे पसंद करती थी। यहाँ तक कि कई सीनियर्स ने तो मुझे प्रपोज भी कर दिया था। परन्तु यह बात रॉकी के गले नहीं उतर रही थी। वह मुझे सभी लड़कियों के सामने नीचा दिखाना चाहता था।

वह बास्केटबॉल कोर्ट में अपने साथियों के साथ बैठा था। मैं उसके मुंह तो नहीं लगना चाहता था, किन्तु वह मानने वाला नहीं था। मैं बास्केटबॉल कोर्ट के अंदर पहुंच गया। मेरे अंदर आते ही एक स्टूडेन्ट ने कोर्ट में लगे जाली के दरवाज़े को बंद कर दिया।

मैं रॉकी के सामने जाकर खड़ा हो गया।

"अपने सीनियर्स के सामने कैसे खड़े होते हैं, तुझे पता नहीं है क्या?"

मैंने उसे कोई जवाब नहीं दिया, मैं बस उसे देख रहा था।

मुझे और रॉकी को बास्केटबॉल कोर्ट में देखकर वहाँ भीड़ इकठ्ठा होने लगी थी। कुछ ही देर में वहाँ कनिका और बाकी सब भी आ गए थे।

मुझे रॉकी के सामने खड़ा देख, रितिका ने कहा, "कुछ तो गड़बड़ है।" कनिका परेशान हो रही थी। उसके चेहरे की चिंता मेरे लिए थी, या फिर रॉकी के लिए, यह मैं समझ नहीं पा रहा था।

तभी रॉकी ने वहाँ मौजूद सभी स्टूडेन्ट्स के सामने ऐलान किया, "आज मेरे और हर्ष के बीच सबके सामने एक मुकबला होने वाला है और जो इस मुकाबले को हारेगा, उसे अपना मुंह काला करके पूरे कॉलेज का चक्कर लगाना होगा।"

सभी स्टूडेन्ट्स यह सुनकर ज़ोर-ज़ोर से चियर करने लगे। माहौल में जोश भर चुका था। सभी लड़के 'रॉकी... रॉकी...' का नारा लगाने लगे। जोश में आकर रॉकी ने अपनी टी-शर्ट निकाली और मसल्स दिखाने लगा। उसका शरीर एक पहलवान की तरह मज़ूबत था। उसकी चौड़ी छाती और मजबूत भुजाएं देखकर सामने वाले के पसीने छूट जाते थे।

"हम दोनों यहाँ एक साथ पुशअप्स लगाएंगे, जो पहले गिर जाएगा, वह हार जाएगा।" रॉकी का चैलेन्ज सुनकर सभी स्टूडेन्टस हो-हल्ला करने लगे। इसी हो-हल्ले के बीच कुछ प्रोफेसर्स भी वहाँ आ गये थे।

"आज तो हर्ष गया।" शौर्य ने कहा। वह अपने प्लास्टर से बंधे हाथ को पकड़े खड़ा था।

"पूरा कॉलेज जानता है, पुशअप्स लगाने में रॉकी का कोई मुकाबला नहीं है।" समीर ने भी शौर्य के समर्थन में कहा।

वहीं कनिका को परेशान देखकर रितिका ने उससे पूछा, "तुम इतनी परेशान क्यों हो?"

"रॉकी कभी अपनी हार नहीं मानता और मुझे डर है, कहीं यह खेल युद्ध में ना बदल जाए।" कनिका ने उससे कहा।

मैं जानता था, कनिका को मेरी फिक्र थी। सरप्राइज टेस्ट में भी वह मेरी बेइज्जती सहन नहीं कर पाई थी।

रॉकी ने मुझे तैयार होने का इशारा किया। उसके चेहरे पर जीत की खुशी साफ दिख रही थी। यही तो वह चाहता था, खेल भी उसका और जीत भी।

मैं उसके करीब गया और उसकी आंखों में देखते हुए कहा, "मुझे तुमसे कोई मुकाबला नहीं करना। मुकाबला दो बराबर के लोगों में होता है, और हम दोनों बराबर नहीं हैं। हम दोनों में एक ताकतवर है, तो दूसरा कमजोर।" मेरी बात सुनकर वह ज़ोर-ज़ोर से हंसने लगा।

"मुकाबला तो तुम्हें करना ही होगा। अगर तुम्हें मुझसे डर लग रहा है, तो तुम यहाँ मौजूद किसी दूसरे स्टूडेन्ट के साथ मुकाबला कर सकते हो, जो तुम्हें अपने बराबर का लगता हो।" रॉकी ने मुझे अपमानित करते हुए कहा।

किन्तु उस मूर्ख को मैं कैसे समझाता कि मेरी बराबरी का इस कॉलेज में तो क्या, पूरी कायनात में कोई नहीं है।

"मुझे किसी के भी साथ मुकाबला नहीं करना है।" मैं यह कहकर वापस जाने लगा, तभी रॉकी ने मेरे कंधे पर हाथ रखकर मुझे रोक लिया। वह जानबूझकर अपनी इज्जत सबके सामने नीलाम कराना चाहता था।

"ऐसे डरकर कायरों की तरह क्यों भाग रहे हो। असली मर्द बनो। लगता है तुम्हारी माँ ने तुम्हें दूध नहीं पिलाया।" रॉकी के शब्दों ने मेरे बदन में आग लगा दी। मेरे अंदर का ज्वालामुखी फूटने लगा।

मैं एकदम से रुक गया और पलटकर उसकी ओर देखने लगा। वह मुस्कुरा रहा था। मैंने उसके अहंकार को तोड़ने का फ़ैसला किया।

मैंने भी अपनी शर्ट के बटन खोलने शुरु कर दिये। यह देखकर रॉकी अपने दोनों हाथो को हवा में उठाकर सभी स्टूडेन्ट्स को चियर करने का इशारा करने लगा। पूरा कोर्ट आवाज़ से गूंज रहा था।

पहली बार मैं अपना शरीर आम इन्सानों को दिखा रहा था। मेरे शरीर की बनावट और खूबसूरती देखकर वहाँ मौजूद सभी लड़के तथा लड़कियों की आंखे खुली की खुली रह गई। उनके मुंह से एक ही शब्द निकला, "वाव! क्या बॉडी है।"

मेरे बाईसेप्स और सिक्स पैक देखकर लड़कियों के होश उड़ रहे थे। रॉकी भी एक सांस टुक-टुकी लगाए, मेरी बॉडी को देख रहा था। शायद उसे अपने फ़ैसले पर अफसोस हो रहा था।

हम दोनों बीच कोर्ट में तैयार खड़े थे। मैंने कनिका की ओर देखा, वह मुझे ही देख रही थी। उसकी आंखों में एक अजीब-सी बेचैनी थी। जिसे देखकर ऐसा लगा, मानो हृदयकर्णिका मेरे सामने खड़ी है।

मेरे कुछ सोचने से पहले ही कुछ स्टूडेन्ट्स ने गिनती शुरु कर दी। "5, 4, 3, 2, 1।" उसके बाद मैंने पुशअप शुरु कर दिये। स्टूडेन्ट्स काउंटिंग कर रहे थे। हम दोनों साथ-साथ पुशअप्स लगा रहे थे।

"101, 102, 103...।" कैम्पस का माहौल जोश से भर गया था। रॉकी ने मेरी तरफ देखा और पुनः पुशअप्स लगाने लगा। उसे उम्मीद नहीं थी कि मैं सौ का आंकड़ा भी छू पाऊंगा।

"301, 302, 303...।" जैसे-जैसे गिनती बढ़ती जा रही थी, सभी की धड़कने भी रुकने लगी थी। सभी स्टूडेन्ट्स 'रॉकी... रॉकी' कहकर उसका हौसला बढ़ा रहे थे।

"401, 402, 403...।" अब रॉकी के चेहरे पर थकावट नज़र आने लगी थी। वह पसीने में लत-पत हो गया था परन्तु मैं बिलकुल नार्मल था। मुझे नार्मल देख, रॉकी काफी ज्यादा नर्वस हो गया। इस मुकाबले का प्रोफेसर्स व स्टूडेन्ट्स दोनों पूरा लुफ्त उठा रहे थे।

"501, 502, 503...।" रॉकी के नाम के नारों की आवाज़ धीमी होती जा रही थी। वह बुरी तरह से थक चुका था। उसने सोचा नहीं था, उसका यह दाव उसी पर भारी पड़ जाएगा। सबको यह दिख रहा था कि रॉकी की हिम्मत

जवाब दे चुकी है। तभी लड़कियों ने मेरे नाम के नारे लगाने शुरु कर दिये। पूरे कैम्पस में लड़कियों की ही आवाज़ गूंज रही थी। "हर्ष... हर्ष...।"

लड़कियों को मेरा सपोर्ट करते देख रॉकी की हिम्मत पूरी तरह टूट गई और वह अपनी छाती के बल वहीं जमीन पर गिर गया। वह बुरी तरह से थका हुआ था और लम्बी-लम्बी सांसे ले रहा था। उसके अंदर खड़े होने तक की हिम्मत नहीं थी।

मैं उठकर अपनी शर्ट पहनने लगा। पूरा कॉलेज "हर्ष... हर्ष..." के नाम से गूंज़ रहा था। रॉकी को यह बर्दाश्त नहीं हुआ। वह खड़ा हुआ और सभी को घूरने लगा। उसके गुस्से को देखकर कैम्पस में एकदम सन्नाटा छा गया। रॉकी का गुस्सा सांतवे आसमान पर था।

"हर्ष जरूर ड्रग्स लेता है।" उसने एकदम से कहा। "तभी देखो, ना तो यह थका, और ना ही इसको पसीना तक आया।"

गुस्से में वह क्या बोल रहा था, उसे खुद पता नहीं था। लेकिन उसकी बातों का यह प्रभाव पड़ा कि अधिकांश स्टूडेन्ट्स मुझे शक की नजरों से देखने लगे।

मैंने कनिका की ओर देखा। उसने शर्मिंदगी में अपनी नज़रे झुका ली। मुझे वहाँ रुकना ठीक नहीं लग रहा था। मेरा रॉकी के साथ मुकाबला करना भी उचित नहीं था।

मैं वहाँ से जाना के लिए मुड़ा ही था कि रॉकी ने मुझ पर शब्दों के बाण छोड़ना शुरु कर दिया।

"देखो-देखो, यह नशेड़ी किस तरह अपना मुंह छिपाकर भाग रहा है।"

मुझे उसकी बातों से कोई फर्क नहीं पड़ रहा था। मैं जानता था वह हार की बौखलाहट में ऐसा बोल रहा है।

मैंने कोर्ट का दरवाज़ा खोला ही था कि रॉकी चिल्लाता हुआ बोला, "लगता है इसके माँ-बाप ने इसे नशा करना ही सिखाया है।" एक बार फिर माँ का

नाम आते ही मेरे कदम रुक गए। मैंने मुड़कर उसकी ओर देखा। वह हंस रहा था।

"घूर क्या रहा है बे...।" मुझे उस पर गुस्सा तो आ रहा था, पर मैंने खुद पर काबू किया। किन्तु वह अपनी हदे पार कर रहा था। मेरा अपमान करते हुए उसने कहा, "नशेड़ी माँ-बाप की नशेड़ी औलाद।"

रॉकी के शब्दो ने मेरे सब्र का बांध तोड़ दिया था। उसकी इतनी हिम्मत कि उसने मेरी माँ को गाली दी। मैं यह बर्दाश्त नहीं कर पाया। उस मामूली इन्सान की मेरे सामने औकात ही क्या थी?

मेरी नज़र कनिका पर पड़ी। उसकी आंखो में आंसू थे। वह मेरी बेइज्जती बर्दाश्त नहीं कर पा रही थी। मैं अपने गुस्से को रोक नहीं पाया और तुरन्त रॉकी के पास जा पहुंचा। मैंने उसकी गर्दन पकड़ी और उसे हवा में उठा दिया।

"बच्चे, तुम शायद जानते नहीं, मैं कौन हूँ? मैं अगर चाहूं, तो आज का यह दिन तुम्हारी जिंदगी का आखिरी दिन बना सकता हूँ।" मेरी आंखो में हैवानियत देखकर उसके होश उड़ गए थे।

मेरी पकड़ इतनी मजबूत थी कि उसकी सांसे रुकने लगी। वह छटपटाने लगा। मुझे पता था, उसकी सांसे रुकने वाली है। सभी खड़े बस तमाशा देख रहे थे।

तभी कनिका भागती हुई, बास्केटबॉल कोर्ट के अंदर आई और मेरा हाथ पकड़ते हुए बोली, "हर्षवर्धन, प्लीज इसे छोड़ दो।"

उसके मुहं से अपना असली नाम सुनकर, मैं दंग रह गया। मेरे दिल में एक तूफान-सा चलने लगा। पूरे शरीर में मानो बिजली दौड़ने लगी थी। ऐसा लग रहा था, जैसे समय रुक-सा गया है। मैंने रॉकी को छोड़ दिया। मेरा गुस्सा अगले ही क्षण गायब हो गया था।

रॉकी जमीन पर अचेत होकर गिर पड़ा। वह लम्बी-लम्बी सांसे ले रहा था।

मैंने कनिका की आंखों में देखा। उसकी आंखों की चमक इस बात की ओर संकेत कर रही थी कि उसे सबकुछ याद आ गया था।

"हृदया, तुम्हें...?" मेरा गला भर आया था। मैं आगे कुछ बोल ही नहीं पाया। उसने 'हाँ' में सिर हिलाया। वह जानती थी, अब कुछ भी छिपाने का कोई औचित्य नहीं है। भले ही उसकी आंखों में आंसू थे, परन्तु उसके मुख पर जो खुशी थी, वह सारे जहाँ की खुशियों से भी बढ़कर थी।

"हर्षवर्धन, आई लव यू... तुम्हें दोबारा पाकर मैं बहुत खुश हूँ।" यह कहते ही वह मेरे गले लग गई। उसकी आंखों से आंसू बह रहे थे।

मैंने भी उसे कस पर अपनी बाहों में भर लिया। मेरी आंखो में भी आंसू आ गये थे। सभी हमें हैरानी से देख रहे थे, पर हम दोनों को किसी की परवाह नहीं थी।

"मैं तुम्हें बता नहीं सकती, मैं कितनी खुश हूँ। सदियां बीत गई, पर हमारा प्यार आज भी जिन्दा है।" उसने मेरी आंखो में देखते हुए कहा।

"यह सब कैसे?" मैं जानना चाहता था, तभी उसने मेरे होठों पर अपनी उंगली रखते हुए कुछ भी पूछने से मना कर दिया।

मैंने आसपास देखा, सभी हम दोनों को टक-टकी लगाए देख रहे थे।

"पहले रॉकी की मदद करो। देखो, तुमने उसकी क्या हालत कर दी?" कनिका ने कहा।

रॉकी जमीन पर बैठा था। उसके दोस्त उसके आसपास खड़े थे। उसकी गर्दन पर मेरी उंगलियो के लाल निशान बन गए थे। देखने से ऐसा लग रहा था, जैसे किसी ने उसकी गर्दन पर उंगलियों का टैट्टू बना दिया हो।

मुझे देखकर रॉकी अंदर ही अंदर डर रहा था। मैंने उसे उठाने के लिए अपना हाथ बढ़ाया किन्तु वह मुझसे घबरा रहा था। उसका दिल ज़ोर-ज़ोर से धड़क रहा था, जिसे मैं महसूस कर रहा था। वहीं अपने डर को छिपाते हुए वह अकड़ में स्वंय ही खड़ा हो गया। मुझसे नज़रें मिलाने की उसकी

हिम्मत नहीं हो रही थी। उसने अपनी गर्दन पर हाथ फेरा और बिना कुछ कहे वहाँ से चला गया।

धीरे-धीरे सभी स्टूडेन्ट्स अपनी-अपनी क्लास में जाने लगे। रितिका और बाकी सब हमारे पास आ गए।

"कनिका, क्लास में चलें।" रितिका ने कहा।

रितिका की आवाज़ में डर था। वह मुझसे नज़रें चुरा रही थी। मैंने कनिका को देखा, उसने आंखों ही आंखों में मुझे सब समझा दिया।

मैं और कनिका क्लास में आ गए थे। उसने मेरा हाथ पकड़ा हुआ था। सभी यह जान गए थे कि हम दोनों के बीच कुछ चल रहा है। सोनम, समीर, राहुल ने तालियां बजाना शुरु कर दिया। देखते ही देखते पूरी क्लास ताली बजाने लगी। यह देख कनिका का चेहरा शर्म से लाल हो गया।

"तुम दोनों तो छुपे रुस्तम निकले? यह सब कब हुआ, हमें तो पता ही नहीं चला?" सोनम बहुत खुश थी। उसकी नज़र में हमारी जोड़ी परफेक्ट थी। वहीं रितिका दुविधा में थी। उसे समझ नहीं आ रहा था कि उसे खुश होना चाहिए या दुखी।

"शुरु-शुरु में प्यार ऐसा ही होता है। जहाँ 4-5 महीने गुजरेंगे, तो सब खुद ही शांत हो जाएगा।" श्रुति का मुँह बना हुआ था। "इतना ड्रामा करने की क्या जरूरत थी। तुम तो ऐसे रो रही थी, जैसे सौ साल बाद हर्ष से मिली हो।" उसकी बात सुनकर कनिका मुस्कुराने लगी। यह देखकर श्रुति और अधिक चिढ़ गई।

"हर्ष यार, एक बात पूँछू?" राहुल ने कहा। मैंने भी 'हाँ' में अपना सिर हिलाया। "यार तुम कौन-सी जिम में जाते हो? आई मीन, तुम्हारी जैसी बॉडी तो किसी फिल्म स्टार की भी नहीं है।" सभी राहुल पर हंसने लगे।

"फिर किसी दिन बताऊंगा।" मैंने कहा और अपनी सीट पर जाकर बैठ गया।

"हर्ष, तुम और कनिका साथ क्यों नहीं बैठते?" सोनम ने एकदम से कहा।

कनिका ने रितिका की ओर देखा। "जाओ।" रितिका ने उसकी ओर देखते हुए कहा।

"नहीं रितिका, तुम जानती हो मेरा और हर्ष का प्यार क्या है, क्या उसके मायने है। उसके लिए हमारा साथ बैठना जरूरी नहीं है। मैं तो हर्ष से दूर रहकर भी हमेशा से उसके साथ ही थी। लेकिन उसकी गैरमौजूदगी में तुमने मेरा साथ दिया। तो मैं तुम्हारा साथ कैसे छोड़ सकती हूँ।" कनिका की बातों ने मेरे साथ-साथ रितिका का भी दिल जीत लिया था। रितिका ने तुरन्त उसे गले से लगा लिया।

ठीक उसी समय कॉलेज का पियून गेट पर आया और बुलन्द आवाज़ में बोला, "हर्ष ठाकुर कौन है? उसे डीन सर ने अभी अपने ऑफिस में बुलाया है।"

उसे देखकर मुझे सम्राट के दरबान की याद आ गई। वह भी कुछ इसी अंदाज़ में पुकारा करता था।

*****

20
सस्पेंशन

'अमात्य SPEAKS'
कसौली, हिमाचल प्रदेश

"तुम यहाँ क्या कर रहे हो?" मैंने अरुणोदय से पूछा। उसका यूँ बार-बार आना मेरी समझ के परे था।

"गुरुदेव कहाँ हैं?" उसने पूछा। उसके शक्ल पर बारह बजे हुए थे।

"वह सो रहा है।" मैंने कहा।

"सोना-सोना, पिछले दो हजार सालों से तुम दोनों बस यही तो करते आ रहे हो। उधर हर्षवर्धन दिन-रात ह्दयकर्णिका के करीब रहता है। अगर इस बार फिर गुरुदेव का दिया श्राप सक्रिय हुआ, तो न जाने हमें और कितने वर्षों तक इन्तजार करना पड़ेगा।" वह व्याकुल था। वह अपने गुस्से को काबू नहीं कर पा रहा था।

"तुम्हें वहाँ हर्षवर्धन के पास होना चाहिए था। तुम यहाँ क्या करने आये हो?" मैंने आंखे निकालते हुए उससे पूछा। उसकी इन्हीं हरकतों पर मुझे गुस्सा आता था।

"हर्षवर्धन एक साधारण मनुष्य की भाँति व्यवहार करता है। हमसे कम खून पीने और इन्सानी खाना खाने के बाद भी वह हमसे ज्यादा शक्तिशाली है।" उसकी व्याकुलता बढ़ती जा रही थी। मैं समझ नहीं पा रहा था, वह कहना क्या चाह रहा है? वह पूरे हॉल में इधर-उधर घूम रहा था।

"ह्दयकर्णिका के इतने करीब होने के बावजूद भी मैं उसे देख नहीं सकता। हम कैसे हर्षवर्धन को परास्त कर अपने मसकद में कामयाब होंगे?" वह बड़बड़ा रहा था।

मैं कुछ-कुछ उसकी व्यथा को समझ रहा था।

"सही समय का इन्तजार करो।" मैंने उसे समझाया।

"सही समय के इन्तजार में अगर हृदयकर्णिका की यादाश्त वापस आ गई और फिर से उसकी मृत्यु हो गई, तो?" उसके चेहरे पर चिंता के बादल थे।

"ऐसा कुछ नहीं होगा।" मैंने कहा।

"क्यों नहीं हो सकता? तुम्हें पता है, हर्षवर्धन ने हृदयकर्णिका के कॉलेज में एडमिशन लिया और वह उसी की क्लास में है। कब तक वह गुरुदेव के श्राप से बच पाएगा?" वह एकदम से उग्र हो गया। "यहाँ रहकर कुछ नहीं होने वाला।"

उसकी आवाज़ इतनी तेज थी कि ब्रहमेश्वर अपनी नींद से जग गया। वह दोनों तरफ से ऊपर चढ़ती सीढ़ियों के बीच बनी बॉलकनी में खड़ा था।

"तुम कुछ ज्यादा ही परेशान हो रहे हो।" अगले ही पल वह बॉलकनी से अरुणोदय के सामने आ गया।

"तुम मौका देखकर किसी भी तरह हृदयकर्णिका को यहाँ ले आओ। बाकी का कार्य मुझ पर छोड़ दो।" ब्रहमेश्वर ने कहा।

मैं जानता था, अब गुरु-चेले की बातें शुरु हो गई हैं। इसलिए मैंने अपना खून का प्याला उठाया और अपनी जगह पर जाकर बैठ गया।

"गुरुदेव, आज तक एक बात मेरे समझ में नहीं आई।" उसने कहा।

"कौन-सी बात?" ब्रहमेश्वर ने पूछा।

"हम तीनों हर्षवर्धन के खून से वैम्पायर बने हैं, तो फिर मैं आप दोनों जितना शक्तिशाली क्यों नहीं हूँ? हमारी शक्तियाँ इतनी अलग क्यों हैं?" अरुणोदय ने पूछा।

मैं एक तरफ बैठा, उन दोनों की बातें सुन रहा था।

"अमात्य बहुत महत्वकांशी और शरीर से मजबूत था। उसकी ईच्छाशक्ति भी दृढ़ थी। हर्षवर्धन के खून ने उसकी इन्हीं खूबियों को और प्रबल कर दिया। उसी प्रकार उसके खून ने मेरे ज्ञान व बुद्धि को प्रबल किया।" ब्रहमेश्वर उसे समझा रहा था। "मनुष्य जीवन में तुम बहादुर नहीं थे, तुम एक साधारण इन्सान थे, इसीलिए वैम्पायर बनने के बाद तुम हम दोनों से कम ताकतवर बने। किन्तु तुम्हारी चालाकी और छल करने की शक्ति प्रबल हुई, क्योंकि इन्सानी रूप में तुम इसी मनोभाव के थे।" उसे ब्रहमेंश्वर की बात समझ आ गई थी।

उसके बाद ब्रहमेश्वर सीढ़ियों के रास्ते वापस ऊपर जाने लगा। जाते-जाते उसने अरुणोदय से कहा, "सूर्य ढलते ही तुम नोएडा के लिए निकल जाना।" और ब्रहमेश्वर वहाँ से ओझल हो गया।

***

'हर्षवर्धन SPEAKS'

कॉलेज

डीन के ऑफिस के बाहर भीड़ लगी थी। सीनियर्स और जूनियर्स दोनों ही ऑफिस के बाहर खड़े थे। मैं और रॉकी दोनों अंदर थे।

"हर्ष ऐसे कोई किसी का गला दबाता है क्या?" डीन ने रॉकी की गर्दन पर बनी उंगलियों के निशान की ओर इशारा किया। "और मैंने सुना है कि तुम ड्रग्स भी लेते हो?" डीन ने मेरी ओर घूरते हुए पूछा।

"अभी तुम्हें कॉलेज ज्वाईन किये, एक महीना भी नहीं हुआ है, और तुम लड़ाई-झगड़े और ड्रग्स जैसे कामों में लग गए।" मेरी गलतियां गिनाते हुए वह थक ही नहीं रहे थे। मुझे उनकी बातों से कोई फर्क नहीं पड़ रहा था।

"रॉकी हमारे कॉलेज का बहुत ही अच्छा स्टूडेन्ट और खिलाडी है। यह कई सालों से कॉलेज का नाम रोशन करता आ रहा है। भले ही तुम्हारे राजनीतिक सम्बन्ध अच्छे हैं, लेकिन इसका यह मतलब नहीं, तुम्हारे जो मन में आये, तुम वह करोगे।" मैं डीन की नज़रों में विलेन बन चुका था।

उन्होंने अपना पेन उठाया और टेबल पर रखे एक पेपर पर साईन करते हुए बोले, "तुम्हें एक हफ्ते के लिए कॉलेज से सस्पेंड किया जाता है। अब तुम जा सकते हो।"

मैं बिना कुछ कहे, ऑफिस से बाहर आ गया। मेरे बाहर आते ही सभी की नज़रें मुझ पर टिक गई। सभी के चेहरों पर एक ही सवाल था। पीछे से रॉकी भी ऑफिस से बाहर आ गया। उसके चेहरे पर मुस्कान थी। वह बिना मेरी ओर देखे, अपने साथियो के साथ वहाँ से चला गया।

"अंदर क्या हुआ हर्ष?" कनिका ने मुझसे पूछा।

"एक हफ्ते का सस्पेंशन।" मैंने कहा। मेरे सस्पेंशन की बात से सभी शॉक्ड हो गए।

"डीन ऐसा कैसे कर सकते हैं?" सोनम ने कहा।

"हमें चलकर उनसे बात करनी चाहिए।" समीर ने भी अपना गुस्सा दिखाया।

"उन्हें बास्केटबॉल कोर्ट में हुए झगड़े की सच्चाई का नहीं पता। बिना सच जाने, वह ऐसा कैसे कर सकते हैं?" राहुल ने कहा।

सभी अपनी-अपनी बातें कह रहे थे।

"उनसे बात करने का कोई फायदा नहीं है। वैसे भी मुझे कोई आपत्ति नहीं है।" मैंने कहा।

"यह अच्छा नहीं हुआ। लेकिन डीन किसी की सुनते भी तो नहीं हैं।" रितिका ने कहा। उसे बिल्कुल भी अफसोस नहीं था। उसे देखकर तो ऐसा लग रहा था, जैसे वह मुझे कॉलेज से ही भगाना चाहती है।

"वैसे हर्ष तुम्हारा एड्रैस क्या है?" कनिका ने मुझसे पूछा।

यह सुनकर सभी शॉक्ड हो गए। उनके मन में एक ही सवाल था। कनिका जिससे प्यार करती है, उसका पता भी नहीं जानती। यह बात सबको बड़ी अजीब लग रही थी। मैंने कनिका के हाथ पर अपना पता लिखा।

"मैं तुम्हें शाम को मिलूंगा।" मैंने कहा और वहाँ से जाने लगा।

कनिका मुझे जाते हुए देख रही थी। मैंने उसे मुड़कर देखा। उसके चेहरे पर खुशी थी। उसे देखकर ऐसा लग रहा था, मानो सदियों बाद वह खुश हो रही हो। कॉरिडोर के कोने से मैंने उसे बाय किया और वहाँ से चला गया।

*****

21
कनिका हैरान

डोरबेल बजते ही मैं समझ गया था कि कनिका आ चुकी है। मैंने तुरन्त दरवाज़ा खोला। जैसा मैंने कहा था, बाहर कनिका और रितिका दोनों खड़ी थी। मुझे देखकर उसका चेहरा खिल उठा। वहीं रितिका के चेहरे पर डर था। मैंने दोनों को अंदर आने को कहा।

"अरे वाह! यह तो बाहर से ज्यादा, अंदर से खूबसूरत है।" घर की तारीफ़ करते हुए कनिका ने कहा। पर रितिका ने कुछ नहीं कहा। वह घबरा रही थी। मैं उसके दिल की तेज धड़कनों को महसूस कर रहा था।

"बताओ क्या पीना पसंद करोगी? चाय, कॉफी या कोलड्रिंक?" मैंने दोनों की तरफ देखते हुए पूछा।

"कॉफी।" कनिका ने कहा। उसने रितिका की तरफ देखा। उसने सिर्फ 'हाँ' में सिर हिलाया।

"मैं कॉफी लेकर आता हूँ।" मैंने कहा और किचन में आ गया।

"घर सुन्दर है, न?" उसने रितिका से पूछा।

"हाँ, घर तो बहुत सुन्दर है और बड़ा भी।" रितिका ने जवाब दिया। वह किसी सोच में डूबी थी। कुछ देर सोचने के बाद उसने धीमी आवाज़ में कहा, "हर्ष किसी भी एंगल से वैम्पायर नहीं लगता। मुझे यकीन नहीं हो रहा कि हर्ष की उम्र तीन हजार साल है।" उसे यह सब झूठ लग रहा था। वह दोनों बातें कर ही रही थी कि मैं तीन कप कॉफी लेकर आ गया। मुझे देखकर रितिका एकदम चुप हो गई। मैंने दोनों को एक-एक कप दिया और फिर वहीं सोफे पर बैठ गया।

"मेरी उम्र तीन हजार वर्ष ही है।" मैंने कॉफी की एक सिप लेते हुए रितिका से कहा। उसने कॉफी की घूंट भरी ही थी कि मेरी बात सुनकर उसे धक्का-

सा लगा। वह खांसने लगी। कनिका ने तुरन्त उसकी पीठ थपथपाई। उसने कनिका की ओर आश्चर्य से देखा।

"हर्षवर्धन मीलों दूर से भी बातें साफ-साफ सुन सकता है।" कनिका ने कहा।

"तुम घबराओ मत। मैं तुम्हें कोई नुकसान नहीं पहुंचाऊंगा।" मैंने उसे भरोसा दिलाया।

वहीं उसे घबराया देखकर कनिका ने उसका हाथ अपने हाथों में लिया। "तुम यहाँ बिलकुल सुरक्षित हो। मुझ पर भरोसा रखो। हर्षवर्धन बहुत अच्छा है।" उसके बाद कुछ देर तक हम शांत बैठे कॉफी पीते रहे। मैं और कनिका एक-दूसरे को देख रहे थे और रितिका हम दोनों को।

कनिका ने चुप्पी तोड़ी। "तुम्हें पता है हर्षवर्धन, रितिका मेरी बचपन की सहेली है, और मेरी सबसे अच्छी दोस्त।" कनिका की बात सुनकर वह मुस्कुराने लगी। उसके दिल की धड़कनें अब सामान्य हो रही थी।

"तुमने मुझे कैसे और कब ढूढ़ा?" कनिका ने पूछा।

मैं मुस्कुराया। "लगभग चार महीने हो गये।"

"क्या चार महीने?" वह आश्चर्य में थी। "चार महीने से तुम मेरे आसपास थे और मुझे पता भी नहीं चला।" उसने कहा।

"मैंने तुम्हें, रितिका और सोनम के साथ कनॉट प्लेस में देखा था जब तुम Twilight देखने गई थी।" मैंने कहा।

"इसका मतलब उस दिन तुमने ही मेरा मोबाइल कमरे में रखा था।" वह अंचभित थी। "और फिर न्यू ईयर की पार्टी में भी तुम वहाँ थे?" उसने पूछा। मैंने सिर हिलाया।

"देखा रितिका, मैंने तुमसे कहा था न!" उसकी बात पर रितिका ने झूठी स्माइल दी।

"लेकिन तुम मुझसे दूर क्यों थे?" उसने पूछा।

"हर जन्म में तुम्हें मेरे कारण दुख और दर्द का सामना करना पड़ा था। इसलिए पिछले जन्म में तुम्हारी मृत्यु के पश्चात मैंने फैसला किया कि मैं तुम्हें तलाश नहीं करुंगा। मैं इंग्लैड से भारत वापस आया और अनन्त काल तक के लिए सो गया।" मैंने मायूस होते हुए कहा।

"अनन्त काल तक सोना... मैं समझी नहीं?" कनिका ने पूछा।

"मुझे मृत्यु नहीं आ सकती। किन्तु मैं अनन्त काल तक के लिए सो सकता हूँ। एक बार सोने के बाद मेरे लिए स्वयं अनन्त नींद से जागना असम्भव है।"

मैं बोल रहा था और वह दोनों मेरी बातें सुन रही थी। "मैं सन् 1885 ई0 में सोया था और जब मेरी आंख खुली तो सन् 2008 आ चुका था। मैं पूरे 125 सालो तक सोता रहा।" मैंने कनिका को अनन्त नींद की सच्चाई बताई।

"जब तुम अपने खून से ही जाग सकते थे, तो फिर तुम नींद से जागे कैसे?" कनिका ने पूछा।

"मुझे खुद आज तक पता नहीं चल सका।" मैंने कहा। "ऐसा दूसरी बार हुआ है, जब मैं अनन्त नींद से अपनी इच्छा के विरुद्ध जागा हूँ। यह मेरे लिए एक रहस्य है।"

"हर्षवर्धन आप पहली बार कब अनन्त नींद में सोए थे?" रितिका ने पूछा।

मैंने और कनिका ने उसकी तरफ देखा। वह अब बिलकुल सामान्य थी। धीरे-धीरे उसके अंदर की जिज्ञासा बढ़ रही थी। वह और जानना चाहती थी।

"मुझे 'तुम' कहकर बुला सकती हो।" मैंने कहा।

कनिका ने उसकी तरफ देखा। "तुम हर्षवर्धन को 'तुम' कहकर बुला सकती हो। यह हमारी क्लास वाला हर्ष ही है।" उसने कहा। रितिका ने सिर हिलाया।

"लगभग 2000 वर्ष पहले, जब मैं ह्रदया से बिछड़ा था।"

"लेकिन क्यों?" रितिका ने पूछा।

"ह्रदया के गम ने मुझे अंदर से तोड़ दिया था। मेरी जीने की ईच्छा खत्म हो गई थी। तब मैंने अनन्त नींद में जाने का फैसला लिया था।" मैंने कहा।

"तुम्हारे और दुनिया के बाकी वैम्पायर्स में क्या अंतर है?" रितिका ने मेरी बात खत्म होते ही एक और सवाल सामने रख दिया।

"बहुत अंतर है।"

"जैसे?" उसने पूछा।

"जैसे, वह सूर्य की रोशनी में नहीं निकल सकते, निकलते ही जल जाते हैं। वह सिर्फ खून पीकर ही जिन्दा रहते हैं, मैं इन्सानी खाना व खून दोनों पर जिन्दा रह सकता हूँ। अगर वैम्पायर्स खून नहीं पीते हैं, तो उनकी शक्ति कम होने लगती है, किन्तु खून न पीने पर भी मेरी शक्तियों पर कोई प्रभाव नहीं पड़ता।" मैं खुद अपनी खूबियां उसे गिना रहा था।

"ऋषिकेश में एक बाबा ने तुम्हारी और ह्रदयकर्णिका की कहानी सुनाई थी। उन्होंने बताया कि तुम्हारा जन्म एक श्राप के कारण हुआ था।" रितिका के सवाल खत्म होने का नाम ही नहीं ले रहे थे।

"डॉक्टर प्रभाकर के दादा से किताब लिखवाने वाले महर्षि स्वर्गवासा वही हैं, जिन्होने तुम्हें ऋषिकेश में मेरी और ह्रदयकर्णिका की कहानी सुनाई थी।" मैंने उनसे कहा।

"क्या? वह महर्षि स्वर्गवासा थे।" उन दोनों ने एक साथ चौंकते हुए कहा।

"तुम्हें कैसे पता?" कनिका ने मुझसे पूछा।

"तुमसे मिलने के बाद वह मुझसे मिले। उन्होंने ही मुझे बताया कि वह तुमसे मिले थे।" रितिका के सवालों के जवाब देते-देते शाम हो चुकी थी। मुझे रहमान और फातिमा के जागने की आवाज़ आ गई थी। घर में दो इन्सानों की गंध से वह तुरन्त हॉल में आ गए। उन्हें देखकर रितिका एकदम से डर गई।

कनिका ने मेरी तरफ देखा।

"ये कौन हैं?" उसने मुझसे पूछा। वह रहमान और फातिमा की तरफ ही देख रही थी। वह दोनों दिखने में वैम्पायर नहीं लग रहे थे। किन्तु कनिका की दुविधा को दूर करते हुए मैंने उन दोनों का परिचय दिया, "कनिका इन दोनों से मिलो। यह रहमान और फातिमा हैं। मेरे साथ इसी घर में रहते हैं।"

"रहमान, फातिमा यह...।" इससे पहले कि मैं कनिका का परिचय देता, फातिमा एकदम से बोल पड़ी, "यह हृदयकर्णिका है।" फातिमा की आवाज़ में जोश और उमंग दोनों थी। उसकी और रहमान की खुशी का ठिकाना नहीं था।

"अरे!... यह दोनों तो मुझे जानते हैं।" कनिका दोनों की तरफ देखकर मुस्कराई।

"क्या यह भी वैम्पायर्स हैं?" उसने धीमी आवाज़ में मुझसे पूछा। मैंने भी 'हाँ' में सिर हिलाया।

"मुझे इनके बारे में सबकुछ जानना है।" वह जानना चाहती थी कि मैं उन दोनों से कब और कैसे मिला। वह जानती थी कि पिछले 2000 वर्षों में मेरा कोई दोस्त नहीं रहा, मैंने वह समय उसकी तलाश में अकेले और तन्हा व्यतीत किया था।

"तुम्हें सन् 1881 में पुर्तगाल जाने वाला जहाज याद है।" मैंने पूछा।

"हाँ, उस दिन को मैं कैसे भूल सकती हूँ। वह मेरी मौत का दिन था।" उसका चेहरा एकदम से उदास हो गया।

"तो फिर तुम्हें उस जहाज के कैप्टन का नाम भी याद होगा। क्या नाम था उसका...?" मैं जान बूझकर कैप्टन का नाम याद करने का नाटक करने लगा।

"डोनाल्ड फ्राईट।" उसने एकदम से कहा। "उस वाहियात इन्सान को मैं कैसे भूल सकती हूँ।" डोनाल्ड का नाम लेते ही उसने चिड़चिड़ा-सा मुंह बना लिया था।

डोनाल्ड के प्रति उसकी प्रतिक्रिया देखकर रहमान और फातिमा हंसने लगे।

"यह दोनों हंस क्यों रहे हैं?" कनिका ने पूछा।

"वह रहमान और फातिमा के सच को जानता था और इन्हीं के लिए काम भी करता था।" मैंने कहा। रितिका बारी-बारी सभी के चेहरों को देख रही थी। परन्तु उसे कुछ भी समझ नहीं आ रहा था।

"जब हम दोनों डेक पर बैठे थे, उस समय रहमान भी उस जहाज पर था। रहमान ने मुझे पहचान लिया था कि मैं कौन हूँ।"

"क्या इन्होंने उसे भी वैम्पायर बना दिया? क्या वह जिन्दा है।" कनिका ने उत्साहित होते हुए पूछा। शायद वह डोनाल्ड को पुनः देखना चाहती थी।

"नहीं, वह मर चुका है।" मैंने असहज होते हुए कहा।

"हम्म... उसे तो मरना ही था। वैसे भी इन्सान इतने सालों तक कहाँ जीते हैं?" उसने कहा। रहमान और फातिमा चुप थे। वहीं मैंने भी कुछ नहीं कहा।

"रहमान एक बार उससे पूछ लेते, शायद वह भी तुम्हारी तरह वैम्पायर बन जाता? वैसे तुम्हें उसे मरने नहीं देना चाहिए था।" उसने रहमान से कहा। वह दोनों एक-दूसरे की ओर देख रहे थे।

"उसने आपसे और हर्षवर्धन से बद्तमीजी की थी, इसलिए उसे उसकी सजा मिली।" रहमान ने कहा।

"सजा, कैसी सजा?" कनिका के चेहरे का भाव एकदम से बदल गया था।

"मौत की सजा।" फातिमा ने कहा। उन दोनों ने अपना सिर झुका लिया।

"मौत की सजा, इसका मतलब तुम दोनों ने उसे मार दिया था?" कनिका हैरान थी। वह उन दोनों की तरफ गुस्से से देख रही थी। किन्तु उन्होंने कोई जवाब नहीं दिया और मेरी ओर देखने लगे। यह देख, कनिका की हैरानी से आंखे बड़ी हो गई। वह सब कुछ समझ चुकी थी।

22
दरिन्दा

पूरे लिविंग हॉल में सन्नाटा छा गया था। सब मेरी तरफ देख रहे थे। तभी कनिका ने मुझसे पूछा, "हर्षवर्धन तुमने डोनाल्ड को मारा था?"

उसकी आवाज़ भारी हो गई थी। मुझे उसका क्रोध साफ नज़र आ रहा था। मैं चुप था। मेरे पास कहने को कुछ नहीं था। मेरी चुप्पी ने उसे उसका जवाब दे दिया था।

"तुमने मुझसे वादा किया था कि तुम कभी भी किसी इन्सान की हत्या नहीं करोगे, तो फिर तुमने अपना वादा क्यों तोड़ दिया?" उसकी आंखों में गुस्सा था।

मैं तुरन्त उसके पास गया। "मुझे माफ कर दो।" मेरी आंखो में पश्चाताप था।

"तुमने मुझसे वादा किया था।" उसने भावुक होकर कहा। उसकी आंखो में आंसू थे।

"मैं क्या करता? तुम्हारी मृत्यु के पश्चात मेरे सब्र का बांध टूट चुका था। मुझे इस दुनिया से नफरत होने लगी थी। ईश्वर की बनाई हर एक चीज़, चाहे वह इन्सान हो या जानवर, मैं सबको नष्ट कर देना चाहता था।" एकदम मेरी आंखों में नफरत भर आई।

"मैंने निर्मम तरीके से मासूमों की हत्या करना शुरू कर दिया। मैं सालों तक यूँ ही इन्सानों और जनवरो की हत्या करता रहा। किन्तु एक दिन मुझे यह एहसास हुआ कि मैं गलत कर रहा हूँ। मैं कभी भी ऐसा नहीं था। मुझे आत्मग्लानि हुई और मेरी जीने की इच्छा खत्म हो गई थी। डोनाल्ड के जरिये मेरी मुलाकात रहमान और फातिमा से हुई और इनसे मुझे पता चला कि अमात्य ने मुझे धोखा दिया था, वह भी एक वैम्पायर बन चुका है।"

"अमात्य ने तुम्हें धोखा देकर गलत किया, लेकिन तुमने भी मुझसे किया हुआ वादा तोड़कर मुझे धोखा दिया है।" कनिका ने कहा। मेरे घिनौने कामों को जानकर उसका चेहरा गुस्से से लाल हो गया था।

मैंने उसका हाथ पकड़ते हुए कहा, "मुझे अपने किये पर पश्चाताप हो रहा था इसलिए मैंने अनन्त नींद में जाने का फैसला लिया।" उसने मेरा हाथ झटक दिया।

"इसका मतलब मेरी हर मृत्यु के बाद तुमने ऐसा ही किया?" उसने मेरी आंखो में आंखे डालकर पूछा।

"नहीं, मैंने तो बस तुम्हारा इन्ताजर किया।" मैंने धीमे स्वर में कहा।

"अच्छा तो यह बताओ, पहली बार तुम्हारा अनन्त नींद में जाने का क्या कारण था? हर्षवर्धन मैं जानती हूँ तुम कभी झूठ नहीं बोलते हो। लेकिन आज सच मत छिपाना।" उसने मेरी तरफ उंगली उठाते हुए कहा।

वहाँ का माहौल गर्म होता देख रितिका घबराने लगी थी। वह किसी भी तरह मेरे घर से बाहर जाना चाहती थी?

"2000 साल पहले तुम्हारी मृत्यु के पश्चात मैंने गुस्से में आकर तुम्हारे पूरे आश्रम को तबाह कर दिया था। मुझे लगा था कि मैंने तुम्हें हमेशा के लिए खो दिया है। किन्तु बाद में मुझे एहसास हुआ कि मैंने तुमसे किया वादा तोड़ा है। मैंने हमारे प्यार की गरिमा को तोड़ा था। मुझे आत्मग्लानि हुई। तुम्हारे बगैर जीने से अच्छा, मैंने अनन्त नींद में सोना उचित समझा।" मेरी नज़रें झुकी हुई थी। उसके चेहरे की ओर देखने की मेरी हिम्मत नहीं हो रही थी।

सारी सच्चाई जानकर कनिका बहुत गुस्से में थी। उसे मुझसे नफरत हो रही थी। रितिका, रहमान और फातिमा तीनों चुपचाप खड़े सबकुछ देख व सुन रहे थे।

"तुम एक दरिन्दे थे और दरिन्दे ही रहोगे। मैंने तुम पर भरोसा किया, तुम्हें सच्चे दिल से प्यार किया और तुमने क्या किया? मेरा भरोसा ही तोड़ दिया। सदियों से मैं तुम्हारे लिए जीती आ रही थी। लेकिन सब झूठ था, महज एक धोखा।" वह रोने लगी।

रितिका ने उसे पीछे से सहारा दिया और वहाँ से चलने को कहा। पर उसके मन की भड़ास निकली नहीं थी। "जब तुम एक मनुष्य की तरह जीवन जी सकते थे, तो तुमने इन्सानी खून क्यों पिया?" मैं चुपचाप उसकी बातें सुनता रहा। उसके किसी भी सवाल का मेरे पास कोई जवाब नहीं था।

"कनिका मेरी बात सुनो। तुम मुझे गलत समझ रही हो।" मैंने उसे समझाते हुए कहा।

"दूर रहो मुझसे।" कनिका ने मुझे धक्का देकर खुद से दूर कर दिया। रितिका उसे लेकर जाने लगी।

वह दोनों दरवाज़े पर पहुंची ही थी कि मैं दरवाज़े के सामने खड़ा हो गया। मुझे अचानक से अपने सामने देख रितिका डर से चिल्ला उठी।

"हर्षवर्धन मेरे सामने से हटो। मुझे और रितिका को यहाँ से जाने दो।" वह मुझसे नज़रें नहीं मिला रही थी।

"मैं तुम्हें ऐसे नहीं जाने दूंगा।" मैंने फिर से उसका हाथ पकड़ा, परन्तु उसने दोबारा मेरा हाथ झटक दिया।

"मुझे जाने दो।"

"तुम यहाँ से नहीं जा सकती।" मेरे आंखे लाल होने लगी थी। मेरे मुंह से दांत बाहर आ गये थे जिन्हें देखकर रितिका के होश उड़ गए। वह खड़ी-खड़ी कांपने लगी। वहीं कनिका यह देख हंसने लगी।

"तुम और कर भी क्या सकते हो, मासूमों पर अत्याचार। हम दोनों को भी मार दो। यह तुम्हारे लिए कोई मुश्किल काम नहीं है।" उसकी बात सुनकर रितिका के पैरो तले जमीन खिसक गई। उसे लगा आज तो वह मरने वाली

है। किन्तु कनिका के कड़वे वचन सुनकर मेरा दिल पसीज गया। मैं धीरे-धीरे सामान्य होने लगा। यह देखकर रितिका की जान में जान आई।

मैं उनके सामने से हट गया। वह बाहर जाने लगी, परन्तु जाते-जाते मुझसे बोली, "अगर तुम मेरी खुशी चाहते हो, तो प्लीज मुझे अब मेरी सामान्य इन्सानी जिन्दगी जीने दो।"

यह कहकर वह दरवाजे से बाहर चली गई। मैं अपनी जगह पर खड़ा रहा। एक ही पल में मेरी दुनिया बदल गई। मेरे दिमाग ने काम करना बंद कर दिया था। मैं बिना कुछ कहे अपने कमरे में चला गया।

***

आधी रात दरवाज़े की घंटी बजी। मैंने उस ओर ध्यान नहीं दिया। फातिमा ने दरवाजा खोला। बाहर अरुणोदय खड़ा था। वह अंदर आया और घर का माहौल देखकर समझ गया कि कुछ तो गड़बड़ है।

"यहाँ क्या हुआ है?" उसने दबे स्वर में रहमान से पूछा। रहमान ने उसे बैठने को कहा। उन्होंने अरुणोदय को शाम की सारी घटना के बारे में बताया।

"हर्षवर्धन कहाँ है?" उसने पूछा।

"वह अपने कमरे में है और बहुत परेशान है।" रहमान ने गहरी सांस लेते हुए कहा।

मैं अपने बिस्तर पर लेटा, यही सोच रहा था कि क्या सच में कनिका को मुझसे नफरत हो गई है? क्या उसके दिल में मेरे लिए प्यार खत्म हो गया है? यह सब सोचकर मेरा दिल घबरा रहा था। मैं बिस्तर से उठा और बॉलकनी से कनिका के घर की ओर देखने लगा। मेरे मन में एकदम से ख्याल आया, "क्या यह ब्रहमेश्वर के श्राप की वज़ह से हुआ?"

मैं जानता था इसका जवाब सिर्फ महर्षि स्वर्गवासा के पास है। परन्तु उन्हें तलाश करना, रेगिस्तान में सुई तलाशने के समान था।

इसी उलझन में तीन दिन गुजर गए थे। मैं हर रोज बॉलकनी से कनिका को सुबह कॉलेज जाते और शाम को वापस आते देखता था। वह मुससे इतनी नफरत कैसे कर सकती है? हमारा प्यार जन्म-जन्मान्तर का है, हमारा प्यार इस तरह तो समाप्त नहीं हो सकता।

यह सब बातें सोच-सोचकर मेरा दिमाग फट रहा था।

***

'अमात्य SPEAKS'

कसौली, हिमाचल प्रदेश

अचानक से दरवाज़ा खुला और अरुणोदय अंदर आ गया। उसे देखकर मुझे बहुत तेज गुस्सा आ रहा था। हर दूसरे-तीसरे दिन वह कसौली चला आता था।

इससे पहले कि मैं उससे कुछ कहता वह झुमते हुए बोला, "एक बहुत अच्छी खबर है।" उसकी बात सुनकर मैं बोलते-बोलते रुक गया। मैंने ब्रहमेश्वर की ओर देखा। एनी और विक्की भी वहाँ मौजूद थे।

"कैसी खबर?" ब्रहमेश्वर ने पूछा। अरुणोदय के चेहरे पर खुशी साफ दिख रही थी।

"तुम बहुत खुश लग रहे हो?" उसके चेहरे की चमक देखकर मैंने पूछा।

"खुशी की तो बात है।" अरुणोदय ने कहा और वह मेरे नज़दीक आया। उसने मेरे सामने रखी खून की बोतल उठाई और अपने प्याले में डालने लगा।

"आखिर कौन-सी खुशखबरी लाए हो?" एनी ने उसकी ओर देखते हुए पूछा। एक घूंट पीने के बाद अरुणोदय ने कहा, "ह्रदयकर्णिका की यादाश्त वापस आ चुकी है।"

"क्या?" मैं और ब्रहमेश्वर चौंक गए थे। वहीं एनी और विक्की भी आश्चर्यचकित थे।

"कब और कैसे?" ब्रहमेश्वर ने पूछा।

मैं भी अपने अंदर के सवाल को रोक नहीं पाया और उससे पूछा, "क्या हर्षवर्धन को इस बात का पता है?"

अगली घूंट मे उसने प्याला खत्म किया और बोला, "सब्र रखो। आप दोनों एक साथ इतने सवाल पूछोगे तो मैं जवाब कैसे दूंगा?" मैं चुप हो गया। ब्रहमेश्वर ने उसकी तरफ देखा। उसने हमें सारी बातें बताई जिसे सुनकर हम खुश भी थे, तो परेशान भी।

"यह कैसे सम्भव है? सबकुछ याद आने के बाद भी ह्रदयकर्णिका जीवित है?" एनी ने कहा। वह हैरान थी।

"कहीं आपका श्राप निष्क्रिय तो नहीं हो गया।" विक्की ने कहा।

"तुमने शायद ध्यान नहीं दिया, उसके दिल में हर्षवर्धन के लिए नफरत पैदा हो गई है। शायद यह भी मेरे श्राप का ही एक हिस्सा हो सकता है, क्योंकि मेरा श्राप कभी निष्क्रिय नहीं होता।" ब्रहमेश्वर ने पूरे आत्मविश्वास से कहा।

"इस मौके को हमें हाथ से नहीं जाने देना चाहिए।" मैंने सभी की ओर देखा।

"एनी तुम पूरे वैम्पायर समाज को यह संदेश भेज दो कि उन्हें मैंने बुलाया है। अब हमें अपनी बनाई सेना की जरूरत होगी। हर्षवर्धन से मुकाबले का समय आ चुका है।" मैंने कहा।

अब वह समय बहुत नज़दीक था, जिसका मुझे पिछले दो हजार सालों से इन्तजार था।

*****

23
ब्रेकअप

'कनिका SPEAKS'
कॉलेज

एक हफ्ता कैसे गुज़र गया, पता ही नहीं चला। हर्षवर्धन का सस्पेंशन खत्म हो चुका था। मैं यही सोच रही थी कि वह कॉलेज आएगा या नहीं। पिछले एक हफ्ते से मेरा बिहेवियर काफी बदला हुआ था। यह बात क्लास में किसी से भी छिपी नहीं थी।

मैं और रितिका क्लास में पहुंचे तो देखा कि क्लास में काफी शोर हो रहा था। सभी अपनी-अपनी बातों में मग्न थे लेकिन मुझे देखकर श्रुति से रहा नहीं गया। वह फ़ौरन मेरे सामने आकर खड़ी हो गई।

"लगता है, तुम्हारा बॉयफ्रैन्ड भूल गया है कि आज उसका सस्पेंशन खत्म हो चुका है।" श्रुति ने मुझ पर हंसते हुए कहा। रितिका उसे जवाब देने ही वाली थी कि मैंने उसे रोक दिया। "वह तुम्हारे साथ नहीं आया? उसकी तबीयत तो ठीक है न?" वह जानबूझकर मुझे परेशान करने के इरादे से ऐसा बोल रही थी।

"तुम्हें हमारी फिक्र करने की कोई जरूरत नहीं है।" मैंने कहा और अपनी सीट पर आकर बैठ गई। मैं उससे बहस नहीं करना चाहती थी।

पिछले एक हफ्ते से किसी ने हर्ष को नहीं देखा था। एक तरफ मेरा खराब मूड और दूसरी तरफ हर्ष का कॉलेज न आना, श्रुति के शक को और गहरा कर रहा था। लेकिन मैं किसी को सच्चाई बता भी तो नहीं सकती थी।

रितिका सबकुछ जानती थी, पर मैंने उसे हर्षवर्धन के बारे में किसी से भी बात करने को मना किया था। सोनम के मन में भी कई सवाल थे, पर वह

कुछ भी पूछने से घबरा रही थी। लैक्चर खत्म होते ही श्रुति फिर से मेरी सीट के पास आ गई। वह मुझे बेइज्जत करने का मौका नहीं छोड़ना चाहती थी।

"पता नहीं, हर्ष जैसे हैंडसम लड़के को तुम्हारे अंदर क्या नज़र आया? अच्छा ही हुआ, जो उसने तुम्हें छोड़ दिया।" श्रुति अंधेरे में तीर चला रही थी। वह मेरे मुंह से सच सुनना चाहती थी।

मैंने उसकी बात का जवाब नहीं दिया और क्लास से बाहर आ गई। मैं गार्डन में जाकर पेड़ के नीचे बैठ गई। मैं हर्ष के बारे में सोच रही थी। उसने मासूमों की जान ली, यह सोचकर ही मेरी आंखों में आंसू आ गए। उसने मुझसे वादा किया था, वह कभी किसी मासूम की जान नहीं लेगा। फिर भी उसने ऐसा किया। यह सोचकर ही मेरे दिमाग की नसें फट रही थी।

तभी किसी ने पीछे से मेरे कंधे पर हाथ रखा। मैंने मुड़कर देखा, तो वह रितिका थी। वह मेरे मन के हाल को अच्छे से समझ रही थी। वह मेरे पास बैठी गई।

"तुमने क्या सोचा?" उसने पूछा।

"किस बारे में?"

"अपनी ज़िदगी के बारे में।" वह मेरे और हर्षवर्धन के बारे में बात कर रही थी।

"मुझे नहीं पता। सच कहूँ तो मुझे समझ नहीं आ रहा, क्या करूँ? जब से हर्षवर्धन की सच्चाई जानी है, ऐसा लग रहा है मानो मेरा जीवन व्यर्थ है।" मैं उलझन में थी। "यह मेरा दुर्भाग्य है कि मैंने ऐसे प्राणी से प्यार किया, जो मासूमों की हत्याएं करता है, जो एक वहशी दरिन्दा है। जो मुझसे किये वादे को भी नहीं निभा पाया, वह प्यार क्या निभाएगा।" मेरे शब्दों से मेरे अंदर की नफरत बाहर आ रही थी।

"कनिका यह भी तो सोचो, तुम हमेशा उसके साथ नहीं रह सकती। वह लगभग 3000 सालों से इस धरती पर है। तुम सिर्फ एक इन्सान हो, जो केवल 100 साल तक ही जिन्दा रह सकती है। एक समय आएगा जब तुम

60 साल की बुढ़िया हो जाओगी और वह फिर भी एक 21-22 साल का नौजवान होगा।" रितिका ने कहा। वह मुझे समझाने की कोशिश कर रही थी कि मेरा और हर्षवर्धन का कोई मेल नहीं है।

"तुम सही कह रही हो। यह बात मुझे सदियों पहले समझ जानी चाहिए थी। उसके प्यार में हमेशा मैंने खुद को दुख दिया है। उसी की सजा मैं सदियों से भुगत रही हूँ।" मैंने कहा। मुझे अफसोस था कि मेरी रूह हर्षवर्धन के प्रेम से बंधी हुई है।

"तुमने हर्ष से दूर जाने का फैसला लेकर बिल्कुल सही किया है।" रितिका ने कहा। वह मेरे लिए खुश थी।

तभी किसी के ताली बजाने की आवाज़ आई। हमने पलटकर देखा, तो सोनम, श्रुति, शौर्य, राहुल और समीर खड़े थे। कहते हैं न, जब समय खराब हो, तो ऊंट पर बैठे को भी कुत्ता काट जाता है। यही मेरे साथ हुआ।

"तो मेरा शक बिल्कुल सही निकला। तुम्हारा और हर्ष का ब्रेकअप हो चुका है।" श्रुति ने कहा। मैं समझ गई थी कि यह सब श्रुति का ही किया धरा है। लेकिन मुझे यह पता नहीं था उन्होंने हमारी कितनी बातें सुनी।

"यह सब क्या है कनिका? तुम्हारा और हर्ष का ब्रेकअप हो गया और तुमने हमें बताया भी नहीं और रितिका क्या कह रही थी कि तुमने हर्ष से दूर जाने का फैसला कर लिया है। लेकिन क्यो?" सोनम कुछ ज्यादा ही हायपर हो गई थी।

"प्लीज सोनम, मैं इस बारे में कोई बात नहीं करना चाहती।" मैंने धीमे स्वर में कहा।

"लेकिन क्यों? हर्ष हमारा भी दोस्त है। तुम उसके साथ ऐसा कैसे कर सकती हो?" समीर ने कहा।

"मुझे माफ करना, लेकिन यह मेरी निजी ज़िदगी का फैसला है।" मेरा उनके साथ बहस करने का मन नहीं था। मैंने वहाँ से जाना ही ठीक समझा। तभी

श्रुति ने आग में घी डालते हुए कहा, "कनिका के साथ रहकर ऐसे तो रितिका भी समीर को छोड़ सकती है।"

श्रुति की बात सुनकर समीर ने रितिका की ओर देखा। वह नहीं चाहता था कि रितिका भी ऐसा करे।

"अब समझ में आया, क्यों हर्ष आज कॉलेज नहीं आया। बेचारा, उसे क्या पता था, कनिका किस तरह की लड़की है। इसे तो बस लड़को को अपने आगे पीछे घुमाने में मज़ा आता है।" श्रुति मुझे अपमानित किये जा रही थी। उसे आज बोलने का मौका जो मिल गया था।

"हमें हर्ष के घर चलना चाहिए।" सोनम ने सभी से कहा। उसकी बात ने मेरे बढ़ते कदम रोक दिये। मैंने तुरन्त पलटकर कहा, "नहीं... हर्ष के घर कोई नहीं जाएगा। उसके घर जाने की गलती भी मत करना।"

मेरे इस तरह चिल्लाने से वह सहम गए। उसके बाद किसी ने कुछ भी नहीं कहा और मैं वहाँ से चली गई।

***

'हर्षवर्धन SPEAKS'

सस्पेंशन खत्म हुए दो दिन बीत चुके थे। मैं अपने कमरे से बाहर ही नहीं निकला। मैं सिर्फ बॉलकनी से कनिका को आते-जाते देखता रहता और रात को उसके घर के बाहर उसकी रक्षा करता। मुझे ऐसा लग रहा था, जैसे मेरे लिए सभी रास्ते बंद हो चुके हैं। तभी रहमान मेरे कमरे में आया। मैं बॉलकनी से बाहर की ओर देख रहा था। सूर्य पूरी तरह से अस्त नहीं हुआ था। खुद को बाहर की रोशनी से बचाते हुए वह मुझसे कुछ दूरी पर खड़ा हो गया।

"क्या हुआ रहमान?" मैंने बहुत शांत स्वर में पूछा।

"हर्षवर्धन, एक बुरी खबर है।" रहमान चिंतित लग रहा था।

"अब और क्या बुरा हो सकता है?" मैंने बाहर देखते हुए पूछा।

"खबर मिली है कि अमात्य पूरे वैम्पायर समाज को इकट्ठा कर रहा है। उसने दुनिया के सभी वैम्पायर्स को बुलावा भेजा है।" वह परेशान था। "वह कुछ बड़ा करने की फिराक में है। लेकिन क्या उस बारे में हमें कुछ नहीं पता।"

"उसे जो करना है, करने दो। अगर उसे लगता है कि वैम्पायर्स की फौज तैयार करके वह मुझे हरा सकता है, तो यह उसकी सबसे बड़ी भूल है।" मैंने रहमान से कहा। उसके चेहरे पर अभी भी चिंता के बादल थे। मैं कमरे में आया और अपने बिस्तर पर लेट गया।

"अरुणोदय कहाँ है?" उसने मेरी बात का जवाब नहीं दिया। वह चुप था।

"तुमने जवाब नहीं दिया?"

"वह घर पर नहीं है।"

"दिन के समय घर पर नहीं है, तो फिर कहाँ है?" मैंने पूछा।

"पता नहीं, कल से वह घर पर नहीं आया।" रहमान का सिर झुका था। वह मुझसे कुछ कहना चाहता था।

"तुम कुछ कहना चाहते हो?"

"आप सबके मन को पढ़ सकते हो। फिर आप अरुणोदय पर इस शक्ति का प्रयोग क्यों नहीं करते?" उसने पूछा। उसे अरुणोदय पर शक हो रहा था।

मेरे चेहरे पर मुस्कान आ गई। मैंने उसे समझाते हुए कहा, "मेरे लिए विश्वास और वचन सबसे ज्यादा मायने रखते हैं। मैंने तुम तीनों को विश्वास पर ही अपने साथ रहने दिया।" रहमान ने अपना सिर हिलाया। "अगर मैं हमेशा अपनी शक्ति के प्रयोग से सभी को पहचाने लगा, तो विश्वास नाम का शब्द मेरे जीवन से लुप्त हो जाएगा।" वह मेरी बातों को समझ गया था।

"उसे फोन लगाओ।" मैंने कहा। रहमान ने अपना फोन निकाला और अरुणोदय को फोन लगाने लगा।

"उसका फोन बंद आ रहा है।"

"ठीक है, तुम जा सकते हो।" मैंने उसे जाने को कहा। मैं अपने बिस्तर पर लेटा छत की ओर देख रहा था। अभी भी रहमान कमरे में खड़ा था। शायद वह कुछ और कहना चाहता था, "कुछ और कहना है?" मैंने पूछा।

गहरी सांस लेते हुए उसने कहा, "कितना समय हो चुका है, आप अपने कमरे से बाहर नहीं निकले। आखिर कब तक आप खुद को यूँ नजरबंद रखेंगे। आपको कनिका से बात करनी चाहिए।" वह बोलता रहा और मैं सुनता। "हर समस्या का हल होता है, जो आपसी बातचीत से ही निकाला जा सकता है।"

मैं अपने बिस्तर से खड़ा हुआ और दोबारा बॉलकनी में जाकर कनिका के घर की ओर देखने लगा। "मैं ह्रदयकर्णिका को अच्छे से जानता हूँ। वह भी मेरी ही तरह विश्वास और वचन तोड़ने वालों को कभी माफ नहीं करती। मुझमें उसकी नफ़रत का सामना करने की हिम्मत नहीं है।" मैंने कहा।

"लेकिन इस तरह हार मान लेना भी तो कोई उपाय नहीं है। क्या इसी दिन के लिए आपने इतनी सदियों का इन्तजार किया था?" रहमान भावुक हो गया था। मुझे उसकी आंखों में मेरे लिए फिक्र और चिंता साफ नज़र आ रही थी।

"रहमान, फिलहाल मैं अकेले रहना चाहता हूँ।" मैंने कहा। रहमान अपना मायूस चेहरा लेकर वहाँ से चला गया।

*****

24
बचपन का दोस्त

'*कनिका SPEAKS*'

कॉलेज के बाद मैं और रितिका एक रेस्टोरेन्ट में आ गए थे। पिछले दो दिनों से क्लास में किसी ने मुझसे बात नहीं की थी। वहीं समीर भी रितिका से नाराज़ था। मेरे लिए सबकुछ बहुत ही मुश्किलों भरा था। मैं यह जानती थी कि ब्रहमेश्वर के श्राप ने मेरी और हर्षवर्धन की रूह को एक कर दिया था। न चाहते हुए भी मैं हर्षवर्धन से जुड़ी हुई थी।

"सब लोग तुमसे अभी तक नाराज़ हैं।" रितिका ने कॉफी की सिप लेते हुए कहा।

"हम्म...।" मैंने भी कॉफी की सिप लेते हुए हामी भरी।

"क्या हर्ष ने तुमसे बात करने की कोशिश की?" उसने पूछा।

"नहीं।"

मैं उसके बारे में बात नहीं करना चाहती थी। "कुछ और बात करें।" मैंने कहा।

तभी अचानक से एक अनजान शख्स ने मुझे आवाज़ दी। "हेलो कनिका।" मैंने नज़रे उठाकर सामने देखा, तो मैं हैरान रह गई। मुझे अपनी आंखो पर यकीन नहीं हो रहा था।

"मुझे पहचाना या भूल गई?" उसे देखकर मेरे मुंह से उसका नाम निकला "अरुणोदय!"

अपना सुनकर उसने मुस्कुराते हुए कहा, "चलो शुक्र है, तुम्हें मेरा नाम तो याद है। अपनी सहेली से मेरा परिचय नहीं कराओगी।" उसने रितिका की ओर इशारा किया। वहीं रितिका भी थोड़ी उलझन में थी। वह अरुणोदय को नहीं जानती थी।

"यह कौन है?" रितिका ने मुझसे पूछा। मेरे पास उसे देने के लिए कोई जवाब नहीं था।

"क्या मैं यहाँ बैठ सकता हूँ?" अरुणोदय ने रितिका से पूछा।

वह मेरी ओर देखने लगी। उसे समझ नहीं आ रहा था कि हाँ करें या ना? मैंने उसे 'हाँ' करने का इशारा किया।

"हाँ-हाँ, क्यों नहीं?" रितिका ने अरुणोदय से कहा।

"मेरा नाम अरुण है। मैं कनिका के बचपन का दोस्त हूँ।" उसने रितिका को अपना परिचय दिया। उसकी बात सुनकर रितिका कन्फ्यूज़ हो गई।

"माफ करना। मैं कनिका को बचपन से जानती हूँ और जहाँ तक मुझे पता है, अरुण नाम का कनिका का कोई फ्रेन्ड नहीं है।"

वह मुस्कुराने लगा। "अगर तुम्हें यकीन नहीं है, तो कनिका से पूछ लो।" उसने मेरी ओर इशारा किया। रितिका ने मेरी ओर देखा।

मैं ज्यादा सस्पेंस नहीं रखना चाहती थी, मैंने रितिका से कहा, "यह हृदयकर्णिका के बचपन का दोस्त अरुणोदय है।" यह सुनते ही रितिका की आंखे खुली की खुली रह गई। वह बैठे-बैठे कांपने लगी। वह जान गई थी कि यह लड़का वैम्पायर है। देखते ही देखते वह पसीने में तर हो गई थी।

"तो तुम भी एक शैतान बन गए। इन्सानों की हत्या करने वाले दरिन्दे।" मैंने कहा।

"मैं अपनी ईच्छा से वैम्पायर नहीं बना, बल्कि मुझे बनाया गया था।" उसने मायूस होते हुए जवाब दिया।

"किसने बनाया?"

"हर्षवर्धन ने।"

"क्या?" मैं शॉक्ड थी।

"तुम्हारी मृत्यु के पश्चात हर्षवर्धन ने पूरे आश्रम को तबाह कर दिया। मासूमों की जान ली। बच्चों तक को नहीं छोड़ा। मैं और तुम्हारे पिता किसी तरह वहाँ से भागने में सफल हुए।" वह भावकु हो गया था। उसकी बातों ने मेरे मन में हर्षवर्धन के लिए नफरत और बढ़ा दी थी।

"फिर हमारी मुलाकात अमात्य से हुई। किन्तु हर्षवर्धन ने हमें ढूंढ़ लिया था। ब्रहमेश्वर द्वारा दिये गए श्राप का प्रतिशोध लेने के लिए उसने हमें वैम्पायर बनाकर अपने श्राप का हिस्सेदार बना दिया।" उसकी आंखों में आंसू थे। मुझे उसकी आंखों में दर्द और सच्चाई नज़र आ रही थी।

"तुम्हें मुझसे क्या चाहिए?" मैंने उससे पूछा।

"कुछ नहीं, बस तुम्हारी एक छोटी-सी सहायता।" उसने उंगली को छोटा करते हुए कहा।

"मैं कुछ समझी नहीं?"

अरुणोदय ने अपनी कुर्सी को टेबल के नजदीक किया और आसपास देखते हुए धीरे से बोला, "ब्रहमेश्वर अपनी दैवीय शक्तियों की सहायता से एक यज्ञ करना चाहते हैं, ताकि वह दुनिया के सारे वैम्पायर्स को दोबारा इन्सान बना सकें और उसी में हमें तुम्हारी सहायता की आवश्यकता है।"

उसकी बात ने मुझे हैरान कर दिया था। भला कोई वैम्पायर से दोबारा इन्सान कैसे बन सकता है? मैं उलझन में थी।

"लेकिन कैसे?" मैंने उससे पूछा।

"यज्ञ को सफल करने के लिए एक पवित्र आत्मा का आहूति देना अनिवार्य है। इस कलयुग में तुमसे पवित्र आत्मा इस धरती पर और कोई नहीं है। हर्षवर्धन यह जानता है, वह सदियों से इस यज्ञ को सफल होने से रोकता आ रहा है। अगर इस बार भी ब्रहमेश्वर का श्राप सक्रिय हो गया, तो यज्ञ कभी सफल नहीं हो पाएगा। इसलिए तुम्हें मेरे साथ चलकर ब्रहमेश्वर के साथ यज्ञ में बैठना होगा।" वह व्याकुल था। मुझे उसकी बातों पर पूरी तरह से यकीन नहीं था।

"मैं जानता हूँ, तुम्हें मेरी बातों पर यकीन नहीं है, लेकिन मेरा भरोसा करो। हर्षवर्धन सदियों से मासूमों की हत्या करता आ रहा है। मामूस इन्सानों को न चाहते हुए भी उसने वैम्पायर बनाया। वह खुद तो श्रापित है ही, उसने हमें भी भयानक श्रापित जीवन दे दिया।" उसकी आंखो में पुनः आंसू आ गए। "वह खुद तो इन्सानों की तरह जी रहा है, लेकिन हम रात के काले अंधेरे में सदियों से कैद हैं। तुम ही हमारी आखिरी उम्मीद हो। प्लीज ह्रदयकर्णिका, इस श्रापित जीवन से मुक्ति पाने में हमारी सहायता करो।"

उसका रोना मुझसे देखा नहीं गया। मुझे उसकी आंखो में सच्चाई नज़र आने लगी थी। मैंने रितिका की ओर देखा, वह भी अरुणोदय की बातों से सहमत थी।

"लेकिन एक बात समझ में नहीं आयी?" रितिका ने कहा।

"क्या?" अरुणोदय ने पूछा।

"अमात्य और ब्रहमेश्वर ने कनिका का अपहरण क्यों किया था?" मैं भी रितिका के सवाल से सहमत थी। इसका जवाब तो मुझे भी चाहिए था।

"वह अपहरण नहीं था। सभी वैम्पायर्स हर्षवर्धन से डरते हैं। उन्हें डर था कि कहीं उसे पता न चल जाए। इसलिए वह तुम्हें चोरी-छिपे लेकर जाना चाहते थे। दोबारा इन्सान बनने की ईच्छा ने उनसे यह कार्य करवाया। अब यह तुम पर निर्भर करता है कि तुम अच्छाई का साथ देना चाहती हो या बुराई का?" उसने फ़ैसला मुझ पर छोड़ दिया।

"लेकिन सबको दोबारा इन्सान बनाने से क्या फायदा होगा? हर्षवर्धन तो कभी इन्सान नहीं बन पाएगा और न ही उसे कोई मार सकता है। वह फिर से मासूम इन्सानों को वैम्पायर बना देगा।" रितिका के पिटारे से एक ओर सवाल निकला। मेरे दिमाग में यह सब नहीं आया।

"रितिका ठीक कह रही है। इससे क्या फायदा होगा?" मैंने भी अरुणोदय से पूछा।

तभी वेटर ने मुझसे आकर पूछा, "मैम, क्या आप कुछ और लेंगे?"

“तीन कापुचीनो!” रितिका ने कहा।

“नहीं सिर्फ दो।” अरुणोदय ने तुरन्त वेटर को मना किया। मुझे और रितिका को एहसास हुआ कि अरुणोदय इन्सानी खाना नहीं खा सकता।

अपनी बात जारी रखते हुए अरुणोदय ने कहा, “ब्रहमेश्वर ने हर्षवर्धन को कैद करने का एक उपाय तलाश लिया है। वह उसे हमेशा के लिए गहरी नींद में सुला देंगे। वह हर्षवर्धन को इस प्रकार अपने मंत्रों व शक्तियों से कैद कर देंगे, ताकि वह कभी आजाद न हो सके। साथ ही साथ वह तुम्हें तुम्हारे श्राप से भी हमेशा के लिए मुक्ति दिला देंगे। फिर तुम्हें दोबारा हृदयकर्णिका के रूप में जन्म नहीं लेना पड़ेगा।”

मैं भी यही चाहती थी। मैं इस पुनर्जन्म के चक्र से बाहर आना चाहती थी। अरुणोदय ने आसपास देखा और मुझसे बोला, “तुम अच्छे से सोच लो। मुझे तुम्हारे जवाब की प्रतिक्षा रहेगी। अपना ख्याल रखना।”

यह कहकर वह चला गया।

*****

25
बर्दाश्त के बाहर

'हर्षवर्धन SPEAKS'

सूर्यास्त हो चुका था। जैसे-जैसे आसमान में अंधेरा छा रहा था, मेरी चिंता बढ़ रही थी। अभी तक कनिका कॉलेज से वापस नहीं आयी थी। मेरा मन व्याकुल हो रहा था। हर रोज़ कनिका चार से पांच बजे के बीच कॉलेज से आ जाती थी। परन्तु सात बजने के बाद भी वह कॉलेज से वापस नहीं आयी थी। मैं फ़ौरन अपने कमरे से बाहर आया। मुझे सीढ़ियो से उतरता देख, रहमान और फातिमा के चेहरों पर मुस्कराहट आ गई थी।

"कनिका अभी तक घर वापस नहीं आई है और तुम दोनों यहाँ आराम फरमा रहे हो।" मैंने उन पर चिल्लाते हुए कहा।

मैं गुस्से में यह भूल गया था कि वह दोनों दिन में बाहर नहीं निकल सकते। वह दोनों सिर झुकाकर खड़े हो गए। मैं फौरन घर से निकलकर कनिका के घर के पास पहुँचा। रहमान और फातिमा भी मेरे पीछे आ गए थे।

वहाँ सबकुछ सामान्य लग रहा था। मैं तुरन्त उसके घर की छत पर पहुँचा। रहमान और फातिमा दोनों नीचे ही खड़े थे। वातावरण में बह रही हवा को मैंने महसूस करना शुरू कर दिया। मेरी सूंघने की शक्ति इतनी प्रबल थी कि मीलों दूर से मैं किसी की भी गंध महसूस कर सकता था।

कनिका की महक मुझे अपने बहुत करीब महसूस हुई। मैंने अपनी आंखे खोलकर देखा, तो कनिका घर के बाहर खड़ी थी और मुझे छत पर खड़ा देखकर गुस्से से घूर रही थी। उसने मुझे नीचे आने का इशारा किया।

"तुम मेरे घर की छत पर क्या कर रहे थे?" उसके शब्दों से उसके अंदर की नफ़रत साफ झलक रही थी। मैं कुछ बोल ही नहीं सका।

"मैंने तुमसे कहा था कि मुझे मेरी जिंदगी जीने दो। मुझे तुम्हारी जरूरत नहीं है।" उसने अपने दांतो को भींचते हुए कहा। उसके शब्द मेरे सीने में तीर की तरह चुभ रहे थे।

"रात को निकलना तुम्हारे लिए सुरक्षित नहीं है।" मैंने बिना उससे नज़रे मिलाए कहा।

"क्या सही है और क्या गलत, मैं अच्छे से जानती हूँ। मुझे सिखाने की कोई जरूरत नहीं है। वैसे भी मैंने तुमसे कहा था, मेरी ज़िदगी में दखल मत देना।" उसकी नफ़रत देखकर मेरा दिल रोने लगा। वह गुस्से में अपने घर के अंदर चली गई।

***

कॉलेज

मैंने कॉलेज जाने का फ़ैसला कर लिया था। मैं कई दिनों बाद कॉलेज आया था। कॉलेज में एन्ट्री करते ही सभी स्टूडेन्ट्स की नज़र मुझ पर थी। सभी मेरे बारे में ही बातें कर रहे थे। मैंने उनकी बकवास बातों पर ध्यान नहीं दिया।

जब मैं बास्केटबॉल कोर्ट के सामने से गुजरा, तो वहाँ रॉकी अपने साथियों के साथ खेल रहा था। मुझे देखते ही उसके चेहरे पर गुस्सा छा गया। मैं बिना उसकी ओर देखे क्लास में चला गया।

हमेशा की तरह क्लास में काफी शोर हो रहा था। सभी अपनी-अपनी बातों में लगे थे। जैसे ही मैं क्लास में आया, सब एकदम से चुप हो गए। सभी को मेरे और कनिका के ब्रेकअप का पता चल चुका था। मैं सीधे जाकर अपनी सीट पर बैठ गया और किताब पलटने लगा।

सभी स्टूडेन्ट्स की नज़रे मेरी और कनिका की ओर थी। श्रुति हमारे बीच के इस तनाव का फायदा उठाना चाहती थी। वह मेरी सीट के पास आई और बोली, "हर्ष तुम इतने दिनो से कहाँ थे? कॉलेज क्यों नहीं आये? हम सबको तुम्हारी फिक्र हो रही थी।"

उसने मेरे कंधे पर सहानुभुति दिखाने का नाटक करते हुए हाथ रखा। मैंने तिरछी नज़रो के उसकी तरफ देखा। उसने तुरन्त अपना हाथ मेरे कंधे से हटा लिया।

लेकिन वह कहाँ मानने वाली थी। "तुम अपने आप को अकेला मत समझना, हम तुम्हारे साथ हैं। कनिका का तो काम है, लड़कों को यूज़ करना, फिर छोड़ देना।" मैं जानता था वह कनिका को नीचा दिखाने के लिए यह सब बोल रही थी।

इससे पहले कि मैं कुछ कहता, प्रोफेसर क्लास में आ गए। क्लास में आते ही उनकी नज़र मुझे पर पड़ी। "हर्ष, आज तुम आ गए। चलो, अच्छा है। सस्पेन्शन के दौरान तुम्हारी पढ़ाई कैसी रही, उसका भी पता चल जाएगा।"

प्रोफेसर ने तीन दिन पहले ही क्लास टेस्ट के लिए बोल दिया था। मेरे लिए आज फिर यह एक सरप्राइज़ टेस्ट था।

मुझे टेस्ट से कोई फर्क नहीं पड़ा। टेस्ट का परिणाम भी पहले की तरह था। मेरे सारे जवाब सही थे। मुझे 5/5 और कनिका को 4.5/5 मिले।

मेरी तारीफ करके प्रोफेसर क्लास से चले गए थे। उनके जाते ही बातों का सिलसिला फिर से शुरु हो गया।

"अरे वाह! तुम्हारा तो जवाब नहीं, इतने दिनों की क्लास छूटने के बाद भी तुमने फिर से टेस्ट में टॉप किया।" राहुल ने कहा।

"हाँ यार, आखिर तुम पढ़ते कहाँ से हो, जो इतने सटीक जवाब लिखते हो?" समीर ने कहा।

सभी स्टूडेन्ट्स मेरी तारीफ कर ही रहे थे कि कनिका का गुस्सा फुट पड़ा। वह खुद को रोक नहीं पाई। वह अपनी सीट से उठी और मेरे पास आकर मेरे सामने खड़ी हो गई।

"तुम चाहते क्या हो? क्यों यह सब कर रहे हो? आखिर यह टेस्ट देना, यूँ क्लास में टॉप करना, इन सबका क्या मतलब है?" उसका चेहरा गुस्से से लाल था।

तभी श्रुति बीच में बोल गई, "अब क्लास में क्या सबको तुमसे पूछकर टेस्ट देना होगा? हर्ष की इंटेलिजेंस पर तुम्हें जलन हो रही है, क्योंकि वह तुमसे आगे है।" उसकी बातों ने कनिका का पारा और हाई कर दिया था।

"तुम अपना मुंह बंद रखोगी।" उसने श्रुति पर चिल्लाते हुए कहा। कनिका का गुस्सा देखकर श्रुति शॉक्ड हो गई थी।

"तुम यह सब करके क्या साबित करना चाहते हो, यही कि तुम इन्सानों से बेहतर हो। इन्सान तुम्हारे सामने कुछ भी नहीं हैं, जिसे चाहो हरा सकते हो।" वह बोले जा रही थी, किन्तु मैं चुप था। मैं बस उसकी बातें सुनता रहा।

"यह खेल अब बंद करो। तुम इन्सान नहीं हो और न ही बनने की कोशिश करो, और प्लीज़ मेरी ज़िंदगी से चले जाओ। मैं तुम्हारे हाथ जोड़ती हूँ।" वह मेरे सामने हाथ जोड़कर खड़ी हो गई। उसकी आंखो में नफ़रत और गुस्सा दोनों था। उसकी बातें सुनकर सभी हैरान थे। उन्हें लग रहा था कि कनिका की दिमागी हालत ठीक नहीं है। इसलिए वह बहकी-बहकी बातें कर रही है।

रितिका ने आकर उसे शांत किया। परन्तु वह कुछ भी सुनने या समझने को तैयार नहीं थी। उसकी नफ़रत अब मेरे बर्दाश्त के बाहर हो चुकी थी। मैं अपनी सीट से खड़ा हुआ।

मैंने उसकी ओर चुप रहने का इशारा करते हुए कहा, "बस बहुत हो गया। अब एक शब्द नहीं। तुम सही कह रही हो, मैं इन्सान नहीं हूँ और शायद कभी बन भी नहीं पाऊंगा। लेकिन तुम्हें खुद नहीं पता कि तुम क्या चाहती हो। मैंने अपने जीवन के 2000 वर्ष सिर्फ तुम्हारे इन्तजार में गुज़ार दिये और यह भी सिर्फ मैं ही कर सकता था, कोई इन्सान नहीं।"

मेरी बातों ने सभी को उलझन में डाल दिया था। अब तो उन्हें लगने लगा था कि ब्रेकअप की वज़ह से कनिका की तरह मेरी भी दिमागी हालत ठीक नहीं है।

"इन्सानों का प्यार स्वार्थ से भरा होता है, किन्तु मुझ जैसे दरिंदे का नहीं। इतने लम्बे इन्तजार के बाद मुझे क्या मिला, सिर्फ तुम्हारी नफ़रत?" मेरी बातों का कनिका पर कोई प्रभाव नहीं पड़ रहा था।

"मुझसे क्या गलती हुई, यहीं न कि मैंने तुमसे किया वादा तोड़ दिया। लेकिन क्या तुमने कभी यह सोचा कि मुझसे वादा किन परिस्थितियों में टूटा? प्यार का दूसरा नाम विश्वास और एक दूसरे को समझना होता है। तुम मेरी हृदयकर्णिका हो ही नहीं, वह तो 2000 वर्ष पहले ही मर गई थी। वही थी, जिसने मेरे अंदर के इन्सान को पहचाना था। मेरे दिल में प्यार का एहसास जगाया था, जो इतनी सदियां बीत जाने के बाद भी आज तक खत्म नहीं हुआ।"

राहुल, सोनम, समीर, शौर्य, श्रुति और ऋषिकेश गए सभी के जहन में महर्षि स्वर्गवासा द्वारा सुनाई हर्षवर्धन और हृदयकर्णिका की कहानी घूमने लगी थी।

"आज मेरी मौजूदगी से भी तुम्हें नफ़रत हो रही है। प्यार करना आसान होता है, किन्तु उसके इन्तजार में सदियां बिता देना बहुत मुश्किल। कभी मेरे स्थान पर खुद को रखकर देखना, तुम्हें एहसास हो जाएगा कि लम्बे इन्तजार के बाद किसी को पाकर दोबारा खो देने का दर्द क्या होता है?"

मेरी आंखे नम थी। मैं वहाँ रुकना नहीं चाहता था, इसलिए मैं तुरन्त क्लास से बाहर आ गया।

*****

26
इन्सानियत

मैं क्लास से बाहर तो आ गया था, परन्तु मेरे कान क्लास में हो रही बातों पर ही थे। मेरे बाहर आते ही श्रुति को फिर से कनिका को अपमानित करने का मौका मिल गया था।

वह ताली बजाते हुए कनिका के पास आई और उसका मज़ाक बनाते हुए बोली, "वाह! क्या अदाकारी थी। तुम दोनों ने तो हमें हर्षवर्धन और हृदयकर्णिका का ब्रेकअप सीन दिखा दिया।"

अपनी बात कहते ही वह हंसने लगी। वहीं कुछ स्टूडेन्ट्स भी श्रुति की बात पर हंस रहे थे।

"तो मिस हृदयकर्णिका, यह आपका कौन-से नम्बर का जन्म है? और आपका आशिक वैम्पायर हर्ष उर्फ हर्षवर्धन तो गुस्सा होकर चला गया।" श्रुति ने कहा। वह और जोर से हंसने लगी।

रितिका को उस पर बहुत गुस्सा आ रहा था। लेकिन वह कनिका की वज़ह से चुप थी। वहीं सोनम, राहुल और समीर के दिमाग में कई सवाल थे।

कनिका की आंखों में आंसू थे। "तुम अपनी बकवास बंद करोगी।" रितिका श्रुति पर चिल्लाई। "तुम्हें अंदाज़ा भी नहीं है, जिसके कंधे पर तुमने हाथ रखा था, वह कौन है?" उसने श्रुति से कहा और कनिका को चुप कराने लगी।

रितिका ने सोनम और बाकी सब की ओर देखते हुए कहा, "हर्ष ही हर्षवर्धन है। ऋषिकेश वाले बाबा का नाम महर्षि स्वर्गवासा था। उनकी सभी बातें सच थी। पहली मुझे भी यकीन नहीं हुआ, लेकिन जब मैंने अपनी आंखो से हर्ष का वैम्पायर रूप देखा, तो मुझे यकीन हो गया।"

कोई भी रितिका की बात पर विश्वास नहीं कर रहा था।

"लो... अभी तक हमने हर्ष और कनिका का पागलपन देखा था, अब यह तीसरी भी कनिका के ग्रुप में शामिल हो गई।" श्रुति ने रितिका का मज़ाक बनाते हुए कहा।

"तीन नहीं चार।" सोनम ने श्रुति को जवाब दिया। "मुझे इन दोनों की बातों पर यकीन है।" सोनम ने कहा और उन दोनों के पास गई।

"लेकिन यह सब कैसे? और तुम दोनों ने मुझे कुछ बताया क्यों नहीं?" सोनम ने उन दोनों से पूछा।

उसी समय दूसरी क्लास का एक लड़का हांफता हुआ दरवाज़े पर आया और बोला, "बाहर लड़ाई होने वाली है। कुछ 10-12 लड़के हर्ष को घेरकर खड़े हैं।"

***

मैं कॉलेज गेट से बाहर आया ही था कि कुछ 10-12 लड़को ने मेरी कार को घेर लिया। उनके इरादे बिल्कुल साफ थे। सभी के हाथों में हॉकी स्टिक व लोहे की रोड़े थी। मैं जानता था कि वह मुझे पीटने के लिए आये हैं और इन सब को रॉकी ने ही भेजा है।

"चल बे, बाहर निकल।" उनमें से एक ने मेरी कार के बोनट पर हाथ मारते हुए कहा।

"तू खुद को बहुत बड़ा बॉडी बिल्डर समझता है क्या?" दूसरे ने कहा।

"बहुत स्टेमिना है न तेरे अन्दर, बाहर आ, चल आज देखते हैं।" तीसरे लड़के ने कहा।

वह हॉकी स्टिक को अपनी हथेली पर बार-बार मार रहा था। मैं कार से उतरा और उनकी ओर देखने लगा। वह सभी नौजवान थे, यही कोई 20-22 साल के करीब। वैसे भी क्लास में हुए ड्रामे के कारण मेरा मूड खराब था। ऊपर से यह नासमझ लड़के मुझे परेशान कर रहे थे। मैं उनसे लड़ना नहीं चाहता था। मेरे लिए तो वह नादान बच्चे थे।

"हमें देखकर हालत खराब हो गई, क्या? अब कहाँ गई तेरी हीरोपंती?" एक और लड़के ने मुझे ललकारते हुए कहा।

"प्लीज, मुझे जाने दो। मैं लड़ाई-झगड़ा नहीं चाहता।" मैंने उन्हें साफ शब्दों में कहा।

"हम यहाँ जाने के लिए नहीं, तुझे अस्पताल भेजने के लिए आये हैं।" काली टी-शर्ट पहने एक पहलवान ने कहा।

वह शरीर में मुझसे दो गुना था। मैंने उसकी बात पर ध्यान न देते हुए अपनी कार का दरवाजा खोला। तभी उसने पीछे से मेरी कमर पर हॉकी स्टिक से जोरदार प्रहार किया।

वहीं सभी स्टूडेन्ट्स बाहर आ चुके थे। कनिका और क्लास के अन्य स्टूडेन्ट्स भी बाहर खड़े मुझे देख रहे थे। मुझे हॉकी लगते ही सभी की शक्ल ऐसी बन गई थी, मानो मुझे नहीं किसी ने उन्हें हॉकी से मारा हो। लेकिन कनिका के चेहरे पर शिकन तक नहीं थी। वह जातनी थी, मुझे न दर्द होता है और न ही चोट लगती है।

उस काली टी-शर्ट वाले को ऐसा महसूस हुआ, जैसे उसने किसी लोहे की मजबूत दीवार पर स्टिक मारी हो। उसके हाथ में झंझनाहट हो गई थी। कनिका अभी भी मुझे नफ़रत भरी निगाहों से घूर रही थी। मुझसे यह बर्दाश्त नहीं हो रहा था। मैंने उन लड़को की तरफ देखा। वह मुझे पीटने के लिए तैयार खड़े थे।

"ठीक है, मारो मुझे। दिखाओ किस हद तक पीट सकते हो?" मैंने उन्हें खुद को मारने का न्योता दिया।

उसके बाद एक-एक कर वह मुझे हॉकी और लोहे की रॉड से मारने लगे। वह मुझे लगातार मारते रहे, जब तक मैं घुटनो के बल जमीन पर नहीं टिक गया। मेरे सिर से खून बहने लगा था। पूरा चेहरा लहू-लुहान हो गया था।

"तो यह है तुम्हारा वैम्पायर आशिक?" श्रुति ने कनिका का मज़ाक उड़ाते हुए कहा।

मैं घुटनो के बल जमीन पर था। वह मुझे पागलों की तरह मारे जा रहे थे। वह सभी हांफने लगे। तभी मैंने अपना हाथ हवा में ऊपर उठाया। यह देख वह रुक गए। मैं सीधा खड़ा हुआ और अपने मुंह में भरे खून को जमीन पर थूका।

"इतनी मार खाने के बाद भी तू अपने पैरो पर खड़ा हो गया।" काली टी-शर्ट पहने पहलवान ने कहा और फिर से मुझे मारने के लिए उसने हॉकी हवा में उठाई ही था कि मैंने उसका हाथ पकड़ लिया। इससे पहले कि वह कुछ कहता या करता, मैंने उसे अपने दोनों हाथो से ऊपर उठा लिया। यह देखकर सभी दंग रह गए।

मैंने उसे एक तरफ फेंक दिया। उसी बीच उनमें से एक लड़का मेरे पास आया, पर मेरे एक पंच ने उसके मुंह के सारे दांत तोड़ दिये। वह अधमरा होकर जमीन पर गिर पड़ा। यह देखकर बाकी लड़के झेप गए। उनकी हिम्मत नहीं हुई मेरे सामने आने की।

मैंने कनिका की ओर देखा। उसे कोई फर्क नहीं पड़ रहा था।

गहरी सांस लेते हुए मैंने उससे कहा, "ह्रदया, क्या इसी को तुम इन्सानियत कहती हो?" वह एकदम से चौंक गई।

"यहाँ इतने स्टूडेन्ट्स मौजूद हैं, क्या कोई एक भी मेरी मदद करने आया। क्या किसी एक ने भी इनका विरोध करने की कोशिश की? नहीं... सब के सब खड़े तमाशा देखते रहे। क्या इसी को तुम इन्सानियत कहती हो?" मेरे सवाल का उसके पास कोई जवाब नहीं था।

"इन लड़कों ने बिना कुछ सोचे-समझे मुझे पीटना शुरु कर दिया, क्या यह इन्सानियत थी? तुम शायद जानती नहीं कि मनुष्य अपनी इन्सानियत सदियों पहले ही खो चुका था। मनुष्य हत्या, बलात्कार, लूट, डकैती, अपहरण और जाने क्या-क्या पाप करता है। तब कहाँ चली जाती है, इन्सानियत?"

मेरी बातें पूरा कॉलेज सुन रहा था। प्रोफेसर तक वहाँ मौजूद थे।

"इन्सान अपने स्वार्थ के लिए पेड़ो, जंगलो को कटता है, वन्य जीव-जन्तुओं तथा जंगल में रहने वाले सभी जानवरों का शिकार करता है, तब कहाँ चली जाती है, तुम्हारी इन्सानियत? बच्चे अपने बूढ़े माँ-बाप को घर से बेघर कर देते है, भाई-भाई का दुश्मन बन जाता है। क्या यही होती है इन्सानियत? तुम मनुष्य सिर्फ इन्सानियत दिखाने का ढोंग करते हो, बल्कि सच तो यह है कि तुम लोगों में खुद ही इन्सानियत नहीं बची है। सब खुदगर्ज हो गए हैं।" सभी के सिर झुक गए थे।

मैं कनिका के पास आया।

"क्या मुझसे भी ज्यादा किसी ने दुनिया और समय के बदलाव को देखा है? मुझे खुशी है कि मैं इन्सान नहीं हूँ, किन्तु फिर भी मेरे अंदर इन्सानियत है। क्योंकि मैं लालच, ईष्या, धोखा, झूठ इन सबसे परे हूँ। यह सब मेरी फितरत में नहीं है।" मैंने उसकी आंखों में देखते हुए कहा, "ह्रदया, मुझे अनन्त जीवन तक अकेले ही रहना है। मेरे लिए किसी के साथ की उम्मीद करना, खुद को धोखा देने जैसा है। मैं तुम्हारे प्यार में यह भूल गया था कि हमारे मिलने पर भी हम कभी एक नहीं हो सकते। एक न एक दिन हमें बिछड़ना ही होगा। शायद एक-दूसरे से अगल होने का यही एकमात्र मार्ग था।"

मैंने अपनी जेब से रूमाल निकाला और अपने मुंह पर लगे खून को साफ किया। मेरे चेहरे पर एक भी चोट का निशान नहीं था। यह देखकर श्रुति व बाकी सब हैरान हो गए। कनिका मेरी आंखों में ही देख रही थी।

अगले ही पल मैं वहाँ से अपनी कार में बैठकर चला गया।

*****

27
गलती का एहसास

'कनिका SPEAKS'

हर्षवर्धन के जाते ही सभी मेरी ओर टकटकी लगाए देखने लगे थे। बाहर से तो वह सब शांत थे, लेकिन उनके अंदर बवंडर मचा हुआ था। ऐसा लग रहा था, जैसे सारे जहाँ के सवाल उनके दिमाग में घूम रहे हों।

"कनिका यह सब क्या था?" सोनम ने हैरत भरी नज़रो से देखते हुए पूछा।

"क्या सच में हर्ष एक वैम्पायर है, मेरा मतलब ऋषिकेश वाले बाबा की कहानी सच थी?" समीर ने पूछा।

सभी के मन में सवाल थे, लेकिन उस समय मेरा दिमाग काम नहीं कर रहा था। मेरे कानों में हर्ष की कही बातें घूम रही थी। मैं सिर्फ उसी के बारे में सोच रही थी।

मुझे चुप देखकर शौर्य ने कहा, "कनिका आखिर सच क्या है? हमें जानना है।"

मैंने उसे कोई जवाब नहीं दिया और वहीं साइड में एक बेंच पर बैठ गई। मुझे अपने फ़ैसले पर अफसोस हो रहा था। शायद मैंने हर्षवर्धन को गलत समझा। हमारा प्यार तो गंगा की तरह पवित्र था, फिर कैसे मैंने हमारे पवित्र प्यार पर उंगली उठा दी। मैं अपने ख्यालों में खोई थी, वहीं रितिका ने उन्हें पूरी सच्चाई बता दी थी। मेरी कहानी सुनने के बाद सभी आश्चर्यचकित थे। किसी के पास कहने को कुछ नहीं था।

"क्या ऋषिकेश वाले बाबा, आई मीन महर्षि स्वर्गवासा भी एक वैम्पायर हैं?" शौर्य ने पूछा।

"नहीं, वह तो एक महापुरुष है। उनके पास अलौकिक शक्तियां है। वह भी हर्षवर्धन की तरह कई सदियों से इस धरती पर हैं।" रितिका ने जवाब दिया।

"कुदरत ने हर्ष को एक वैम्पायर बनाया, अगर शेर शिकार नहीं करेगा, तो फिर खाएगा क्या? हर्ष ने अगर इन्सानी खून पी भी लिया तो उसने कुछ गलत नहीं किया। हम इन्सानों की नज़र में वह गलत हो सकता है, लेकिन वह अपनी जगह पर बिल्कुल सही था। उसका प्यार इस दुनिया में सबसे अलग है। इतनी शिद्दत से कोई सच्चे दिल वाला ही प्यार कर सकता है।" शौर्य ने कहा।

शौर्य का इतना लम्बा भाषण सुनकर मैं शॉक्ड थी। लेकिन वह सही कह रहा था। मुझे अपनी गलती का एहसास हो गया था।

"मुझे लगता है, अरुणोदय ने कनिका से झूठ बोला, हर्ष ऐसा नहीं कर सकता। वैसे भी कनिका उसे सदियों से जानती है। तो फिर उसे हर्ष पर ट्रस्ट करना चाहिए था?" श्रुति के मुंह से मेरे हित की बात सुनकर सभी हैरान थे।

मैंने भी नज़र उठाकर श्रुति की ओर देखा। उसकी बातें मेरे लिए नई थी।

तभी वह मेरे बगल में आकर बैठ गई और मुझसे बोली, "आई एम सॉरी कनिका, मैंने हमेशा तुम्हें हर्ट किया, बुरा-भला कहा है। मुझे माफ कर दो।"

मेरे प्रति उसकी सोच बदल चुकी थी या फिर मेरा लवर एक वैम्पायर है, यह सोचकर वह मेरे साथ अच्छा बर्ताव कर रही थी। यह बात तो सिर्फ वही जानती थी।

"मुझे भी माफ करना, मैंने भी हर्षवर्धन के बारे में बुरा-भला कहा। वह सच में बहुत अच्छा है।" रितिका की बात ने मुझे भावुक कर दिया। मेरी आंखों में आंसू आ गए।

मैं तुरन्त खड़ी हुई और कॉलेज गेट की ओर जाने लगी।

रितिका ने मुझे रोकते हुए पूछा, "कनिका तुम कहाँ जा रही हो?"

"हर्षवर्धन से मिलने। मैंने उसे बहुत दुख पहुंचाया है। मुझे उससे माफी मांगनी है।" मेरी आंखों में खुशी के आंसू थे। आंखों के सामने सबकुछ क्लियर हो गया था। मैं समझ गई थी कि हर्षवर्धन अपनी जगह पर सही था।

"हम भी तुम्हारे साथ चलेंगे।" सभी ने एक साथ कहा।

उनकी बात सुनकर मेरे कदम रुक गए। मैं उन्हें अपने साथ नहीं ले जा सकती थी। पता नहीं हर्षवर्धन उन्हें देखकर कैसे रिएक्ट करेगा, वहीं रहमान और फातिमा भी घर में होंगे। यह सब बातें मेरे दिमाग में घूमने लगी।

"नहीं, तुम सब मेरे साथ नहीं चल सकते।"

"लेकिन क्यों, हर्ष हमारा भी दोस्त है?" सोनम ने कहा।

"उसके साथ दो और वैम्पायर्स रहते हैं। मैं किसी को मुसीबत में नहीं डालना चाहती।" मैंने जवाब दिया।

"ओह प्लीज कनिका, बाद में अच्छा बन लेना।" श्रुति की बात सुनकर मुझे हंसी आ गई।

"ठीक है, लेकिन पहले मैं हर्षवर्धन से बात करूंगी। उसके बाद ही तुम लोग अंदर आना।" मैंने सबकी ओर देखते हुए कहा। सभी सहमत थे।

उसके बाद बिना कोई देरी किये, हम हर्षवर्धन के घर की ओर निकल गए।

***

हम सभी हर्षवर्धन के घर के बाहर खड़े थे। कई बार डोरबेल बजाने पर भी किसी ने दरवाज़ा नहीं खोला। "लगता है घर पर कोई नहीं है?" शौर्य ने कहा।

मैंने पार्किंग की तरफ देखा, हर्षवर्धन की कार वहाँ नहीं थी।

"शायद हर्षवर्धन घर नहीं आया? उसकी कार भी पार्किंग में नहीं है।" मैंने कहा।

"हर्ष के दो वैम्पायर दोस्त तो अंदर हैं न, हम उन्हीं से मिल लेते हैं।" समीर ने मज़ाक में कहा।

वहीं रितिका उसके कंधे पर हाथ मारते हुए बोली, "ऐसी सिचुएशन में भी तुम्हें मज़ाक सूझ रहा है।"

"शायद वह दोनों सो रहे होंगे।" मैंने कहा। मैं थोड़ा मायूस थी।

"हमें चलना चाहिए।" शौर्य ने कहा।

मेरे साथ-साथ सभी के चेहरों पर भी निराशा थी। शायद वह सब हर्ष को नहीं, बल्कि एक वैम्पायर को देखने के लिए आए थे। हम मुड़कर चल ही दिये थे कि अचानक से घर का दरवाज़ा खुद ही खुल गया।

मैंने पलटकर देखा। दरवाज़ा आधा खुला हुआ था। "यह तो किसी डरावनी मूवी के सीन की तरह लग रहा है।" राहुल ने घबराते हुए कहा।

मेरे अलावा सभी के दिल ज़ोर-ज़ोर से धड़क रहे थे।

"अंदर आ जाओ।" एक महिला की आवाज ने हमें अंदर आने को कहा। मैं जानती थी यह आवाज़ किसकी है।

"घबराओ मत, यह फातिमा की आवाज है। वह बाहर नहीं आ सकती, देखो दरवाज़े पर धूप है।" मैंने दरवाज़े की चौखट पर इशारा किया। मैं

अंदर चली गई थी। लेकिन वह सब अभी भी घबरा रहे थे। जैसे-तैसे हिम्मत करके वह मेरे पीछे-पीछे अंदर आ गए।

घर के अंदर की खूबसूरती देखकर वह सभी आश्चर्यचकित थे। घर की हर एक चीज़ अपने सही स्थान पर रखी थी, जैसे उन्हें वहीं पर रखने के लिए बनाया गया था। दीवारें प्राचीन काल की तस्वीरों से भरी हुई थी। घर एकदम साफ-सुधरा शीशे की तरह चमक रहा था। एक अजीब-सी सुगंध पूरे घर में फैली हुई थी, जिसे आज से पहले उनमें से किसी ने भी महसूस नहीं किया था।

"आप सब बैठ जाइये।" फातिमा ने कहा।

वह सीढ़ियो से नीचे उतर रही थी। उसके पहनावे और सुन्दरता को देखकर उन तीनों लड़कों की आंखे खुली की खुली रह गई। "माफ कीजिएगा, मैं आपका दरवाज़े पर स्वागत करने नहीं आ सकी।" फातिमा ने मुझसे माफी मांगते हुए कहा।

वह मेरे फ्रेन्ड्स को देखकर थोड़ा असहज महसूस कर रही थी। "आप अपने दोस्तों के साथ यहाँ कैसे?" मैं उसकी हिचकिचाहट समझ रही थी।

"यह सब मेरे और हर्षवर्धन के फ्रेन्ड्स हैं। तुम चिंता मत करो। हर्षवर्धन का राज़ हम सब के बीच ही रहेगा।" मैंने फातिमा को भरोसा दिलाया। उसने एक नज़र सभी की ओर देखा।

तभी ऊपर से रहमान की आवाज़ आई, "आप जानती हो, इस प्रकार हमारे अस्तित्व को इन्सानों के सामने ज़ाहिर करना सही नहीं है।" वह सीढ़ियों पर खड़ा था। सभी उसे देखने लगे। लेकिन अगले ही पल वह नीचे सबके सामने आकर खड़ा हो गया। रहमान को अचानक अपने सामने देखकर सभी डर गए।

"अगर इन्सानों को हमारे अस्तित्व का पता चला, तो वह खौफ में आ जाएंगे जिससे उनका सामान्य जीवन अस्त-व्यस्त हो सकता है।" रहमान ने कहा।

"खैर छोड़िए यह बातें। आपके आने का कारण?" फातिमा ने मुझसे पूछा।

"मुझे अभी हर्षवर्धन से मिलना है।" मैंने कहा। मेरी आंखों में हर्षवर्धन से मिलने की व्याकुलता उन्हें दिख रही थी।

"क्या आपने हर्षवर्धन को माफ कर दिया?" फातिमा ने पूछा।

मैंने 'हाँ' में सिर हिलाया। यह जानकर वह दोनों बहुत खुश हुए।

"हर्षवर्धन तो सुबह ही कॉलेज निकल गए थे।" फातिमा ने कहा।

उन्हें कॉलेज में हुई बातों का पता नहीं था। मैंने उन्हें कॉलेज की पूरी घटना बताई। "इसलिए मैं हर्षवर्धन से मिलने यहाँ चली आई।" अपनी बात पूरी करते हुए मैंने कहा।

"किन्तु हर्षवर्धन यहाँ नहीं आया।" रहमान ने कहा।

मैं थोड़ा परेशान हो गई थी। रहमान ने हर्षवर्धन को कॉल किया, पर उसका फोन बंद था। उन्होंने एक-दूसरे की ओर देखा, फिर अचानक से वह लिविंग हॉल से ओझल हो गए। मैंने ऊपर कमरे का दरवाज़ा खुलने की आवाज़ सुनी। मैं भी फौरन सीढ़ियों से ऊपर के कमरे में पहुंची। बाकी सब मेरे पीछे-पीछे आ रहे थे।

राहुल सीढ़ियां चढ़ते हुए हांफने लगा था। उसने हांफते हुए कहा, "ये वैम्पायर्स तो सेकेंडो में एक जगह से दूसरी जगह चले जाते है। थकते नहीं है क्या?"

"यह बहुत दूर तक साफ सुन भी सकते हैं।" रितिका ने थोड़ी सांस लेते हुए कहा। सभी ऊपर कमरे में आ गए थे।

"क्या हुआ? तुम दोनों अचानक ऊपर क्यों आ गए?" मैंने रहमान से पूछा। वह और फातिमा कमरे की तलाशी ले रहे थे।

"यह कमरा हर्षवर्धन का है। उनका सामान भी कमरे में नहीं है।" रहमान ने अलमारी खोलकर दिखाई। वह खाली थी।

मैं इस बात से हैरान थी कि वह ऐसे कैसे जा सकता है? मुझे रोना आ रहा था। "सब मेरी गलती है। मेरी वज़ह से वह मुझे छोड़कर चला गया।" मेरी आंखों से आंसू टपकने लगे। रितिका और बाकी सबने मुझे सहारा दिया।

रहमान और फातिमा को भी कुछ समझ नहीं आ रहा था। वह दोनों मुंह लटकाए वहीं बेड पर बैठ गए। "हर्षवर्धन कब आया और कब गया, हमें पता भी नहीं चला।" रहमान ने अफसोस जताते हुए कहा।

"आप दोनों हर्ष को तलाश नहीं कर सकते?" रितिका ने उनसे पूछा।

"आखिरी बार वह हमें 1885 ई0 में छोड़कर चले गए थे। उन्हें तलाशने में हमें पूरे 125 वर्ष लग गए। उन्हें तलाशना बहुत मुश्किल है।" रहमान ने जवाब देते हुए कहा।

"125.......... साल।" श्रुति चौंक गई थी। बाकी सभी शॉक्ड थे।

"जब तक हर्षवर्धन वापस नहीं आते, आपकी सुरक्षा की जिम्मेदारी हमारी है, जिसे हम मरते दम तक निभाएंगे।" रहमान ने मेरी ओर देखते हुए कहा।

मुझे अभी भी यकीन नहीं हो रहा था कि हर्षवर्धन मुझसे दूर चला गया।

"रहमान हम उनका मुकाबला कैसे करेंगे?" फातिमा ने रहमान से कहा।

"आप किसकी बात कर रहे है?" शौर्य ने पूछा।

"अमात्य, ब्रहमेश्वर व उनकी वैम्पायर सेना की।" फातिमा ने जवाब दिया।

"लेकिन वह तो अच्छे वैम्पायर्स हैं, और दुनिया के सभी वैम्पायर्स को दोबारा इन्सान बनाना चाहते हैं।" रितिका की बात सुनकर वह दोनों चौंक गए।

"यह सब तुम्हें किसने बताया?" रहमान ने रितिका से पूछा। वह मेरी ओर देखने लगी।

"इस बारे में आप हमसे कुछ छिपा रही हो?" रहमान ने मुझसे पूछा।

"मुझे यह बात अरुणोदय ने बताई। वह कल मुझसे मिलने आया था।" मैं अपनी बात खत्म भी नहीं कर पाई कि रहमान बीच में एकदम से बोला, "क्या? अरुणोदय आपसे मिलने आया था?"

"हाँ, लेकिन तुम इतना परेशान क्यों हो?" मैंने पूछा। वह दोनों काफी ज्यादा परेशान दिख रहे थे।

"मुझे यकीन नहीं हो रहा कि अरुणोदय ने हमें धोखा दिया। पिछले कई दिनों से मुझे उस पर शक था।" रहमान ने गुस्से से कहा। मैं और रितिका उलझन में थे।

"तुम उसे जानते हो?" मैंने पूछा।

“हाँ, वह पिछले 15 साल से हमारे साथ है। हर्षवर्धन को तलाश करने में उसने भी हमारी मदद की थी।” फातिमा ने मेरी बात का जवाब देते हुए कहा।

तभी रहमान बोला, “वह हर्षवर्धन को नहीं, हृदयकर्णिका को तलाश कर रहा था।”

मैंने रहमान और फातिमा को अरुणोदय की सारी बातें बताई जिसे सुनने के बाद रहमान का गुस्सा और बढ़ गया था।

“सच्चाई तो यह है कि अमात्य और ब्रहमेश्वर ने अपने स्वार्थ और शक्ति बढ़ाने के लिए मासूम इन्सानों को वैम्पायर बनाया। वह दोनों शैतान हैं, जिनके दिल में किसी के लिए प्यार और हमदर्दी नहीं है।” रहमान ने अपना गुस्सा निकालते हुए कहा।

अमात्य, ब्रहमेश्वर और अरुणोदय की सच्चाई जानने के बाद सबकुछ साफ हो गया था। मैं अरुणोदय के षड्यंत्र को भी समझ गई थी। लेकिन मेरे सामने अब एक ही समस्या थी, हर्षवर्धन को तलाशना।

*****

28
मुक्ति

हर्षवर्धन को गए दो दिन बीत चुके थे। उसका कोई अता-पता नहीं था। मुझे अपनी गलती का एहसास हो गया था। लेकिन गलती का एहसास होने भर से हर्षवर्धन वापस नहीं आने वाला था। मैं उससे मिलने को तड़प रही थी। मेरी आंखे हर जगह उसे ही तलाश रही थी। दिनभर की भाग-दौड़ के बाद मैं उदास मन से अपनी बॉलकनी में खड़ी थी।

आसमान में चांद को देखते हुए मुझे ऐसा लग रहा था, मानो मैं हर्षवर्धन को, और हर्षवर्धन मुझे देख रहा है। मैं उसी के बारे में सोच रही थी। तभी मेरी नज़र नीचे सड़क के किनारे गई, मैंने देखा कि रहमान और फातिमा वहाँ खड़े थे। पिछले दो दिन से वह दोनों अपनी जिम्मेदारी बखूबी निभा रहे थे।

मैंने उन्हें हाथ से इशारा किया कि सब ठीक है और अंदर कमरे में आ गई।

रात के खाने पर मेरा पूरा परिवार डायनिंग टेबल पर था।

मेरे वहाँ पहुंचते ही रिद्धि ने मुझ पर ताना मारते हुए कहा, "मम्मी आजकल कनिका का पढ़ाई में मन नहीं है। यह खोई-खोई रहती है। मुझे तो किसी लड़के का चक्कर लगता है?" उसकी बात पर मैंने कोई रिएक्शन नहीं दिया। मैं तो बस खाने पर ध्यान दे रही थी। वैसे भी मुझे इनके ताने सुनने की आदत थी।

तभी ऊपर के कमरे से आवाज़ आई, "सही कहा तुमने?" उस आवाज़ को सुनते ही सभी की नज़रे ऊपर मेरे कमरे के दरवाज़े पर गई। सभी शॉक्ड हो गए थे। वहीं मेरे मुंह से एकदम से निकला, "अरुणोदय!!!"

मेरे मुंह से अरुणोदय का नाम सुनते ही पापा और बाकी तीनों मुझे तिरछी नज़रों से देखने लगे। उनके हाथ का निवाला मुंह तक नहीं जा पाया।

"तुम इस लड़के को जानती हो और यह तुम्हारे कमरे में कैसे आया?" पापा ने मुझसे पूछा। उनके चेहरे पर गुस्सा था।

"मुझे पहले ही पता था, यह लड़की एक दिन ऐसे ही गुल खिलाएगी।" श्रीमती राठौड़ के प्रवचन शुरु हो गए थे। "अब तो लड़के इसके कमरे तक पहुंच गए और हमें कानों-कान खबर तक नहीं।" उन्हें बोलने का अच्छा मौका मिल गया था।

मुझे उनकी बात से कोई फर्क नहीं पड़ रहा था। मैं तो इस बात से परेशान थी कि अरुणोदय यहाँ क्या कर रहा है? कहीं यह किसी आने वाले खतरे का संकेत तो नहीं?

"आप सब दो मिनट शांत रहेंगे।" मैंने कहा।

"एक तो चोरी, ऊपर से सीना-ज़ोरी।" रिद्धि एकदम से मुझ पर चिल्लाई।

मैं अरुणोदय को देख रही थी। वह डायनिंग टेबल के पास आ गया था। उसके चेहरे पर एक गंदी-सी स्माइल थी। मुझे उसके इरादे कुछ ठीक नहीं लग रहे थे।

तभी उसने चिल्लाते हुए कहा, "बंद करो यह फैमिली ड्रामा।"

"तुम्हारी इतनी हिम्मत, मेरे ही घर में मुझ पर चिल्ला रहे हो। मैं अभी पुलिस को कॉल करता हूँ।" यह कहते ही पापा ने अपना फोन उठाया और पुलिस को कॉल करने लगे।

कब अरुणोदय रिद्धि के पास पहुंच गया, किसी को पता ही नहीं चला।

"यह क्या बद्तमीजी है?" श्रीमती राठौड़ के यह कहते ही अरुणोदय ने अपने दांत बाहर निकाल लिये।

उसका यह भयानक रूप देखकर, उनकी तो चींख निकल गई। वहीं पापा के हाथ से फोन छूटकर नीचे गिर गया। राघव के मुंह में जो निवाला था, वह मुंह के अंदर ही फंसा रह गया। अरुणोदय के दांत रिद्धि की गर्दन पर थे।

"प्लीज़ मेरी बेटी को छोड़ दो।" पापा उसके सामने हाथ जोड़कर विनती करने लगे। उनकी आंखो में रिद्धि के लिए फिक्र और प्यार दोनों था, जो मैंने कभी अपने लिए नहीं देखा।

"अरुणोदय प्लीज मेरी बहन को छोड़ दो।" मैंने उससे कहा।

"छोड़ दूंगा, लेकिन तुम्हें मेरे साथ चलना होगा।" अरुणोदय ने कहा।

मैं जानती थी, अरुणोदय यही कहेगा। मेरे पास उसकी बात मानने के सिवाय कोई रास्ता भी नहीं था। अचानक से मेरे दिमाग में रहमान और फातिमा का ख्याल आया। वह दोनों घर के बाहर ही थे, तो फिर अरुणोदय यहाँ कैसे आ गया?

"रहमान और फातिमा के बारे में सोच रही हो?" अरुणोदय ने कहा।

मेरे चेहरे के भाव देखकर उसे मेरे मन की बात का पता चल गया था।

"वह दोनों नहीं आने वाले। मैंने उन्हें इस श्रापित जीवन से मुक्ति दे दी। अब तक तो उनकी आत्मा नरक में भी पहुंच चुकी होगी।" उसकी बात सुनकर मुझे धक्का-सा लगा। रहमान और फातिमा का हंसता हुआ चेहरा मेरी नज़रों के सामने घूम रहा था। मेरी आंखों में एकदम से आंसू आ गए।

"हर्षवर्धन यहाँ नहीं है, अब तुम्हें बचाने वाला कोई भी नहीं है। बेहतर होगा तुम अपनी मर्जी से मेरे साथ चलो।" उसने मेरी ओर आंखे निकालते हुए कहा।

उसके दांत अभी भी रिद्धि की गर्दन पर थे। रिद्धि मुझे ही देख रही थी। उसकी आंखों से ऐसा लग रहा था, मानो मुझसे कह रही हो, "दीदी मुझे बचा लो।"

मैंने पापा और श्रीमती राठौड़ की ओर देखा, वह बहुत ज्यादा घबराए हुए थे। वह बेबस नज़रों से मेरी ओर देखने लगे। मैं जानती थी, वह क्या कहना चाहते थे? यही कि मैं अरुणोदय के साथ चली जाऊं। उन्हें मेरी कोई फिक्र नहीं थी। मेरी चुप्पी उनके दिल की धड़कने बढ़ा रही थी।

"कनिका बेटा अपनी छोटी बहन को बचा लो।" श्रीमती राठौड़ ने कहा।

उनके मुंह से पहली बार बेटा शब्द सुनकर मुझे अजीब लगा। मैं जानती थी उन्होंने मुझे बेटा प्यार से नहीं, बल्कि अपने स्वार्थ के लिए कहा था। मैंने अरुणोदय के साथ जाने का फ़ैसला कर लिया था।

"ठीक है, मैं तुम्हारे साथ चलूंगी, लेकिन उससे पहले रिद्धि को छोड़ दो।" मैंने उससे कहा।

मेरे इतना कहते ही अरुणोदय ने रिद्धि को अपनी पकड़ से आज़ाद कर दिया। वह भागकर मम्मी-पापा के पास गई। वह काफी डरी और सहमी हुई थी। रिद्धि को गले लगाते समय उन दोनों की आंखों में जो खुशी थी, उसे देखकर मुझे एहसास हो गया कि मेरे लिए इस परिवार में कभी कोई जगह थी ही नहीं। मैं उन चारों को ही देख रही थी।

अरुणोदय ने मुझसे कहा, "यह तुम्हारा परिवार नहीं है।"

मैंने उसकी ओर देखा। शायद वह सही था। उसके बाद मैं बिना कुछ कहे, घर से बाहर की ओर निकल गई।

*****

29
कसौली का सफर

'रितिका SPEAKS'

आज का दिन बहुत ही थका देने वाला था। मैं और कनिका दोनों सुबह से कई जगह पर गए, लेकिन हर्ष का कोई पता नहीं चला। मैं बेड पर लेटी ही थी कि तभी मेरे फोन पर एक मैसेज आया। मैंने घड़ी में समय देखा, रात के नौ बज रहे थे। मैंने फोन चैक किया, तो उसमें कनिका का मैसेज था। मैंने मैसेज को खोलकर पढ़ा, तो मेरे पैरो तले जमीन खिसक गई। मुझे ऐसा लगा, मानो भूचाल आ गया हो।

मैंने दोबारा मैसेज को पढ़ा, "रितिका मुझे अरुणोदय अपने साथ लेकर कहीं जा रहा है। इसने रहमान और फातिमा को भी मार दिया।"

मुझे यकीन नहीं हो रहा था, अरुणोदय कनिका को ले गया। मैंने तुरन्त हर्ष का कॉल ट्राई किया, लेकिन वह स्वीच ऑफ था। उसके बाद मैंने समीर को कॉल किया और तुरन्त कनिका के घर के बाहर आने को कहा। मैं खुद भी उसके घर की ओर निकल गई थी।

मैं कुछ ही देर में उसके घर के पास पहुंच गई थी। समीर मुझसे पहले वहाँ पहुंच गया था।

"मैंने शौर्य, राहुल, सोनम, श्रुति सभी को कॉल कर दिया है। वह भी आने वाले होंगे।" समीर ने कहा। मेरा मन काफी बेचैन था। हम पुलिस का भी सहारा नहीं ले सकते थे। तभी वह चारों भी वहाँ आ गए।

"यह सब कैसे हुआ?" शौर्य ने आते ही मुझसे पूछा।

"मेरे पास सिर्फ कनिका का मैसेज आया था।" मैंने कहा।

"चलो पहले चलकर रहमान और फातिमा को देखते है।" राहुल ने कहा।

"लेकिन वह तो मर चुके है। हमें वहाँ उनकी लाशों के सिवा कुछ नहीं मिलेगा।" श्रुति की बात पर सब उसे घूरकर देखने लगे।

"कभी तो अच्छा बोल लिया करो।" मैंने उससे कहा।

मेरे दिमाग ने काम करना बंद कर दिया था। कनिका को सिर्फ हर्ष ही ढूंढ सकता था लेकिन उसका भी कोई अता-पता नहीं था। हम सभी हर्ष के घर की ओर चल दिये।

जैसे ही हम वहाँ पहुंचे, मैंने देखा दरवाज़ा खुला हुआ था। अंदर काफी अंधेरा था। जैसे ही राहुल ने लाईट जलाई, अंदर का दृश्य देखकर मेरी तो रूह कांप गई। वहीं श्रुति और सोनम की तो चीख निकल गई।

"चिल्लाओ मत।" मैंने उन्हें चुप होने का इशारा किया।

मैंने देखा कि सामने फर्श पर एक जली हुई बॉडी राख बन गई थी। हो न हो, यह फातिमा ही थी। वहीं दूसरी ओर रहमान का शरीर दीवार पर लटका हुआ था। एक लकड़ी का टुकड़ा, उसका सीना चीरते हुए दीवार में धंसा हुआ था।

यह सब देखकर वहाँ हुए खौफनाक मंज़र का अनुमान लगाया जा सकता था। शौर्य और बाकी सभी शॉक्ड थे।

"एक मिनट!" शौर्य ने कुछ सोचते हुए कहा, "फातिमा का शरीर जलकर राख बन गया, लेकिन रहमान अभी भी इन्सानी रूप में है।" उसने मेरी ओर देखा। मैं समझ गई थी कि वह क्या कहना चाह रहा है?

"इसका मतलब रहमान अभी भी जिन्दा है?" श्रुति ने एकदम से पूछा। एक बार फिर सब उसे देखने लगे। "अब तो मैंने कुछ गलत नहीं बोला।" उसने कहा।

तभी मैं और शौर्य रहमान की ओर भागे। वहीं समीर और राहुल भी हमारे मदद के लिए आ गए। हमने मिलकर रहमान के शरीर को नीचे उतारा और उसके सीने से वह लकड़ी का टुकड़ा निकाला।

"रहमान अभी भी उठ सकता है।" शौर्य ने कहा।

"कैसे? रहमान की तो नब्स भी नहीं चल रही है।" समीर ने उसकी नब्स चैक करते हुए कहा।

"अगर रहमान मर गया होता, तो उसका शरीर भी फातिमा की तरह राख़ बन जाता।" मैंने कहा। सभी मेरी बात से सहमत थे। रहमान को कैसे जगाएं, यह किसी को समझ नहीं आ रहा था?

"रहमान को जगाने का कोई तो रास्ता होगा?" राहुल ने मुझसे पूछा।

तभी मुझे याद आया कि हर्ष ने बताया था, अगर कोई वैम्पायर नींद में हो तो, वह अपने खून से ही जाग सकता है। लेकिन रहमान को देखकर ऐसा नहीं लग रहा था, जैसे वह नींद में हो। मेरे दिमाग में एक आइडिया आया।

मैं तुरन्त किचन में गई। बाकी सब कन्फ्यूज़ थे। मैं किचन से एक धारदार चाकू लेकर आई और अपनी हथेली पर एक हल्का-सा कट लगा दिया।

"आह...!!" कट लगते ही मेरी हथेली से खून निकलने लगा।

मैंने खून की बूंदे रहमान के मुंह में डालनी शुरु कर दी। जैसे-जैसे उसके मुंह में खून जाता रहा, उसके शरीर में हलचल होनी शुरु हो गई। कुछ ही देर में रहमान ने अपनी आंखे खोल दी। उसकी आंखे बिल्कुल लाल थी।

जैसे ही वह उठा, उसने पास में बैठी श्रुति को दबोच लिया और उसकी गर्दन पर अपने नुकीले दांत गड़ा दिये। यह देख हम सब डर गए और तुरन्त रहमान से दो कदम पीछे हो गए। लेकिन श्रुति उसकी गिरफ्त में थी। वह दर्द से कराह रही थी।

"रितिका कुछ करो, इस तरह तो रहमान श्रुति के शरीर का सारा खून पी जाएगा।" शौर्य ने घबराते हुए कहा।

श्रुति उसकी पकड़ से छूट नहीं पा रही थी। वह छटपटा रही थी। थोड़ी हिम्मत करके मैं रहमान के पास गई और उससे बोली, "प्लीज रहमान, श्रुति को छोड़ दो। वह मर जाएगी।"

रहमान बहुत कमज़ोर और प्यासा दिख रहा था। मैंने तुरन्त अपनी हथेली रहमान के मुंह के पास कर दी। अगले ही पल उसने मेरा हाथ पकड़ा और अपनी प्यास बुझाने लगा। मेरे हाथों की नसों में रक्त का प्रभाव बढ़ गया था। ऐसा लग रहा था, मानो मेरे शरीर से खून निकलकर भाग रहा हो।

मैंने तुरन्त शौर्य और समीर की ओर इशारा किया। वह समझ गए थे कि मैं क्या कहना चाहती हूँ। उसके बाद हमने बारी-बारी रहमान को अपना खून पिलाया।

थोड़ी ही देर में वह होश में आ गया था, लेकिन जैसे ही उसकी नज़र सामने फातिमा की राख़ पर गई, वह फुट-फुटकर रोने लगा। उसने फातिमा की राख़ को अपने सीने से लगाया और रोता गया। हम सभी की आंखों में आंसू थे।

"यह सब कैसे हुआ?" मैंने रहमान से पूछा।

"कुछ घंटों पहले अरुणोदय आया था। उसी ने यह सब किया। उसने मुझसे मेरी फातिमा को छीन लिया।" रहमान की आंखों में ज्वालामुखी फट रहा था। वह एकदम लाल हो गई थी। "अगर तुम सब यहाँ नहीं आते, तो सुबह की पहली किरण के साथ मेरा भी शरीर जलकर राख़ हो जाता। पर मैं अपनी फातिमा के बिना जीकर भी क्या करुंगा?" रहमान की आंखों से आंसू गिर रहे थे।

"अरुणोदय कनिका को अपने साथ लेकर चला गया है। आपने कनिका की हिफ़ाजत करने की जिम्मेदारी ली थी।" मैंने उसे याद दिलाया। वह टूट चुका था। लेकिन कनिका के प्रति उसकी जिम्मेदारी ने उसे एक मकसद दिया।

वह फिर उठ खड़ा हआ और बोला, "मुझे पता लगाना होगा, वह कनिका को कहाँ लेकर गया है?"

"मैं जानती हूँ, वह कनिका को कहाँ लेकर गया है?" मैंने कहा। यह सुनते ही सभी शॉक्ड हो गए।

"कहाँ?" उन्होंने एक साथ पूछा।

"कसौली, हिमाचल प्रदेश। कनिका का दोबारा मैसेज आया था कि अरुणोदय उसे कसौली लेकर जा रहा है। उसके बाद मैंने उसे कई मैसेज किये पर उसका कोई रिप्लाई नहीं आया।" मैंने कहा।

"हो सकता है, अरुणोदय ने उसका फोन छीन लिया हो?" सोनम ने कहा।

"जो भी हो, हमें अभी कसौली निकलना होगा।" शौर्य ने कहा।

उसकी बात सुनकर सभी फौरन तैयार हो गए थे। मुझे पता नहीं था, क्या करना है? लेकिन मैं भी शौर्य की बात से सहमत थी। पर शायद रहमान इस बात से सहमत नहीं था।

"तुम लोगों का वहाँ जाना खतरे से खाली नहीं है। मैं अकेले ही जाऊंगा।" रहमान ने कहा।

रहमान को हमारी फिक्र थी। वह नहीं चाहता था कि हमें कोई नुकसान पहुंचे। लेकिन मैं कनिका को ऐसे मुसीबत में अकेला नहीं छोड़ सकती थी। मैंने कसौली जाने का मन बना लिया था।

"कनिका हमारी दोस्त है, हम उसे मुसीबत में नहीं छोड़ सकते।" मैंने रहमान को समझाते हुए कहा।

"अगर आप हमें लेकर नहीं जाओगे, तो हम आपके बिना ही निकल जाएंगे।" शौर्य ने रहमान से कहा। मैंने भी उसकी हाँ में हाँ मिलायी।

रहमान भी समझ गया था कि हम सब मानने वाले नहीं हैं। थक-हार कर वह हमें भी साथ ले चलने को तैयार हो गया।

उसके बाद रहमान ने फातिमा की राख़ को एक कलश में इकठ्ठा करके रख दिया और हमारे साथ वहाँ से कसौली के लिए चल दिया।

हमने शौर्य की महिन्द्रा स्कोर्पियो से जाने का फ़ैसला किया। उसमें हम सातों आराम से बैठ सकते थे। सभी उसमें बैठने लगे, जैसे ही श्रुति ने आगे की सीट का दरवाज़ा खोला, रहमान ने उससे पूछा, "अगर तुम बुरा न मानो तो मैं आगे बैठ सकता हूँ?"

“आई एम सॉरी, लेकिन मैं हमेशा शौर्य के बगल वाली सीट पर ही बैठती हूँ।” श्रुति ने रहमान को जवाब दिया। मुझे उस पर गुस्सा आ रहा था। उसकी हरकत बचकानी थी।

“अगर मैं पीछे बैठा, तो तुम्हारी गर्दन की नसों से बहता खून मुझे अपनी ओर आकर्षित करेगा और मुझे डर है, कहीं मैं अपना कन्ट्रौल ना खो दूँ।” रहमान की बात सुनकर श्रुति बिना कुछ बोले तुरन्त पीछे की सीट पर आकर बैठ गई।

***

शौर्य बहुत तेजी से गाड़ी चला रहा था। मुझे कनिका की फिक्र हो रही थी। हम कसौली जा तो रहे थे, लेकिन कनिका को वापस कैसे लाएंगे, यह किसी को पता नहीं था। मैंने श्रुति और सोनम की ओर देखा, उन्हें बार-बार नींद की छपकी आ रही थी। कनिका की चिंता ने मेरी तो नींद ही उड़ा दी थी।

“अगर तुम दोनों को नींद आ रही है, तो सो जाओ?” मैंने उन दोनों से कहा। सीट के पीछे समीर और राहुल बैठे थे, उन्हें भी नींद आने लगी थी।

“हमें कुछ बात करनी चाहिए, जिससे किसी को नींद न आए।” शौर्य ने कहा। वह गाड़ी चला रहा था। उसके लिए जागना सबसे ज्यादा जरूरी था।

हम सभी ने रहमान की ओर देखा। वह भी समझ गया। वैसे भी उसके पास करने को बहुत-सी बातें थी।

फातिमा को याद करते हुए उसने हमें अपनी और फातिमा के जीवन की कहानी सुनाई। साथ ही साथ उसे जो कुछ भी हर्ष के बारे में पता था, वह भी उसने हमें बताया। हम उसकी कहानी बिना पलके झपकाए सुनते रहे और कब चंड़ीगढ़ निकल गया, पता ही नहीं चला।

रात के समय रोड भी खाली थी। शौर्य सौ से ऊपर की स्पीड से गाड़ी चला रहा था। मैंने घड़ी में समय देखा सुबह के चार बज चुके थे।

"क्या हर्ष दो हजार साल पहले भी इतना ही हैंडसम था?" श्रुति ने पूछा। उसकी इस बात पर सभी को हंसी आ गई।

"तुमने अभी हर्षवर्धन का सुन्दर और शांत चेहरा देखा है। मैं आशा करता हूँ तुम उसका असली रूप कभी न देखो।" रहमान ने कहा।

उसके जवाब से श्रुति चुप हो गई।

"और अभी कितना समय लगेगा?" मैंने शौर्य से पूछा।

"लगभग दो घंटे में पहुंच जाएंगे।" शौर्य ने जवाब दिया।

मैंने खिड़की से बाहर की ओर देखा, बाहर अभी भी अंधेरा था। शौर्य की गाड़ी में काले पर्दे लगे थे, जिनसे धूप अंदर नहीं आ सकती थी। लेकिन मैं चाहती थी कि हम सूर्य निकलने से पहले ही कसौली पहुंच जाएं।

*****

30
वैम्पायर सेना

'कनिका SPEAKS'

मेरी आंखे खुली तो मैंने देखा कि अरुणोदय ने कार को जंगल के बीचों-बीच एक सुनसान रास्ते पर रोक दिया था। चन्द्रमा की रोशनी पेड़ों को चीरती हुए जंगल को रोशन कर रही थी।

अरुणोदय मुझे एक पहाड़ पर लेकर आया। वहाँ आसपास सिर्फ घने जंगल थे। वह मुझे पहाड़ में बनी एक सुरंग के अंदर ले गया। उस सुरंग के अंदर एक बहुत बड़ा घर बना हुआ था जिसे देखकर मैं दंग रह गई। ऐसा तो किसी ने सपने में भी नहीं सोचा होगा।

वह घर अंदर से देखने में किसी महल जैसा लग रहा था। वहाँ बिजली नहीं थी, चारों तरफ मशालें जल रही थी। उस दृश्य को देखकर मुझे इतिहास की याद आ गई। यह सब मेरे लिए नया नहीं था। मैं पहले भी ऐसे माहौल में जीवन व्यतीत कर चुकी थी।

"आओ बेटी आओ, तुम्हारा स्वागत है।" मुझे देखते ही ब्रहमेश्वर ने कहा।

वह सीढ़ियों से नीचे उतर रहे थे। उन्हें देखकर मुझे बिल्कुल भी खुशी नहीं हो रही थी। वह मेरे सामने आकर खड़े हो गए। मुझे उनकी आंखों में अपने लिए प्यार और दुलार कहीं नज़र नहीं आया। वह मेरे पिता नहीं थे। वह बदल चुके थे।

"आप बदल चुके हो, आपके अंदर इन्सानियत बची ही नहीं है।" मैंने कहा।

"वैम्पायर बनने के बाद सभी की इन्सानित खत्म हो जाती है।" उन्होंने मुस्कुराते हुए जवाब दिया।

"आप यह सब क्यों कर रहे हो? आखिर आप चाहते क्या हो?"

"हम दो हजार वर्षों से इस धरती पर रात के अंधेरे में कैद हैं। हमें इस अंधेरे से मुक्ति चाहिए।" ब्रहमेश्वर ने ऊंचे स्वर में कहा।

"आपने स्वयं अपने लिए यह जीवन चुना था। फिर अफसोस कैसा?" मेरी आवाज़ भी तेज और गुस्से से भरी थी।

तभी वहाँ अमात्य और एनी भी आ गए। वहीं अरुणोदय मेरे पास ही खड़ा था। हालांकि मुझे उनसे बिल्कुल भी डर नहीं लग रहा था।

"हम नहीं जानते थे कि हर्षवर्धन का खून पीकर भी हम उसके जैसे नहीं बन सकते। वैम्पायर बनने के बाद हम रात के अंधेरे में कैद होकर रह गए। पिछले दो हजार वर्षों से हम सूर्य की गर्माहट को महसूस करने को तरस रहे हैं।" अमात्य की आवाज़ में उसकी व्यकुलता भरी हुई थी। लेकिन वह सब इसी लायक थे।

"लेकिन अब हमारी मुक्ति का समय आ गया है।" एनी ने कहा।

मुझे कुछ पता नहीं था, वह क्या करने वाले हैं? ब्रहमेश्वर ने मेरे करीब आते हुए कहा, "मैंने इस श्राप से मुक्ति का मार्ग तलाश लिया था किन्तु हमें इन्तजार था, तो सिर्फ तुम्हारा।"

"अब हम भी हर्षवर्धन की तरह सूर्य की रोशनी में निकल सकेंगे। मनुष्यों का भोजन खा सकेंगे, आम मनुष्य की भांति जीवन जी सकेंगे और दुनिया के सारे वैम्पायर्स पर हमारी हुकुमत होगी।" अरुणोदय ने उत्साहित होते हुए कहा।

वह अपनी खुशी रोक नहीं पा रहा था। उसे देखकर मुझे हंसी आ रही थी।

मैंने ब्रहमेश्वर से पूछा, "आप मुझसे चाहते क्या हो?"

मेरे सवाल पर ब्रहमेश्वर को हंसी आ गई। उसने मेरी ओर देखते हुए कहा, "बहुत जल्द तुम्हें पता चल जाएगा।"

उसके बाद उन्होंने एनी से कहा, "तुम कनिका को लेकर पुरानी गुफा में पहुंचो। अब समय आ गया है, हर्षवर्धन को काबू में करने का।"

यह सुनते ही मुझे धक्का-सा लगा। इसका मतलब यह था कि इन्होंने हर्षवर्धन को मेरे बारे में बता दिया है। वह मुझे छुड़ाने के लिए यहाँ जरूर आएगा और यही इनका प्लान था, हर्षवर्धन को यहाँ बुलाने का।

मेरे दिमाग में यही बात घूम रही थी कि आखिर यह करने क्या वाले हैं?

जैसे ही वह मुझे लेकर वहाँ से निकले, बाहर का दृश्य देखकर मैं आश्चर्यचकित रह गई। मैंने पहाड़ से नीचे की तरफ देखा, वह एक बहुत बड़ा घास का मैदान था, जहाँ हजारों की संख्या में वैम्पायर्स थे।

वह स्थान चारों ओर पहाडियों से ढका हुआ था। पहाड़ी भी इतनी ऊंची कि आम इन्सानों का वहाँ तक पहुंचना नामुमकिन था। उन्हें देखकर ऐसा लग रहा था, मानो मधुमक्खियों का कोई झुंड एक साथ कहीं इकठ्ठा हो गया हो।

"देखी तुमने हमारी सेना।" अरुणोदय ने गर्व से सीना चौड़ा करते हुए कहा।

सुबह होने वाली थी। आसमान से अंधेरा छट रहा था। यह जानते हुए भी कि सूर्य की रोशनी में यह सब जलकर भस्म हो जाएंगे फिर भी वह हजारों वैम्पायर्स अपने स्थान पर अटल थे। मैं यह सोच ही रही थी कि तभी ब्रहमेश्वर ने कुछ मंत्रों का जाप करना शुरु कर दिया और देखते ही देखते आसमान में घने काले बादल छाने लगे।

बादल इतने घने और काले थे कि दिन में ही रात जैसा माहौल बन गया था। ऐसा लग ही नहीं रहा था, कि कुछ ही देर में सुबह होने वाली है।

"यह बादल सूर्य की किरणों को धरती पर गिरने से रोकेंगे।" ब्रहमेश्वर ने मेरी ओर देखते हुए कहा।

वहीं अमात्य की आंखो में चमक थी। वह यह दृश्य देखकर बहुत उत्साहित हो रहा था। "अब हर्षवर्धन हमारे वश में होगा।" अमात्य ने कहा।

अचानक से वहाँ विक्की आ गया। उसका एक हाथ कटा हुआ था। यह देखकर मैं हैरान थी कि एक वैम्पायर का हाथ कैसे कट सकता है? पिछली बार जब उसने मेरा किडनैप किया था, तो उसका हाथ ठीक था।

"अरे वाह! आपने तो कमाल कर दिया। अब सूर्य की रोशनी वैम्पायर्स तक नहीं पहुंच पाएगी। सारे वैम्पायर्स तैयार हैं।" विक्की के चेहरे पर भी खुशी थी।

मैंने ब्रहमेश्वर से पूछा, "आपको लगता है यह वैम्पायर्स हर्षवर्धन को रोक पाएंगे?" मेरे सवाल ने अमात्य और ब्रहमेश्वर को सोचने पर मजबूर कर दिया था।

"हर्षवर्धन बहुत शक्तिशाली है, किन्तु यहाँ हजारों की संख्या में एक से एक खतरनाक वैम्पायर्स हैं। वह इनके आगे ज्यादा देर टिक नहीं पाएगा।" अरुणोदय ने कहा।

एक बार फिर उसके चेहरे पर ओवर कॉन्फिडेन्स दिख रहा था।

मेरा हाथ पकड़ते हुए ब्रहमेश्वर ने सभी से कहा, "यज्ञ प्रारंभ करने का समय आ गया है। मैं कनिका को लेकर पुरानी गुफा में जा रहा हूँ। एनी, तुम और अरुणोदय भी मेरे साथ चलो। अमात्य तुम यहाँ सब सम्भाल लेना।"

यह कहते ही वह मुझे अपने साथ पास में ही बनी एक दूसरी गुफा में लेकर जाने लगे।

*****

31
अद्भुत दृश्य

'रहमान SPEAKS'

"अद्‌भुत दृश्य!" मैंने खिड़की से बाहर की ओर देखते हुए कहा।

सभी तुरन्त खिड़की से बाहर की ओर देखने लगे। आसमान में काले घने बादल छा गए थे। मैंने अपने पूरे जीवनकाल में ऐसे बादल कभी नहीं देखे थे। क्या यह सब ब्रहमेश्वर ने किया है? वह करना क्या चाहता है? मेरे जहन में यही सवाल था।

"यहाँ तो पूरा ही मौसम चेंज है।" राहुल ने आसमान की ओर देखते हुए कहा।

"अब कहाँ जाना है?" शौर्य ने मेरी ओर देखते हुए पूछा।

"गाड़ी एक साइड रोको।" मैंने शौर्य को गाड़ी रोकने के लिए कहा।

मेरी नज़र अभी भी सामने की पहाड़ी पर थी, जिसके ऊपर काले बादल मंडरा रहे थे। मैंने पूर्व दिशा की ओर देखा, कुछ ही देर में सूर्योदय होने वाला था।

रितिका ने भी उस ओर देखा और मुझसे कहा, "सूर्योदय होने वाला है। अगर आप बाहर गए, तो जल जाओगे।" वह चिंतित थी।

"घबराओ मत। अभी सूर्योदय होने में कुछ समय बाकी है।" मैंन कहा और तुरन्त गाड़ी से नीचे उतर गया।

मैंने देखा कि बहुत से सैलानी जो वहाँ से गुज़र रहे थे, रुककर फोटोग्राफी करने लगे। शौर्य, रितिका और बाकी सब भी गाड़ी से नीचे उतरकर उस दृश्य को देखने लगे।

"पहाड़ी के उस पार वैम्पायर्स हैं।" मैंने कहा।

यह सुनते ही वह मुझे हैरानी से देखने लगे। "ऐसे मत देखो, वहाँ सौ-दो सौ नहीं, बल्कि हजारों की संख्या में वैम्पायर्स हैं। मैं उनकी मौजूदगी को महसूस कर सकता हूँ।" मैंने उन्हें बताया।

"तुम सब एक मिनट रुको।" यह कहकर मैं वहाँ से हवा की तरह ओछल हो गया और अगले ही पल सामने की पहाड़ी पर पहुंच गया।

पहाड़ी के उस पार का नज़ारा देखकर मेरी आंखे खुली की खुली रह गई। उस पार वैम्पायर्स का मजमा लगा हुआ था। मानो किसी युद्ध की तैयारी चल रहो हो। मैं भी हैरान था कि एक अकेले हर्षवर्धन के लिए हजारों की संख्या में वैम्पायर्स वहाँ आए हुए थे।

तभी मेरी नज़र सामने के पहाड़ पर गई, वहाँ अमात्य खड़ा था। मैं उसे करीब 900 वर्ष के बाद देख रहा था। उसे देखते ही मुझे मेरे दोनों मासूम बच्चों के चेहरे याद आ गए। मेरे मन में बदले की आग जलने लगी।

वहीं अमात्य के चेहरे पर खुशी थी। उसे देखकर ऐसा लग रहा था, जैसे वह इस विशाल सेना का नेतृत्व कर रहा हो। मैंने पीछे मुड़कर देखा, तो शौर्य मुझे बायनाकूलर से देख रहा था। वह मुझे देखकर अपना हाथ हिला रहा था। जैसे ही शौर्य ने अपना बायनाकूलर हटाया, मैं उसके सामने खड़ा था।

मुझे अचानक से सामने देखकर वह चौंक गया और घबराते हुए दो कदम पीछे होकर बोला, "तुमने तो मुझे डरा ही दिया।"

"पहाड़ी के उस पार क्या है?" श्रुति ने पूछा।

"क्या आपको वहाँ कनिका दिखी?" रितिका ने भी पूछा।

वह सभी मुझे ही देख रहे थे। "उस पहाड़ी के पीछे हजारों वैम्पायर्स का जमावड़ा है। कनिका तो मुझे नहीं दिखी, लेकिन अमात्य को मैंने देखा। वह अपनी सेना का नेतृत्व कर रहा है। जरूर वहाँ कुछ बड़ा होने वाला है।" मैंने उनसे कहा।

"हमें वहाँ चलकर देखना चाहिए।" शौर्य ने कहा। वह पूरे जोश में था।

"नहीं, तुम लोगों का वहाँ जाना खतरे से खाली नहीं है। तुम सब यहाँ से वापस चले जाओ। सूर्योदय होने से पहले मुझे उस पहाड़ी पर पहुंचना होगा।" मैंने कहा।

मेरा फ़ैसला सुनकर वह सभी मुझे ऐसे घूरने लगे, मानो मैंने कोई जुर्म कर दिया हो। उन्हें देखकर साफ नज़र आ रहा था कि वह मेरे साथ जाए बिना नहीं मानेंगे। लेकिन मैं इस तरह उन्हें खतरे में भी नहीं डाल सकता था। मैंने उनसे पांच मिनट का समय मांगा और तुरन्त नीचे इन्सानों की बस्ती की ओर निकल गया।

करीब दो मिनट बाद मैं वापस आया। मैंने पूर्व दिशा की ओर देखा, सूर्य की किरणें आसमान को चीरते हुए गाड़ी के बोनट पर गिर रही थी। दिन के उजाले से मेरे शरीर का तापमान बढ़ने लगा था। ऐसा लग रहा था, मानो मेरा शरीर आग की लपटों के करीब जा रहा हो।

मेरा मुंह रुमाल से ढका देखकर रितिका ने पूछा, "आपने अपना मुंह क्यो ढका है?"

मैंने उनके सामने एक थैला रख दिया, जिसके अंदर लहसून था। "तुम सब यह लहसून अपनी जेब में रख लो। इससे वैम्पायर्स को तुम्हारे शरीर की महक नहीं आएगी।"

सभी ने फटा-फट लहसून उठाया और अपनी जेब में रख लिया। उसके बाद एक-एक करके मैं उन सभी को उस पहाड़ी पर ले गया।

उस पहाड़ी पर पहुंचते ही हम सब एक बड़े से पेड़ की आड़ में छिप गए। वह पहाड़ी पूरी तरह काले बादलों से ढकी थी। सामने वैम्पायर्स की विशाल सेना थी। एक हल्की-सी गलती और हम सब मौत के मुंह में जा सकते थे। इसलिए मैंने सभी को चुप रहने का इशारा किया।

अचानक से बादल गरज़ने लगे। हवाएं तेज हो गई। बादलों में बिजली ऐसे कड़क रही थी, मानो आज ही प्रलय आने वाली है। मौसम के इस बदलाव को देखकर रितिका और बाकी सभी बहुत डर गए थे।

शौर्य बायनाकूलर से चारों तरफ देख रहा था। तभी उसने एकदम से कहा, "हर्ष आ गया।"

मैंने दक्षिण की ओर बनी पहाड़ी पर देखा, तो वहाँ हर्षवर्धन खड़ा था। उसे देखते ही मेरी जान में जान आ गई। वहीं बाकी सभी का डर एकदम से गायब हो गया था।

*****

32
रहस्यमयी तलवार

'हर्षवर्धन SPEAKS'

"कहीं इस तूफान से बादलों की चादर हट न जाए।" विक्की ने अमात्य से कहा।

परन्तु बादलों की गड़गड़ाहट और तेज हवाओं ने अमात्य को मेरे आने का संकेत दे दिया था।

"हर्षवर्धन आ चुका है।" अमात्य ने विक्की से कहा।

तभी उनकी नज़र मुझ पर पड़ी। वह उत्तर दिशा के पहाड़ पर थे और मैं दक्षिण के।

मेरी ओर इशारा करते हुए अमात्य ने सभी वैम्पायर्स से कहा, "उसे बंदी बना लो।"

हजारों वैम्पायर्स की नज़र मुझ पर थी। वह सब मुझे देखकर उलझन में थे।

"अमात्य आपने इस बच्चे को पकड़ने के लिए हमें सात समुद्र पार से बुलाया।" एक अमेरिकन वैम्पायर ने मेरी खिल्ली उड़ाते हुए कहा।

"एक साधारण से वैम्पायर के लिए आपने हजारों की फौज़ इकठ्ठा कर दी। इसके लिए तो मैं अकेला ही काफ़ी हूँ।" एक अफ्रीकन वैम्पायर ने कहा।

वह दिखने में सात फुट लम्बा और हट्टा-कट्टा था। उसका रंग कोयले की तरह काला था। अगले ही पल वह मेरे सामने आकर खड़ा हो गया। उसके चेहरे पर मुस्कान थी।

मैंने एक नज़र सभी पर दौड़ाई, वहाँ हर देश से आये वैम्पायर्स मौजूद थे। वह अफ्रीकन वैम्पायर शक्ल से काफी खौफनाक लग रहा था।

"तुम्हारी उम्र कितनी है?" मैंने उससे पूछा।

"एक हजार साल।" उसने अकड़ते हुए कहा। मुझे उस पर हंसी आ रही थी। मैंने अमात्य की ओर देखा। शर्मिंदगी से उसकी नज़रे झुक गई थी।

"तुम्हें मेरी बात मज़ाक लग रही है?" अफ्रीकन ने मुझसे घूरते हुए पूछा।

"नहीं, बिल्कुल नहीं।"

"फिर हंस क्यों रहे हो?"

"तुम मुझसे उम्र में दो हजार वर्ष छोटे हो, फिर भी इतनी अकड़।" मैंने कहा।

यह सुनकर वह थोड़ा असमंजस में पड़ गया। उसने अमात्य की ओर मुड़कर देखा। भले ही हम सब बहुत दूरी पर थे, किन्तु फिर भी हमें सबकुछ आसानी से सुनाई और दिखाई दे रहा था।

"कौन हो तुम?" अफ्रीकन ने पूछा।

"हर्षवर्धन।"

मेरा नाम सुनते ही सभी वैम्पायर्स मुझे हैरानी से देखने लगे, उनमें कानाफूसी शुरु हो गई थी।

"ओह! तो तुम हो हर्षवर्धन। बहुत सुना था तुम्हारे बारे में, चलो आज देख भी लिया।"

"अच्छा! ऐसा क्या सुना, ज़रा मुझे भी तो पता चले।" मैंने मुस्कुराते हुए कहा।

"तुम वही पागल हो न, जो एक लड़की के प्यार में सालों से भटक रहा है। जो कभी अपने प्यार को नहीं बचा पाया, वह हमारा क्या मुकाबला करेगा?" उसकी बात ने मेरे अंदर के ज्वालामुखी को भड़का दिया था।

मैंने चिल्लाते हुए अमात्य से कहा, "अमात्य, तुमने इन मूर्खों को अपने जन्मदाता से बात करने का लहज़ा नहीं सिखाया?" मेरा क्रोध चरम सीमा पर था।

तभी उस अफ्रीकन ने मेरी गर्दन पकड़ने के लिए हाथ आगे बढ़ाया, किन्तु उस मूर्ख को यह नहीं पता था कि आज उसके एक हजार वर्ष के जीवन का अन्त होने वाला है। इससे पहले कि वह मुझे छूता, मेरे हाथ में उसका दिल था। देखते ही देखते उसका शरीर राख़ बन गया।

"अमात्य, हृदयकर्णिका कहाँ है?" मैंने उससे पूछा।

परन्तु उसने कोई जवाब नहीं दिया। उसने सभी वैम्पायर्स को मुझ पर हमला करने का इशारा किया। यह देखकर मेरा क्रोध और बढ़ गया। मेरी आंखे लाल हो गई थी।

"आज मैं इस धरती को वैम्पायर मुक्त कर दूंगा।" मैंने अमात्य से कहा।

सभी वैम्पायर्स मुझ पर हमला करने को तैयार थे। मैंने आसमान की ओरे देखा। बादलों में तेज गड़गड़ाहट होने लगी। मैंने ऊपर हाथ उठाया और तभी आसमान को चीरती हुई एक तेज रोशनी मेरे हाथ में आई। और अगले ही पल मेरे हाथों में मेरी चमकती चांदी की तलवार थी।

उस तलवार को देखते ही अमात्य की आंखे खुली की खुली रह गई। उसने इस रहस्यमयी तलवार को हिन्द महासागर की गहराईयों में दफ्न कर दिया था। इसका कहर वह दक्खन और उसके बाद के सभी युद्धों में देख चुका था।

उसे यूँ परेशान देख, विक्की ने पूछा, "ऐसा क्या है इस तलवार में?"

अमात्य के मुंह से सिर्फ एक ही शब्द निकला, "मौत।"

उसके इशारे पर सभी वैम्पायर्स मेरी ओर बढ़ रहे थे। मैंने तलवार को हवा में लहराया और आंधी की तहर उन पर टूट पड़ा। उनके अंदर मेरे जैसी गति और ताकत नहीं थी। मेरी तलवार के आगे वह टिक नहीं पाए। एक के बाद एक उनके शरीर को चीरता, मैं आगे बढ़ रहा था।

तलवार के एक प्रहार से उनका शरीर राख़ बन जाता। कुछ ही मिनटों में हजारो वैम्पायर्स राख़ बनकर मिट्टी में मिल गए थे। मेरे कहर ने कुछ ही

क्षणों में उनकी संख्या आधे से भी कम कर दी थी। मेरी गति और शक्ति देखकर कुछ वैम्पायर्स पीछे हटने लगे।

"आपने हमें यहाँ रात के अभिश्राप से मुक्ति के लिए बुलाया था, या फिर जीवन से मुक्ति के लिए। इस तरह तो हमारा अस्तित्व ही मिट जाएगा।" अमेरिकन वैम्पायर ने अमात्य से कहा। उसने अपने साथी वैम्पायर्स को आत्मसमर्पण करने का इशारा किया।

मेरे प्रकोप ने वैम्पायर्स को सिर झुकाकर घुटनो के बल झुकने पर मजबूर कर दिया, किन्तु उनका मेरे सामने यूँ घुटने टेकना, विक्की को पसंद नहीं आया। वह अपने गुस्से पर काबू न पा सका और उन पर चिल्लाते हुए बोला, "कायरों, तुम इस कमीने के आगे घुटने कैसे टेक सकते हो?"

विक्की के शब्द मेरे कानों में पड़े ही थे, कि अगले ही पल मैं बिल्कुल उसके सामने खड़ा था। यह देख वह हक्का-बक्का रह गया।

"मैं दूसरा मौका नहीं देता।" मैंने विक्की की आंखों में देखते हुए कहा।

वह मेरा मतलब समझ गया था, डर के कारण उसकी आंखों की पुतलियां छोटी हो गई थी। वह पीछे मुड़कर गुफा की ओर भाग रहा था कि मैंने अपनी तलवार के वार से उसका सिर धड़ से अलग कर दिया। सबकी आंखों के सामने उसका शरीर जलकर राख़ हो गया।

मैंने अपना हाथ हवा में उठाया और मेरी तलवार की अदृश्य म्यान मेरे हाथों में आ गई। मैंने उसे म्यान में रखा और अमात्य की ओर देखा। उसके पैर कांप रहे थे।

"सदियों से जो तलवार खामोश थी, तुमने उसे जागने पर मजबूर कर ही दिया।" मैंने अमात्य से कहा।

मेरे बगल में म्यान के अंदर तलवार हवा में तैर रही थी। "तुमने यह सोच भी कैसे लिया, तुम मुझे बंधी बना सकते हो? तुम्हारे पापों की सज़ा मौत है।" मैंने कहा।

जैसे-जैसे मैं उसकी ओर बढ़ रहा था, तलवार स्वयं म्यान से बाहर निकल रही थी। तलवार को बाहर निकलते देख, अमात्य घुटनों के बल आ गया।

"मुझे माफ कर दो भाई।" वह गिड़गिड़ाने लगा।

उसे गिड़गिड़ाते देख, मैंने अपना मन बदल लिया। "ठीक है अमात्य, मैं तुम्हें मौत नहीं दूंगा, किन्तु तुम्हें इस दुनिया में भी जीने का कोई हक नहीं है।" मैंने कहा।

वह उलझन में पड़ गया। उसे उलझन में देखकर मैंने मुस्कुराते हुए कहा, "अनन्त नींद।"

यह सुनते ही उसके चेहरे का रंग उड़ गया। वह मेरा इरादा समझ गया था। "हर्षवर्धन इससे अच्छा तो तुम मुझे इस जीवन से ही मुक्ति दे दो।" अमात्य मुझसे विनती करते हुए बोला।

वह जानता था, एक बार अनन्त नींद में जाने के बाद वह सिर्फ मेरे ही खून से पुनः जागृत हो सकता था। अगले ही पल वह गुफा के अंदर भागा। मैं भी उसके पीछे था। मुझे पता था वह ब्रहमेश्वर के पास ही जा रहा है।

जैसे ही मैं अंदर पहुंचा, मैंने देखा कि ब्रहमेश्वर एक यज्ञ में बैठा था। उसके बगल में कनिका थी, जिसका हाथ एनी ने पकड़ा हुआ था। वहीं अरुणोदय भी ब्रहमेश्वर के साथ मंत्रो का उच्चारण कर रहा था।

जैसे ही ब्रहमेश्वर की नज़र मेरे और अमात्य पर पड़ी, वह बाहर हुए युद्ध के परिणाम से विदित हो गया। वहाँ कुछ अन्य वैम्पायर्स भी मौजूद थे, लेकिन वह चुपचाप अपने स्थान पर खड़े थे। मुझे देखकर कनिका के चेहरे पर खुशी छा गई। वह बैठी-बैठी एनी से अपना हाथ छुड़ाने लगी।

"ब्रहमेश्वर मुझे बचाओ।" अमात्य ने उसे पुकारते हुए कहा।

ब्रहमेश्वर ने उसकी ओर देखा। वह लगातार अपने मंत्रों के उच्चारण में लगा था। उसने अमात्य को अपने पास आने का इशारा किया। इससे पहले कि वह ब्रहमेश्वर तक पहुंचता, उसकी गर्दन मेरी पकड़ में थी। वह मेरी पकड़

से नहीं बच पाया। मैंने अपने दांत बाहर निकाले और उसकी गर्दन में गड़ा दिये। वह दर्द से कराह उठा। उसकी गर्दन से खून बहने लगा।

मैंने तब तक उसकी गर्दन नहीं छोड़ी, जब तक वह अधमरा नहीं हो गया। कुछ ही देर में वह जमीन पर गिर पड़ा। चारों तरफ अमात्य का खून बिखरा पड़ा था। उसके शरीर का पूरा खून निकलते ही वह अनन्त नींद में चला गया और उसका शरीर सूखकर मुरझा गया।

मैं नहीं जानता था ब्रहमेश्वर क्या कर रहा है, परन्तु मुझे कनिका को बचाना था। मैं जैसे ही उसकी ओर जाने लगा, किसी अदृश्य दीवार ने मुझे रोक लिया। मैं उनके पास नहीं जा पा रहा था। मैंने बहुत कोशिश की, किन्तु मैं विफल रहा। मुझे गुस्सा आने लगा था।

मैंने ब्रहमेश्वर और अरुणोदय से कहा, "अगर तुम चाहते हो, कि मैं तुम्हारा अमात्य जैसा हाल न करूं, तो कनिका को छोड़ दो।"

ब्रहमेश्वर का यज्ञ भी खत्म हो चुका था। वह अपने स्थान पर खड़ा हुआ। "तुम कितनी भी कोशिश कर लो, इस अदृश्य दीवार को भेद नहीं सकते।" उसने अमात्म के शरीर की ओर देखा। "अमात्य ने सदियां बिता दी, इसी इन्तजार में कि एक दिन वह तुम्हारे जैसा बन जाएगा, किन्तु देखो आज वह क्या बन गया।" ब्रहमेश्वर को अमात्य पर तरस आ रहा था।

उस अदृश्य दीवार के करीब आकर उसने मुझसे कहा, "अमात्य को तो हम पुनः अनन्त नींद से जागृत कर देंगे, किन्तु उससे पहले तुम्हें हमारा एक महत्वपूर्ण कार्य करना है।" उसने अरुणोदय से पास में रखा एक प्याला मंगाया और धीरे से मेरी ओर बाहर खिसकाते हुए बोला, "मुझे इस प्याले में तुम्हारा रक्त चाहिए।"

मेरा ध्यान कनिका की हथेली पर बंधी पट्टी की ओर गया। "क्या तुमने कनिका का भी रक्त लिया है?" मैंने ब्रहमेश्वर को घूरते हुए पूछा। मेरे मन में कनिका को खोने का डर था। दो हजार साल पहले भी ब्रहमेश्वर ने हृदयकर्णिका को मुझसे दूर कर दिया था।

उसी वक्त एनी ने मुझसे पूछा, "विक्की कहाँ है?" उसे कहीं भी विक्की नहीं दिख रहा था। उसकी बेचैनी बढ़ती जा रही थी। मैंने उसे कोई जवाब नहीं दिया। ब्रहमेश्वर समझ गया था कि विक्की अब नहीं है। उसने एनी की ओर देखा। ब्रहमेश्वर की आंखों ने उसे जवाब दे दिया था।

"नहीं... ।" उसकी आंखों में आंसूओं के साथ-साथ गुस्सा भी भर आया था। "तुमने मुझसे मेरा प्यार छीना, मैं तुम्हारा प्यार छीन लूंगी।" यह कहते ही एनी अपने दांत कनिका की गर्दन पर ले गई थी कि उसे अरुणोदय ने पकड़ लिया। वह छटपटाने लगी। वहीं मेरी तो मानो सांसे ही रुक गई थी।

"मुझे छोड़ दो, मैं हर्षवर्धन से बदला लेकर रहूंगी।" एनी रोते हुए चिल्ला रही थी। मैं उसके दुख को समझ सकता था। मैंने पहले भी एक बार विक्की को मौका दिया था।

ब्रहमेश्वर ने इस स्थिति का फायदा उठाते हुए मुझसे कहा, "अगर तुम चाहते हो कि कनिका जीवित रहे, तो जैसा मैं कह रहा हूँ, वैसा करो।" मेरे पास और कोई रास्ता भी नहीं था। मैंने उस प्याले को उठाया और अपने रक्त से उसे भर दिया।

एनी अभी भी विक्की के वियोग में रोए जा रही थी। यज्ञ कुंड के पास ही कनिका के रक्त से भरा एक प्याला रखा था। ब्रहमेश्वर ने हम दोनों के रक्त को एक बड़े से प्याले में डालकर मिला दिया। वह कुछ मंत्रो का जाप करने लगा। मुझे सिर्फ कनिका की फिक्र थी। मंत्रों का जाप समाप्त करने के बाद ब्रहमेश्वर ने अपनी आंखे खोली। उसके चेहरे पर एक अलग ही चमक आ गई थी। वह ज़ोर-ज़ोर से हंसने लगा। उसके बाद उन तीनों ने वह रक्त पीया।

रक्त पीते ही अरुणोदय की खुशी का तो ठिकाना नहीं था। वह खुशी से झूम उठा। उसने उल्लास भरे शब्दों में कहा, "आखिरकार दो हजार वर्ष पश्चात, हम अपनी अंधेरी दुनिया से बाहर आ ही गए।"

*****

33
रात का अंधेरा

मैं अरुणोदय के मुख से निकले शब्दों का अर्थ समझ गया था। किन्तु मेरे दिमाग में एक ही सवाल घूम रहा था, आखिर कैसे? मेरे और हृदयकर्णिका के रक्त से वह दिन की रोशनी में कैसे निकल सकते थे?

अगले ही पल ब्रहमेश्वर ने मेरी ओर देखते हुए मंत्र का जाप किया और मेरे चारों ओर एक गोल घेरा बन गया। मैं और मेरी तलवार उस घेरे में कैद हो गए थे। मैंने उससे बाहर निकलने की बहुत कोशिश की, किन्तु मेरी कोशिशे नाकाम रही।

"आखिरकार हमने तुम्हें कैद कर ही लिया।" ब्रहमेश्वर ने खुश होते हुए कहा।

वह अपने सुरक्षा घेरे से बाहर आ गया था। कनिका भागकर मेरे पास आई, लेकिन वह मेरे चारों तरफ बने घेरे को लांग नहीं पाई।

उसने ब्रहमेश्वर की ओर देखते हुए कहा, "आपको जो चाहिए था, वह मिल गया है। अब हमें जाने दीजिए।"

कनिका की बात पर ब्रहमेश्वर ने हंसते हुए जवाब दिया, "दो हजार वर्ष लग गए, मुझे हर्षवर्धन को कैद करने में। और तुम कह रही हो, मैं इसे छोड़ दूं।"

अचानक से रहमान वहाँ आ गया। उसके साथ शौर्य, रितिका, राहुल, श्रुति, सोनम और समीर को देखकर, जितना मैं शॉक्ड था, उतनी ही कनिका भी।

वहीं रहमान को अपनी आंखों के सामने देखकर अरुणोदय हैरान था। अपनी गुफा में इन्सानों को देखकर ब्रहमेश्वर भी अंचभित था। मुझे उम्मीद नहीं थी कि रहमान उन सबको ऐसे खतरे में डाल देगा।

ब्रहमेश्वर ने रहमान को देखकर मुस्कुराते हुए कहा, "देखो तो कौन आया है, हमारा एक बागी वैम्पायर।"

उसके बाद उसने वहाँ मौजूद वैम्पायर से सभी को बंदी बनाने को कहा।

मैं उस चक्रव्यूह से बाहर आने की कोशिश कर रहा था किन्तु सब व्यर्थ था। अरुणोदय उन सभी की ओर जाने लगा।

"रहमान मुझे खुशी है कि तुम अभी भी जिन्दा हो, किन्तु अफसोस तुम्हारी फातिमा को दूसरा मौका नहीं मिल सका।" अरुणोदय ने कहा।

रहमान गुस्से से छटपटा रहा था। उसकी आंखों में बदले की ज्वाला धधक रही थी। मैं समझ गया था कि फातिमा अब नहीं रही। मुझे इस बात का बेहद दुख था। शायद मेरी नामौजूदगी ही फातिमा की मृत्यु का कारण थी।

"क्या इस रक्त से हम विक्की को भी जिन्दा कर सकते हैं?" एनी ने ब्रहमेश्वर से पूछा। ब्रहमेश्वर ने 'ना' में सिर हिलाया।

एनी ने मेरी ओर देखा और गुस्से से बोली, "आखिर तुमने विक्की के साथ क्या किया?"

मैंने उसे जवाब देते हुए कहा, "यह तलवार नहीं, मेरा साया है। यह मुझसे ही बनी है। इसकी मार से वैम्पायर्स का अस्तित्व समाप्त हो जाता है।" मेरे जवाब ने एनी को तोड़ दिया था।

"किन्तु हम अमात्य को जागृत कर सकते हैं। यह सब देखकर अमात्य बहुत खुश होगा।" ब्रहमेश्वर ने कहा।

अमात्य सिर्फ मेरे या फिर अपने रक्त से ही अनन्त नींद से जाग सकता था। उस प्याले में मेरा भी रक्त था, क्या वह इससे जागेगा? मेरे मन में यह सवाल उठने लगा।

ब्रहमेश्वर की बात सुनते ही अरुणोदय तुरन्त उस प्याले से रक्त लेकर आया और उसे अमात्य के मुंह में डालने लगा। रक्त अमात्य के मुंह से होता हुआ, उसके शरीर में चला गया था। सभी की नज़रे अमात्य के निर्जीव शरीर पर

थी। काफी समय गुज़रने के पश्चात भी उसके शरीर में कोई हलचल नहीं थी। इस बार ब्रहमेश्वर ने उसके मुंह में रक्त डाला, किन्तु परिणाम वहीं रहा। उसका शरीर अभी भी निर्जीव जमीन पर पड़ा था।

"ऐसा कैसे हो सकता है?" ब्रहमेश्वर हैरान था।

ब्रहमेश्वर ने पास खड़े एक वैम्पायर को बुलाया और प्याले में से रक्त पीने को दिया। रक्त पीने के कुछ देर बाद ब्रहमेश्वर ने उस वैम्पायर को गुफा से बाहर धूप में जाने को कहा। वह काफी घबरा रहा था। जहाँ कुछ देर पहले सभी के चेहरे पर आत्मविश्वास और उत्साह था, वहीं अब खुद ब्रहमेश्वर को स्वयं पर विश्वास नहीं था।

गुफा के प्रवेश द्वार पर पहुंचते ही ब्रहमेश्वर ने उसे बाहर धक्का दे दिया और अपने मंत्रों से अंदर आने के मार्ग को अवरोधित कर दिया था। जैसे ही वह वैम्पायर सूर्य की रोशनी में गया, उसका शरीर जलने लगा। वह ब्रहमेश्वर से अंदर आने की मिन्नतें करता रहा, किन्तु ब्रहमेश्वर अपने यज्ञ और शक्ति का परिणाम देखना चाहता था। कुछ ही देर में वह जलकर भस्म हो गया।

यह नजारा देखकर श्रुति की तो चीख ही निकल गई थी। दूसरी तरफ रितिका और बाकी सभी सहम गए थे।

"मैंने तुमसे कहा था, यहाँ आना खतरे से खाली नहीं है।" रहमान ने शौर्य से कहा। शायद शौर्य और बाकी सबको उनके यहाँ आने पर अफसोस हो रहा था।

ब्रहमेश्वर ने अपना थोड़ा-सा हाथ बाहर सूर्य की रोशनी में निकाला। उसका हाथ जलने लगा। उसने तुरन्त अपना हाथ अंदर खींच लिया। उसके हाथों से धुंआ निकल रहा था। वह अपनी नाकामयाबी से बौख़ला गया और क्रोध में इधर-उधर घूमने लगा। उसके दिमाग ने काम करना बंद कर दिया था।

"हम राते के अंधेरे से बाहर नहीं आए।" अरुणोदय ने गुस्से से चिल्लाते हुए कहा।

उसे तो मानो सदमा-सा लग गया था। वह अपना माथा पकड़कर वहीं बैठ गया।

"किन्तु ऐसा कैसे हो सकता है। जैसा महर्षि स्वर्गवासा ने कहा था, मैंने बिल्कुल वैसा ही किया।" ब्रहमेश्वर बड़बड़ाए जा रहा था।

किन्तु उसके मुंह से महर्षि स्वर्गवासा का नाम सुनकर मैं आश्चर्यचकित रह गया। वहीं कनिका और बाकी सब भी हैरान हो गए थे।

"क्या? महर्षि स्वर्गवासा ने तुम्हें राते के अंधेरे से मुक्ति का उपाय बताया था?" मैंने ब्रहमेश्वर से पूछा।

मेरी ओर निराशा भरी नज़रों से देखते हुए ब्रहमेश्वर ने कहा, "महर्षि स्वर्गवासा मेरे गुरु थे। मेरी गुरुभक्ति से प्रसन्न होकर उन्होंने मुझे देवीय शक्ति का ज्ञान दिया था। किन्तु हृदयकर्णिका के जन्म के पश्चात वह आश्रम से चले गए। हमारे वैम्पायर बनने के कई सौ साल बाद जब हमारी मुलाकात महर्षि स्वर्गवासा से हुई, तो मेरी प्रार्थना को स्वीकार करते हुए उन्होंने हमें रात के अंधेरे से मुक्ति पाने का उपाय बताया था। उन्होंने कहा था कि तुम दोनों की आत्माएं एक-दूसरे से जुड़ी हैं। तुम्हारे रक्त से मिलकर बना रक्त ही हमें रात के अंधेरे से मुक्ति दिलाएगा।"

ब्रहमेश्वर के चेहरे पर मायूसी थी। यह सब सुनकर कनिका मेरी ओर देखने लगी।

तभी बीच में अरुणोदय बोल पड़ा, "हमने उनके बताएं मंत्रों और यज्ञ को विधिवत तरीके से किया। तो फिर हम नाकाम कैसे हो सकते हैं?"

"जब हमारी मुक्ति का कोई उपाय ही नहीं है, तो हम सबको खत्म कर देते हैं। हर्षवर्धन हमारी कैद में है। इसने मुझसे मेरा प्यार छीन लिया, मैं हर्षवर्धन से इसके सभी प्रियजनों को छीन लूंगी।" एनी ने अपने दांत दिखाते हुए कहा।

एनी की आंखों में बदले की आग थी। उसे देखकर रितिका और बाकी सब डर से कांपने लगे थे।

"हमें बचा लो हर्ष...।" वह सब मुझसे मदद की गुहार लगा रहे थे किन्तु मैं बेबस था।

ब्रहमेश्वर भी एनी की बातों से इत्तेफाक रखता था। उसने एनी और अरुणोदय से कहा, "ह्रदयकर्णिका को छोड़कर सभी को खत्म कर दो।"

ब्रहमेश्वर का आदेश मिलते ही अरुणोदय तुरन्त श्रुति के पास पहुंच गया। वह डर से कांप रही थी।

"प्लीज मुझे छोड़ दो।" इतना कहते ही वह रोने लगी। मैं पूरी कोशिश कर रहा था, उस घेरे से बाहर आने की, किन्तु मेरी कोशिशे बेकार थी।

"तुम इतनी खूबसूरत हो, तुम्हें मारने का दिल तो नहीं कर रहा। अम्म.... मारने से पहले तुम्हारे जिस्म को ही निहार लूं।" अगले ही पल अरुणोदय ने श्रुति को आपत्तिजनक जगहों पर हाथ लगाना शुरु कर दिया। उसके दांत भी बाहर थे।

श्रुति की आंखे से आंसू गिरने लगे। अरुणोदय उसकी गरिमा और आत्मविश्वास को ठेस पहुंचा रहा था।

"अरुणोदय...।" मैंने चिल्लाते हुए कहा।

मेरी आवाज़ इतनी बुलंद थी कि गुफा की दीवारें भी कांपने लगी। छोटे-छोटे पत्थर टूटकर गिरने लगे। सभी ने अपने कानों पर हाथ रख लिये थे।

"आज तुमने अपनी सारी हदें पार कर दी।" मेरा क्रोध किसी ज्वालामुखी से कम न था। मेरे दांत मुंह से बाहर आ गए थे।

मैंने अपनी हवा में तैरती शांत तलवार की ओर देखा। वह मेरा इशारा समझ गई थी। तलवार स्वयं म्यान से बाहर आ गई। यह दृश्य उनके लिए चौंकाने वाला था। अगले ही क्षण तलवार ने ब्रहमेश्वर के बनाए कवच को तोड़ दिया और वहाँ मौजूद वैम्पायर्स को पल भर में राख़ कर दिया।

वहाँ सिर्फ ब्रहमेश्वर, एनी और अरुणोदय ही बचे थे। यह सब देखकर उन तीनों को अपनी आंखों पर यकीन नहीं हो रहा था। कनिका भागकर रितिका और बाकियों के पास गई। तलवार उनके सामने ढाल बनकर हवा में तैर रही थी।

"ब्रहमेश्वर, यह तुम्हारी गलतफहमी है कि तुम मुझे कैद कर सकते हो।" मैंने कहा।

अरुणोदय खड़ा-खड़ा कांप रहा था। उन तीनों ने मेरे इस रौद्र रुप की कल्पना भी नहीं की थी। मैं अरुणोदय के पास गया। मेरी आंखों में उसे अपनी मृत्यु नज़र आ रही थी।

"तुम्हें रात के अंधेरे से मुक्ति चाहिए थी न, लो आज मैं तुम्हें दुनिया से मुक्ति दे रहा हूँ।" मैंने उसकी गर्दन पकड़ी ही थी कि मुझे रहमान का ख्याल आया।

अरुणोदय मुझसे ज्यादा रहमान का गुनहगार था। मैंने रहमान की ओर इशारा किया और अरुणोदय के हाथ पीछे से पकड़ लिये। रहमान की आंखों में फातिमा को खोने का दुख और अरुणोदय से बदले की आग साफ दिख रही थी। वह अरुणोदय के सामने आकर खड़ा हो गया। वहीं अरुणोदय मेरी गिरफ्त में था। वह हिल भी नहीं पा रहा था।

"प्लीज रहमान मुझे माफ कर दो।" वह रहमान से अपनी जान की भीख मांगने लगा।

अरुणोदय की गुहार सुनकर श्रुति ने कहा, "इसे मत छोड़ना। इस दरिंदे ने फातिमा की जान ली और मेरे साथ बद्‌तमीजी...।" इतना कहते ही वह रोने लगी। कनिका, सोनम और रितिका ने उसे सहारा दिया।

जब अरुणोदय ने फातिमा का दिल उसके सीने से बाहर निकला था, उस समय वह रहमान को देख रही थी। उसका चेहरा याद आते ही रहमान की आंखे गुस्से से लाल हो गई और अगले ही पल उसने अपना हाथ अरुणोदय के सीने में घुसा दिया।

अरुणोदय की चीख निकल गई। वह छटपटा रहा था। रहमान ने उसका दिल सीने से बाहर निकाल दिया और क्षण भर में उसका शरीर राख का ढेर बन गया।

यह देखकर एनी और ब्रहमेश्वर घबरा गए थे। इससे पहले कि वह दोनों कुछ सोचते, मैं उनके सामने था। उनके पास भागने का कोई रास्ता नहीं था।

मैंने ब्रहमेश्वर की गर्दन को पकड़ा और जैसे ही मैं उसकी गर्दन उखाड़ने वाला था, कि तभी किसी ने पीछे से मुझे आवाज़ दी, "रुको हर्षवर्धन।"

सभी गुफा के प्रवेश द्वार की ओर देखने लगे। मैंने भी मुड़कर पीछे देखा, तो वहाँ महर्षि स्वर्गवासा खड़े थे।

*****

34
श्राप से मुक्ति का उपाय

गुफा के प्रवेश द्वार पर महर्षि स्वर्गवासा को देखकर मैं अचंभित था। मुझे उम्मीद नहीं थी कि महर्षि स्वर्गवासा यहाँ आ जाएंगे। मेरे हाथों में ब्रहमेश्वर की गर्दन देखकर उन्होंने कहा, "ब्रहमेश्वर को छोड़ दो पुत्र।"

"आप यहाँ कैसे? क्या आप भी इनके साथ...?" मैं अचंभित था। वहीं कनिका और सभी ने उन्हें पहचान लिया था कि वह उनके ऋषिकेश वाले बाबा हैं।

"नहीं, मैं इनके कर्मों में भागीदार नहीं हूँ।" उन्होंने शांत स्वर में कहा।

"तो फिर आपने इन्हें राते के अंधेरे से मुक्ति पाने का उपाय क्यों बताया? इसलिए, ताकि यह इन्सानी दुनिया को तबाह कर सकें।" मैंने कहा।

"पुत्र हर्षवर्धन, सारी सच्चाई जानने का वक्त आ चुका है, किन्तु पहले ब्रहमेश्वर को छोड़ दो।" महर्षि ने कहा।

"मुझे आप पर भरोसा नहीं।"

"क्या अपने नाना पर भी भरोसा नहीं करोगे?" महर्षि के शब्दों ने मुझे झंझोड़कर रख दिया।

मेरी पकड़ से ब्रहमेश्वर की गर्दन स्वयं ही छूट गई। मैंने महर्षि की ओर देखा। उनकी आंखो में सच्चाई झलक रही थी। मैं उनके करीब गया। मेरे मुंह से शब्द नहीं निकल रहे थे। मैं उनसे क्या कहता, क्या पूछता? मुझे कुछ समझ नहीं आया।

वहीं कनिका और अन्य इस बात से हैरत में थे। उनके लिए भी यह सच्चाई किसी भूचाल से कम नहीं थी।

"हाँ मेरे बच्चे, मैं ही तुम्हारा नाना हूँ।" उन्होंने मेरे सिर पर हाथ रखते हुए कहा।

सभी इस सच्चाई को जानकर अचंभित थे। मेरी आंखों में भी आंसू आ गए थे। मैं माँ की मृत्यु के पश्चात हजारों वर्षो से अकेला था। कई सवाल मेरे जहन में थे जो मैं उनसे पूछना चाहता था।

"जब मुझे और माँ को आपकी सबसे ज्यादा जरूरत थी, तो आप कहाँ थे?" मेरे सवाल का उनके पास कोई जवाब नहीं था। "आपके पास हर समस्या का समाधान है, तो फिर आपने मेरी माँ को श्राप से मुक्ति का कोई उपाय क्यों नहीं बताया?" मेरी आवाज़ तेज होने लगी थी। वह अपना सिर झुकाए चुप खड़े थे।

"मुझे जवाब चाहिए?" मैंने चिल्लाते हुए पूछा।

"क्योंकि तुम्हारी माँ को श्राप देने वाला कोई और नहीं, बल्कि मैं ही था।" उन्होंने बिना नज़रे उठाए मुझसे कहा।

यह सुनकर मेरी आंखे खुली की खुली रह गई। यह मेरे लिए किसी सदमे से कम नहीं था। ऐसा लगा मानो किसी ने मेरे सीने में खंज़र घोप दिया हो।

"आपने? लेकिन क्यों?"

महर्षि स्वर्गवासा ने गहरी सांस भरते हुए कहा, "अरुंधती मेरी एकलौती बेटी थी। वह मुझे अत्यधिक प्रिय थी। किन्तु समय और हालात ने उसके साथ-साथ तुम्हारी भी किस्मत बदल दी।" वह भावुक हो गए थे। परन्तु मेरी आंखों में उनके लिए क्रोध था। "मैंने अरुंधती को उसके श्राप से बचे रहने का उपाय बताया था। मेरे श्राप से बचाने के लिए उसने तुम्हें 21 वर्षों तक अपने आंचल में छिपा कर रखा, किन्तु मेरा श्राप तुम्हारी किस्मत से जुड़ चुका था।" महर्षि की आंखों में भी आंसू आ गए थे।

"किन्तु बेटा मैंने हमेशा तुम्हारा भला चाहा है।" महर्षि ने कहा। मैं उनकी इस बात से सहमत नहीं था।

मैंने उनका उपहास करते हुए पूछा, "वह कैसे? पिछले तीन हजार वर्षों में आपने मेरा ऐसा क्या भला कर दिया?"

“क्या तुमने कभी सोचा, दो बार अनन्त नींद के पश्चात भी तुम जागृत कैसे हुए?” महर्षि की बात ने मुझे सोचने पर मजूबर कर दिया। मैं इस रहस्य के विषय में तो भूल ही चुका था।

दूसरी तरफ यह सुनते ही ब्रहमेश्वर ने महर्षि से पूछा, “क्या आप हर्षवर्धन को अनन्त नींद से जागृत करते रहे?”

मैंने भी महर्षि के चेहरे की ओर देखा। उन्होंने ‘हाँ’ में सिर हिलाया।

“मैं हर्षवर्धन का नाना हूँ, उसके अंदर भी मेरे ही कुल का रक्त बह रहा है। मैंने ही उसे पुरातत्व भवन में जाकर अनन्त नींद से जगाया था।” महर्षि ने मेरी ओर देखते हुए कहा।

उनकी बात सत्य थी, वह मेरे नाना थे। मेरी शरीर में उनके खून का ही अंश था।

“तुम्हें लगता है, मैंने ब्रहमेश्वर को रात के अंधेरे से मुक्ति का उपाय बताया था, किन्तु ऐसा नहीं है पुत्र। वह रात के अंधेरे से मुक्ति का मार्ग नहीं, बल्कि तुम्हें तुम्हारे दोनों श्रापों से मुक्ति दिलाने का उपाय था।” महर्षि की इस बात ने सभी को सक्ते में डाल दिया। सभी एक-दूसरे को देखने लगे।

“मैं कुछ समझा नहीं?” मैंने पूछा। मेरे साथ-साथ सभी उलझन में थे।

“ब्रहमेश्वर ने जिन मंत्रों का उच्चारण करके यह यज्ञ सम्पन्न किया, वह तुम्हारी मुक्ति हेतु पढ़े गए थे। ब्रहमेश्वर ने न केवल, तुम्हारी मुक्ति का मार्ग आश्वस्त किया, बल्कि उसने हृदयकर्णिका का कन्यादान भी कर दिया।” यह सुनते ही सबके मुंह खुले के खुले रह गए। ब्रहमेश्वर के तो मानो होश ही उड़ गए थे।

“आप सत्य कह रहे हैं?” कनिका ने महर्षि से पूछा। वह उनके पास आ गई थी।

“हाँ पुत्री, तुम्हारा कन्यादान हो चुका है और इस हवन कुंड की पवित्र अग्नि को साक्षी मानकर जब तुम दोनों सात फेरे लेकर विवाह के बंधन में बंध

जाओगे, तो हर्षवर्धन भी तुम्हारी तरह एक आम इन्सान बन जाएगा। इसका श्राप खत्म हो जाएगा।"

महर्षि की बातों ने मेरे अंदर एक उमंग पैदा कर दी थी। वहीं ब्रहमेश्वर को यकीन नहीं हो रहा था, कि उसने अपनी पुत्री ह्रदयकर्णिका का कन्यादान कर दिया।

"यह कैसे हो सकता है, महर्षि?" ब्रहमेश्वर ने हैरत से पूछा।

"मेरे श्राप से मुक्ति का एक उपाय यह भी था कि जब कोई कन्या हर्षवर्धन को सच्चे दिल से अपनाकर, इससे विवाह बंधन में बंध जाए, तो उस विवाह की पवित्र अग्नि से मेरा श्राप निष्क्रिय हो जाएगा।" महर्षि ने मुस्कुराते हुए कहा।

"इतना आसान उपाय और सबको दो हजार साल के बाद पता चला।" श्रुति ने फिरकी लेते हुए कहा। सभी उसकी ओर देखने लगे। मेरे और कनिका के चेहरे पर मुस्कान थी। हम दोनों बहुत खुश थे।

"अगर हर्षवर्धन दोबारा मनुष्य बन गया, तो हमारा क्या होगा?" एनी ने महर्षि से पूछा।

"वही, जो हर्षवर्धन के साथ होगा। दुनिया के सारे वैम्पायर्स दोबारा से मनुष्य रूप में आ जाएंगे और इस धरती से वैम्पायर्स का अस्तित्व हमेशा के लिए समाप्त हो जाएगा।" उनकी यह बात सुनकर एनी ने ब्रहमेश्वर की ओर देखा। वह दोनों दोबारा मनुष्य रूप में नहीं आना चाहते थे। उनके अंदर इन शक्तियों के लालसा बढ़ चुकी थी।

मैं अपने श्राप से मुक्ति पाने को बेताब था। मैंने कनिका की ओर देखा। वह मेरे मन की बात समझ गई थी। मैंने उसका हाथ पकड़ा और हवन कुंड के सात फेरे लेने आरंभ कर दिये। महर्षि स्वर्गवासा भी मंत्रों का उच्चारण करने लगे और हवन कुंड की पवित्र अग्नि और वहाँ मौजूद सभी को साक्षी मानकर मैं और कनिका विवाह के बंधन में बंध गए। विवाह पूर्ण होते ही सभी मेरी ओर देखने लगे। कनिका भी मुझे ही देख रही थी।

मुझे अपने शरीर में कुछ भी महसूस नहीं हुआ। सबकुछ पहले जैसा ही था। तभी मेरी नज़र तलवार पर पड़ी। मैं उसे ही देख रहा था। वह पहले की तरह हवा में तैर रही थी। बाकी अन्य भी तलवार की ओर देखने लगे।

अचानक से वह मुझे कुछ धुंधली-सी दिखने लगी। मुझे ऐसा लग रहा था, मानो मेरी आंखों की रोशनी कम हो रही हो।

मैंने आसपास देखा, सबकुछ मुझे साफ नज़र आ रहा था। मैंने फिर से तलवार की ओर देखा और अगले ही पल वह अदृश्य हो गई। यह देख सभी चौंक गए।

"दोबारा मनुष्य बनकर कैसा लग रहा है?" महर्षि ने मुझसे पूछा।

उनकी बात सुनकर मेरी खुशी का ठिकाना नहीं था। मैंने गुफा से बाहर की आवाज़ो को सुनने का प्रयास किया, किन्तु मुझे कुछ भी सुनाई नहीं दिया। मैं हवा में तैरने की कोशिश करने लगा, किन्तु मेरा शरीर पहले की तरह काम नहीं कर रहा था।

मुझे महसूस हुआ कि मैं एक आम इन्सान बन गया हूँ। वहीं ब्रहमेश्वर भी खुद को एक आम इन्सान की तरह महसूस कर रहा था। मुझे यकीन हो गया था कि मैंने अपने श्राप से मुक्ति पा ली है।

मैंने कनिका को गले से लगा लिया। सभी खुश थे। मैंने महर्षि स्वर्गवासा की ओर देखा। मुझे खुश देखकर वह भी बहुत खुश थे। मेरे सिर पर हाथ रखते हुए उन्होंने कहा, "कनिका के साथ अपने जीवन की एक नई शुरुआत करो।"

महर्षि ने अपनी बात खत्म भी नहीं की थी, कि रितिका ने उनसे पूछा, "आखिर ऐसी क्या वज़ह थी, कि आपने अपनी बेटी, हर्ष की माँ को इतना भयानक श्राप दिया।"

यह सवाल मेरे भी मन में उठ रहा था। मैं भी जानना चाहता था कि आखिर ऐसी कौन-सी वज़ह थी, जो उन्हें माँ को श्राप देना पड़ा।

"मैं एक पिता हूँ और एक पिता कभी भी अपनी पुत्री के दोष और गलतियों की व्याख्या किसी के समक्ष नहीं कर सकता।" महर्षि ने कहा।

"परन्तु मैं अपनी माँ के विषय में जानना चाहता हूँ।" मेरे अंदर अपनी माँ के विषय में जानने की जिज्ञासा थी।

महर्षि स्वर्गवासा मेरी ओर देखकर बोले, "पुत्र, जब मैंने तुम्हें पहली बार अनन्त नींद से जागृत किया था उसी क्षण तुम्हारे शरीर में मेरा रक्त प्रवाहित हो गया था। तुम किसी के भी रक्त को पीकर उसका इतिहास जान सकते थे। तुम्हारे शरीर में मेरा रक्त था, तुम अपनी माँ के इतिहास के विषय में जान सकते थे। किन्तु हृदयकर्णिका के प्रेम और उसकी तलाश ने तुम्हें अपनी माँ के विषय में सोचने ही नहीं दिया। यदि कुछ क्षण पहले भी तुम अपनी माँ के विषय में स्मरण करते, तो तुम्हें तुम्हारे सभी प्रश्नों का उत्तर मिल गया होता। किन्तु अब तुम एक आम मनुष्य हो और तुम कुछ भी स्मरण नहीं कर सकते।"

यह जानकर मुझे बहुत अफसोस हो रहा था। मैंने कभी माँ का स्मरण भी नहीं किया। अपनी माँ के विषय में जानने का मेरे पास जो एक अवसर था, वह भी मैं गवां चुका था।

महर्षि स्वर्गवासा कनिका के पास गए और उसके सिर पर हाथ रखते हुए बोले, "अखंड सौभाग्यवती भवः।"

उसके बाद उन्होंने मेरी ओर देखा और मुस्कुराते हुए कहा, "अब मेरी भी मुक्ति का समय आ चुका है।"

इससे पहले कि मैं उनसे कुछ कहता, वह अदृश्य हो गए।

*****

35
अंत या शुरुआत

तीन साल बाद
चंडीगढ़

मेरी और कनिका की शादी को पूरे तीन साल हो चुके थे। इन तीन सालों में हमारी दुनिया बिल्कुल ही बदल गई थी। एक आम मनुष्य की जिंदगी कितनी सुखमय हो सकती है, यह मुझे स्वयं दोबारा मनुष्य बनकर पता चला। हम दोनों की जिंदगी में एक नन्हीं-सी परी ने कदम रखा था। हमारी बेटी दो साल की हो गई थी। हमारी जिंदगी खुशियों से भरी थी। सबकुछ वैसा था, जैसा मैंने और ह्रदयकर्णिका ने दो हजार वर्ष पहले सोचा था।

रहमान अफगान का रहने वाला था। वह फातिमा के शरीर की राख को लेकर अपने देश अफगानिस्तान चला गया। वह अपना बचा हुआ जीवन फातिमा की याद में अपनी सरज़मीं पर व्यतीत करना चाहता था।

हमारी शादी के बाद से ही मैंने ब्रहमेश्वर और एनी को नहीं देखा था। न जाने वह दोनों कहाँ गये होंगे, क्या कर रहे होंगे? सच तो यह था कि मैंने भी कभी उनके विषय में जानने की कोशिश नहीं की।

शौर्य और श्रुति ने भी पिछले महीने शादी कर ली। हम गए थे, उनकी शादी में। वहीं रितिका ने समीर से और सोनम ने राहुल से एक साल पहले ही शादी कर ली थी। मेरे और ह्रदयकर्णिका के प्यार से उन सबको प्रेरणा मिली थी। मुझे खुशी थी कि वह सब अपनी लाईफ में खुश थे।

मुझे सिर्फ एक ही बात का मलाल था। मैं अपनी माँ के विषय में नहीं जान सका। यह बात हमेशा के लिए एक रहस्य बनकर रह गई कि आखिर मेरी माँ के जीवन में ऐसा क्या हुआ था, जो उनके ही पिता ने उन्हें इतना भयानक श्राप दिया।

मेरे पास लिखने को बहुत कुछ था, जिसे मैं अपनी इस डायरी में लिख रहा हूँ। यह एक डायरी नहीं, बल्कि मेरी जीवनी है। इसमें मेरे शुरुआती जीवन के संघर्षों के साथ-साथ मेरी और हृदयकर्णिका की प्रेम कहानी भी लिखी है। ऐसा प्रेम, जो दो हजार वर्ष पश्चात मुकम्मल हुआ।

"हर्षवर्धन...। तुम क्या कर रहे हो? मैंने कितनी देर पहले तुम्हें किचन में आकर मेरी हेल्प करने को कहा था।" कनिका की आवाज़ ने मेरी कलम को रोक दिया था। उसकी आवाज़ में उसका गुस्सा भरा हुआ था। मैंने पेन को एक तरफ रखा और डायरी को बंद करके वहीं बुक-शेल्फ में रख दिया।

"हर्षवर्धन, तुम कहाँ रह गए?" इस बार उसकी आवाज़ में गुस्सा अधिक था। मैं फौरन उसके पास किचन में पहुंचा। वह सब्जी काट रही थी।

"क्या हुआ, क्यों इतना हायपर हो रही हो।" मैंने किचन में पहुंचते ही कहा। वह मुझे पैनी नज़रों से देखने लगी।

"तुमने कहा था, तुम आज मेरी हेल्प करोगे।" उसकी आवाज़ में नाराज़गी भी थी।

"मैं डायरी लिख रहा था।" मैंने धीरे से कहा।

"जब देखो, उस डायरी में घुसे रहते हो, ऐसा क्या लिखते रहते हो?"

वह लगातार बोले जा रही थी। मैं चुपचाप उसकी बातें सुन रहा था। गुस्से में उसका हाथ भी बहुत तेजी से चल रहा था। तभी अचानक से चाकू की तेज धार ने उसकी उंगली को हल्का-सा काट दिया।

"आह... अम्म.....।" उसकी उंगली से खून निकलने लगा। उसे बहुत दर्द हो रहा था।

"तुम्हारा ध्यान कहाँ रहता है? देखो कितना कट गया।" मैंने उसके हाथ को पकड़ते हुए कहा।

ज़ख्म बहुत गहरा था। उसकी उंगली से खून रुकने का नाम ही नहीं ले रहा था। मैंने वॉसबेसिन में नल चलाकर उसके घाव को साफ किया।

"चलो, इस पर पट्टी कर देता हूँ।"

वॉसबेसिन से हाथ बाहर निकालते ही फिर से खून निकलने लगा। मैंने तुरन्त उसकी उंगली को अपने मुंह में डाल लिया। मुझे पता था, मनुष्य की लार ज़ख्म से खून के प्रवाह को कम कर देती है। मैं कनिका को लेकर सीधा हमारे बेडरूम में आया। उसकी उंगली अभी भी मेरे मुंह में थी।

मैंने कनिका की ओर देखा। वह मुझे हैरानी से देखने लगी। उसकी आंखे बड़ी हो गई थी। मानो उसे कोई सदमा लग गया हो। जैसे ही मेरी नज़र सामने आईने पर पड़ी, मेरे पैरो तले जमीन खिसक गई।

मेरी आंखे लाल थी जैसे एक वैम्पायर की होती है। उसी वक्त मेरे कानों को घर के बाहर से पशु-पक्षियों की आवाज़ साफ सुनाई देने लगी। मैं कनिका के दिल की धड़कनों को भी महसूस कर पा रहा था। तभी खिलौनो के खड़खड़ाहट ने मेरा ध्यान हमारी बेटी की ओर खींचा।

मैं फ़ौरन उसके कमरे की ओर भागा। जैसे ही मैं उसके कमरे में पहुंचा, तो मैंने देखा कि वह अपने खिलौनों से खेल रही थी।

मुझे देखते ही उसने कहा, "पापा।" उसके मुंह से पापा सुनते ही मेरी आंखों में आंसू आ गये। वह बिलकुल नार्मल थी और खेल रही थी।

मैं इस बात से हैरत में था कि मेरा श्राप पुनः सक्रिय कैसे हो गया?

To be continued...

www.ingramcontent.com/pod-product-compliance
Lightning Source LLC
LaVergne TN
LVHW041800060526
838201LV00046B/1067
* 9 7 8 9 3 9 3 3 8 5 0 9 3 *